AF175963

Irma hat sich nach Korsika in die Ferienvilla ›Chalet Gris‹ ihrer Tante Helen geflüchtet. Sie möchte aus der Entfernung ihr aus den Fugen geratenes Leben überdenken und neu ordnen. Unerwartet ergibt sich eine immer faszinierendere Ablenkung: In der Nachbarschaft lebt der Korse Ciro, ein schönes, kraftvolles Mannsbild mit grauen Schläfen. Nach und nach lüftet Irma ein Geheimnis, das ihn und das graue Haus umgibt: eine Jahrzehnte zurückliegende leidenschaftliche Liebe, die abrupt zerbrach. Ciro, in seiner männlichen Würde tief getroffen, tröstete sich seitdem mit Urlauberinnen, und ohne Skrupel erkürt er Irma zu seinem nächsten Opfer. Seine Frau Vanna beobachtet scheinbar ungerührt diese Entwicklung. Sie wird auch diese Affäre übersehen, aber nur, solange sie eine solche bleibt. Je intensiver sich Irma für Ciros bewegtes Vorleben interessiert, desto mehr verfällt sie selbst seinem Charme, verliebt sich rettungslos. Dieses Mal will sie weder rücksichtsvoll noch angepasst sein, nicht still hoffen wie eine Wegwarte, sondern um das außergewöhnliche Glück mit Ciro kämpfen. Doch nicht nur Vanna, auch die Vergangenheit des grauen Hauses ist eine mächtige Gegnerin.

Gerti Brabetz

Das graue Haus auf Korsika

Roman

Impressum

© 2020 Gerti Brabetz
Das graue Haus auf Korsika
Neuausgabe

Erstausgabe 2005 im
Verlagshaus Monsenstein und Vannerdat, Münster

Covergestaltung: Jürgen
unter Verwendung von:
Das graue Haus
Aquarell von Luise Raband-Dula, Marburg;
Warum ist das Meer blau ©Pixabay-Foto.

Bibliografische Information:
Die Deutsche Nationalbibliothek verzeichnet diese
Publikation im Katalog der Deutschen Nationalbibliothek; detaillierte bibliografische Daten sind im Internet
abrufbar unter: http://portal.dnb.de

Herstellung und Verlag:
BoD – Books on Demand, Norderstedt

ISBN 978-3-7519-1675-2

Gerti Brabetz wurde in Český Krumlov, dem früheren Böhmisch Krumau, geboren und lebt heute in Marburg an der Lahn. Seit 2002 sind von ihr Erzählungen, Kurzbiographien und mehrere Bücher erschienen. Die Romane »Das falsche Bild« und »Almas Hut« sind den Themen Vertreibung und Integration gewidmet, »Es scheinen die alten Weiden so grau« ist ein Mystery Thriller und »Böhmische Holunderblüten« eine Studie weiblicher Selbstbehauptung. Das Jugendbuch »Flügelgeister sind ganz anders« basiert auf ersten Schreibversuchen in ihrer Gymnasialzeit. Mehr über sie erfährt man auf ihrer Homepage: http://www.gerti-brabetz.de

Die vorliegende Neuausgabe resultiert aus dem Konkurs des Verlagshauses Monsenstein und Vannerdat, in dem die Erstausgabe erschienen war.

In böser Stunde

Ein schwaches Stäbchen ist die Liebe,
das deiner Jugend Rebe trägt,
das wachsend bald der Baum des Lebens
mit seinen Ästen selbst zerschlägt.

Und drängtest du mit ganzer Seele
zu allerinnigstem Verein,
du wirst am Ende doch, am Ende
nur auf dir selbst gelassen sein.

Theodor Storm

*M*it einer scharfen Linkskehre durchschnitt die Landstraße den Gebirgskamm. Als der VW über den Scheitelpunkt rollte, bot sich Irma ein unerwartet farbiges Panorama. Drei, vier braune Bergrücken staffelten sich um eine sattgrüne Mulde, an ihre diesigen Hänge schmiegten sich im Norden und Osten zwei Dörfer, deren Häuserwürfel in einem satten Ocker leuchteten. Nach der monotonen Fahrt auf den sich durch die Macchia emporwindenden Serpentinen war dieses weite Tal ein malerischer Anblick.

Nach einem Blick auf das Straßenschild an der auftauchenden Abzweigung zog Irma das Lenkrad scharf nach rechts und hielt auf dem Seitenstreifen an. Der Lkw-Fahrer hinter ihr quittierte die Veränderung mit einem Hupen – es konnte Ärger sein, aber auch ein Abschiedsgruß nach dieser gemeinsamen Zockelfahrt durch die korsischen Berge. Sie stieg aus und ging steifbeinig ein paar Schritte vorwärts. Am Südhang, schon ganz nahe, ragten über einem schroffen Fels ein weißes Gebäude und ein einzeln stehender Glockenturm auf. Das musste das Kloster sein.

Der Wind in dieser Höhe ließ sie in der verschwitzten Bluse plötzlich frösteln. Sie musterte nochmals das Schild an der Abzweigung, das wie so viele auf diesen Straßen irgendwann von korsischen Patrioten mit Gewehrsalven durchlöchert worden war, und nach einem eigentlich überflüssigen Studium der Straßenkarte, die aufgeschlagen auf dem Beifahrersitz lag, war klar, dass sie am Ziel ihrer Reise war. Sie ließ den Wagen den schattigen, schlecht asphaltierten Weg hinunterrollen. Der steile Hang rechts war dicht mit Kastanien bewachsen. Tiefhängende Äste, gespickt mit hellgrünen stacheligen Früchten, ratschten hier und da über das Autodach. In einer S-Kurve tauchten ein paar Häuser auf, ein Brunnen, eine Kapelle, und nach ein paar weiteren Windungen war die Klosteranlage erreicht. Sie parkte unter einer der Kastanien, die den Kirchplatz beschirmten, und machte sich auf die Suche nach einem Ortskundigen.

Das schmiedeeiserne Tor in der Klostermauer war unverschlossen. Sie betrat den Innenhof, ein schmales Rechteck, in der Mitte ein Brunnen mit Schwenkarm, zu seinen Füßen halb vertrocknete Geranien in großen und kleinen Tontöpfen. Zwei Türen standen einladend offen. Sie hörte Stimmen, denen sie folgte und die sie in einen Saal lockten mit zwei langen Tischen und einem schlichten, großen Kruzifix an der Stirnwand, das Refektorium vielleicht. An einem Fenster unterhielten sich ein Mädchen und ein älterer Mann. Es drehte kurz den dunkelblonden Lockenkopf und musterte Irma, ohne seinen Redefluss zu unterbrechen. Irmas hartnäckiges Ausharren zeigte den beiden endlich doch, dass es sich nicht um eine neugierig umherstreifende Touristin handelte. Das Mädchen flötete ein sehr distanziertes: »Oui?«

»Pardon, Madame! Ich möchte zur Familie Kossionides. Können Sie mir vielleicht sagen, wo ich sie finde?«

Das Mädchen stutzte, kniff die Augen zusammen. Zögernd erklärte es dann, dass die Familie in der kleinen Ansiedlung gegenüber der Kapelle am Hang zu finden sei, rechts die Straße hinauf. Ein braun gestrichenes Haus mit blauem Gartenzaun. »Sind Sie ein Pensionsgast?«

»Nein. Diese Familie verwahrt nur den Schlüssel zu unserem Haus. Ich danke Ihnen«, gab Irma, viel hochnäsiger als beabsichtigt, zurück und ging.

Das Paar folgte ihr durch den gewölbten Gang nach draußen, und aus den Gesprächsfetzen war zu entnehmen, dass demnächst ein Fernsehteam in dem Franziskanerkloster filmen wollte. Auf den Stufen vor der Kirche rief ihr das Mädchen nach: »Madame? Meinen Sie etwa das Chalet Gris?«

Irma wandte sich im Gehen um und nickte.

»Mon Dieu, diese Gruft?!«, spöttelte die andere.

Mit etwas gedämpften Erwartungen, was ihr Ziel betraf, kam Irma bei ihrem Wagen an. Sie fuhr los. Bei der kleinen Siedlung in der S-Kurve parkte sie kurz entschlossen zwischen der Kapelle und dem Brunnen, um die schmale Straße nicht zu blockieren. Immer noch war kein Mensch zu sehen. Die Häuserzeile gegenüber mit der auf- und abspringenden Firstlinie zog sich in sanftem Schwung direkt am Straßenrand entlang. Ein schmales Gärtchen hinter einem hellblauen Holzzaun mit weißen Steinpfosten trennte sie von der Straße. Der Hauptteil schien ein einstöckiges, braunrosa getünchtes Haus zu sein. Auf dem Dachgeschoss thronte ein Türmchen mit einem winzigen Balkon, auf dessen verschnörkeltem Gitter sich zwei Laken im Abendwind blähten. Die vier Fenster und die Balkontür, umrahmt von Holzläden in der gleichen Farbe wie der Zaun, waren zum Einlass der abendlichen Kühle weit geöffnet. Rechts schloss sich ein weiterer zweistöckiger, unverputzter Bau mit geschlossenen Fensterläden an, vernachlässigt und scheinbar unbewohnt, ebenso das nächste, tiefer im Tal liegende Häuschen. Braunes Haus, blauer Zaun – hier war sie wohl richtig.

Irma kramte Kamm, Spiegel und Lippenstift aus der Handtasche, aber es war nicht viel zu restaurieren in diesem Augenblick. Ihr Spiegelbild zeigte, dass ihr rotes kinnlanges Haar strähnig verklebt und ihr Gesicht blass und überanstrengt aussah. Sie stieg aus.

Vom Gartentor bis zur offen stehenden Haustür wölbte sich eine Glyzinie zu einem Laubengang. Das Gärtchen füllten Stauden abgeblühter Hortensien, und entlang der Hauskante reihten sich die unvermeidlichen Geranien in Tontöpfen, hier aber mit prächtigen Dolden in Rosa, Weiß und Rot. Als Irma zögernd den schwarzweiß gekachelten Flur betrat, schlug ihr der Duft von Rosmarin, Knoblauch und gebratenem Fleisch entgegen, und sie schluckte. Hinter der Tür am Ende des Flures schepperte ein Kochtopf. Dort klopfte Irma kräftig.

»Entrez!«

Irma stand einer etwa sechzigjährigen Frau gegenüber. Aus einem bäuerlichen Gesicht schauten sie überrascht große grüne Augen an. Das schwarze Haar war in der Mitte gescheitelt und zu einem Knoten geschlungen. Von beiden Schläfen zogen sich graue Strähnen zum Hinterkopf.

»Madame Kossionides? Ah! Bonsoir, Madame. Ich möchte den Schlüssel für das Chalet Gris holen. – Ich bin Irma Daube. Meine Tante hat Ihnen ja einen Brief geschrieben…«

»Brief?«, wiederholte die Frau. Ihre Stimme war tief und warm. »Ich habe keinen Brief erhalten. Von wem?«

»Von meiner Tante, Helen Meyerhoff. Sie wollte Ihnen schreiben, dass ich komme. Ich bin doch hier richtig, oder? Kossionides?«

Die Frau legte langsam das Messer hin, mit dem sie Speck in feine Würfel geschnitten hatte, und ergriff ein Küchentuch, um sich die Hände abzuwischen.

»Helen?« Sie wiederholte den Namen mit pelziger Zunge, wandte sich zum Fenster und schaute in das Tal hinunter. Sie schien erschrocken zu sein. »Hélène? Nein. Ich habe keinen Brief von Hélène erhalten.«

In dem Blick, den sie Irma über die Schulter zuwarf, war plötzlich Kälte. »Nein, tut mir leid. Aber Sie sind schon richtig hier, ich bin Vanna Kossionides. – Wissen Sie, mit der Post, das ist hier so eine Sache.« Sie deutete auf einen der vier Küchenstühle, und sie setzten sich. »Tja, was ist da zu tun?«

Das gesunde Misstrauen war zwar nachzuvollziehen, trotzdem wurde Irma ungeduldig, erzählte hastig, um endlich an den Schlüssel zu kommen, dass sie von ihrer Tante ganz kurzfristig das Angebot erhalte habe, den Urlaub in ihrem Haus auf Korsika zu verbringen. Sie verschwieg, dass ihre Tante an Verkauf dachte und sie beauftragt hatte, sich über die derzeitigen Preise umzuhören.

»Wie geht es ihr? Wie geht es – Ihrer Tante?«

Irma beschrieb den Gesundheitszustand ihrer Tante, den Bandscheibenvorfall, dessen Operation vor Jahren nicht erfolgreich verlaufen war, und Helens von Schmerzen beherrschtes, zurückgezogenes Leben in ihrer Villa in Bad Godesberg.

»Sie können mir wirklich vertrauen, Madame. Zu dumm, dass es mit diesem Brief nicht geklappt hat«, schloss Irma.

Die Lippen von Vanna Kossionides hatten sich während des Zuhörens zusammengepresst, sie starrte an Irma vorbei an die Wand. In dem kräftigen Körper unter dem dunkelblauen Kleid schien jeder Muskel angespannt zu sein. Jetzt nickte sie mehrmals, seufzte. »Also gut. – Aber vielleicht könnten Sie mir Ihren Ausweis hierlassen? Nur zur Sicherheit, wenn Sie verstehen.«

Während Irma ihren Personalausweis aus der Handtasche fischte und ihn auf die zerfurchte Holzplatte des Tisches warf, löste die Frau aus dem Hakenbrett an der Küchentür einen Schlüsselbund. Im Flur blieb sie noch einmal stehen.

»Es wird Ihnen aber nicht gefallen, Madame. Das Haus ist ungelüftet, seit Wochen. Wollen Sie nicht hier übernachten? Wir vermieten, allerdings nur ein einfaches Zimmer. Morgen könnte ich das Chalet Gris gründlich säubern und dann…«

Irmas heftiges Kopfschütteln ließ sie verstummen, und sie traten auf die Straße. Wieder hielt Madame Kossionides inne.

»Sie waren noch nie hier, oder? – Also, dort oben, das ist es.«

Im Bogen der Rechtskurve, zwischen der Kapelle und einem völlig verkommenen Wohnhaus, lag das Chalet Gris. Es machte seinem Namen alle Ehre. In einem verwilderten Garten, bedrängt von ausladenden Kastanienbäumen und zerrupften Kiefern, erhob sich streng und abweisend ein zweistöckiges Haus aus glattpoliertem Granit, mit schmalen hohen Fenstern, an der linken Seite sogar flankiert von einem wehrturmähnlichen Anbau mit Zinnen, das schiefergedeckte Dach an vielen Stellen notdürftig mit Dachpappe repariert. Da es circa fünf Meter über dem Straßenniveau, steingrau und vom Wald umwuchert, an dem Steilhang saß, hatte es Irma bis zu diesem Moment überhaupt nicht wahrgenommen.

Die Frau schmunzelte, als sie den kleinen Schock in Irmas Gesicht ablesen konnte. Dann schritten sie die Straße hinauf. Das Gartentor, in sich gedrehte Eisenstangen mit Spitzen an ihren Enden, war sorgfältig mit Kette und Vorhängeschloss verriegelt. Auf den beiden Steinpfosten hockten verwitterte kleine Vogelskulpturen, Raben vielleicht, mit gespreizten Schwingen und drohend vorgerecktem Kopf, einem fehlte der Schnabel. Nach dem Aufschließen hob Madame Kossionides den Torflügel, der im Laufe der Jahre auf den Steinplatten schon einen tiefen Bogen eingraviert hatte, an, um das unangenehme Kreischen etwas zu mildern. Den Weg säumten mannshohe Hortensienbüsche, stellenweise zu einem Laubengang ineinander verhakt. Madame Kossionides brach ein paar dieser Äste ab und warf sie achtlos unter die Büsche, um den Zugang zu erleichtern. Der Pfad mündete bergan in eine geschwungene Treppe mit eisernen Handläufen, die am Fuße des Turmes vor der Haustür endete. Es war eher ein Portal in einem gotischen Spitzbogen mit zwei Türflügeln aus gebleichter Eiche. In beiden diente der längliche Anhänger einer Halskette, die ein mit Grünspan überzogener, finster blickender Frauenkopf trug, als Türklopfer. Madame Kossionides schloss auf, öffnete die gegenüberliegende Kellertür, hinter der sich der Sicherungskasten befand, und betätigte die Hauptsicherung. Dann forderte sie Irma mit einem Schlenkern der Hand zum Eintreten auf.

Es roch nach Schimmel, Mottenpulver und Mäusedreck. Der Turm entpuppte sich als Treppenhaus. Rechts betrat man eine von einer hölzernen vierarmigen Pendelleuchte erhellte kleine Halle, von ihr aus gelangte man in ein gut vierzig Quadratmeter großes Wohnzimmer, in eine Wohnküche sowie eine Toilette. Madame Kossionides öffnete schweigend in jedem Raum, den sie betraten, die Fenster, ohne allerdings hier die Lampen – wegen der ›Moskitos‹– anzuknipsen, um den Muff und den ungastlichen Eindruck des Hauses zu mildern. Zum Schluss stiegen sie die Wendeltreppe im Turm hinauf zu drei Schlafzimmern, Bad und einem Salon, wie sich Madame Kossionides ausdrückte. Unterm Dach seien noch vier Kammern, aber die könne sie ja morgen bei Tageslicht erkunden.

»Nun? Wollen Sie nicht doch mit zu uns kommen? Für eine Nacht wenigstens?«, fragte sie und hielt den Schlüsselbund hoch. Aber es klang nicht sehr einladend. Die Versuchung war groß, in jenem duftenden, blitzsauberen Haus unterzuschlüpfen, aber der Wunsch nach Unabhängigkeit war größer. Irma lehnte erneut ab, Madame zuckte gleichmütig mit der Schulter, wollte sich verabschieden, aber Irma begleitete sie, um ihr Gepäck aus dem Wagen zu holen.

Auf der Höhe des Hauses der Kossionides angekommen, trennten sie sich. Die Frau verschwand aber nicht gleich in ihrem Haus. Tief in Gedanken versunken starrte sie, an ihre Gartentür gelehnt, zum Chalet Gris hinauf, und erst, als Irma den Wagen startete, riss sie sich los und verschwand.

Irma fuhr die Kurve hinauf, parkte so dicht wie möglich am Zaun des Chalets und schleppte ihre beiden Koffer und einige Plastikbeutel in den ersten Stock hinauf. Kofferradio samt Kassetten platzierte sie erst mal in der Küche. Trotz der Warnung von Madame Kossionides schaltete sie alle Lampen ein, um die Räume genauer begutachten zu können.

Die Einrichtung der Küche war ziemlich veraltet. In der Mitte standen ein Tisch, dessen weißer Lack an vielen Stellen abgeblättert war – die Plastikfolie darauf legte Irma sofort zusammen und beiseite – und sechs wackelige Küchenstühle. Außerdem gab es einen riesigen Emaille-Kohleherd mit einem kupfernen Wasserbehälter, aber auch einen Gasherd, einen Kühlschrank, der dank der Umsicht von Madame jetzt geschlossen war und eifrig vor sich hinbrummte, und eine vorsintflutliche Waschmaschine. In einem Küchenschrank mit Glasfensterchen und Spitzengardinen war alles vorhanden, was an Geschirr, Töpfen und Geräten in einem Ferienhaus gebraucht wird.

Das Wohnzimmer beherrschte ein ausladender offener Kamin, dessen Öffnung mit Brettern abgedichtet war. Gleich neben der Tür wartete ein räudiger, aufrechtstehender Fuchs darauf, dass jemand seine Visitenkarte auf das schwärzlich angelaufene Silbertablett legen würde, das er auf Vorderpfoten balancierte. Das Mobiliar entsprach dem Stil dieses Hauses aus der Jahrhundertwende: Der lange Esstisch und die hochlehnigen, lederbezogenen

Stühlen waren aus schwarzgebeizter Eiche, gedrechselt, verschnörkelt, verziert mit geschnitzten Efeugirlanden. Die Front des wuchtigen Bücherschrankes zierten Schnitzereien mit Jagdmotiven, die vorderen Kanten waren dicke, gedrehte Säulen. Obendrauf beäugte sie ein ausgestopftes Auerhahn-Pärchen. In der linken Ecke standen eine Couch und ein Ohrensessel, versteckt unter weißen Tüchern, und Irma machte sich nicht die Mühe, sie noch heute Abend fortzunehmen. An den Wänden hingen mehrere Ölgemälde. Vor das dreiteilige Fenster hatte man einem Schreibtisch gerückt, ebenfalls von löchrigen Laken bedeckt, mit einer wunderschönen Tiffany-Leuchte darauf. Irma lupfte ein wenig den Stoff und betrachtete die lederne Schreibunterlage mit ihren Tintenklecksen, Rissen und verblassten Schreibübungen ...

Gestern, nein, vorgestern – Werner saß am Schreibtisch, als sie ihre ruhelose Wanderung durch die fünf Zimmer ihrer Altbauwohnung in Kassel zu ihm geführt hatte. Sie näherte sich ihm mit Herzklopfen und Angst vor dem, was sie ihm eröffnen wollte, musste, und mit nicht zu Ende gedachten Vorwürfen, dass er ihre stummen Hilfeschreie nicht von selbst entdeckte. Sie lehnte sich leicht an ihn und las, ohne den Sinn aufzunehmen, über seine Schulter hinweg den Text, den er so intensiv studierte. »Na?«, machte er und strich ein paar Mal mit der Linken über ihren Po, ohne die Augen zu heben. Schließlich trat sie ans Fenster und starrte hinaus. »Ist was?«, fragte Werner nach einer Weile irritiert. »Ja. Es ist was. – Ich habe mich verliebt.« Sie hörte, wie er den Kugelschreiber auf den Tisch legte und seinen Stuhl etwas zurückschob »Wie – du hast dich verliebt«, wiederholte er abwehrend, noch nicht begreifend. Irma drehte den Kopf zu ihm und beobachtete, wie sein gebräuntes Gesicht allmählich eine gelbe Farbe annahm. Sie nickte ganz vorsichtig, als würde dadurch ihrem Geständnis etwas von seiner Härte genommen. Ihre Augen verfingen sich. »Heißt das, du gehst fremd, Irma?«

Nein, keine Grübeleien. Heute nicht, noch nicht. Irma stemmte sich aus dem Schreibtischstuhl hoch, auf den sie gesunken war, und zog das Laken wieder über die Tischplatte. Ihr Blick glitt durch das Fenster hinaus über den kiesbedeckten, dennoch verunkrauteten Platz. In den Tamarisken und Jasminsträuchern, die ihn umsäumten, raschelten die Vögel auf der Suche nach einem Schlafplatz. Dahinter erhob sich die steile Wand des Kastanienwaldes. Mit einem Seufzer wandte sich Irma ab und betrat durch die Glastür die von einer Sandsteinbrüstung eingefasste rechteckige Terrasse. An der Waldseite träumten ein runder Gartentisch und vier Korbstühle, deren weißer Lack ziemlich abgeblättert war, von alten Zeiten. Das links an das Grundstück des Chalet Gris angrenzende Haus aus unverputztem Schieferbruchstein war ganz offensichtlich unbewohnt. Alle Fensterläden waren geschlossen, zum Teil mit Brettern vernagelt. Eine ausladende Laricio-Kiefer verdeckte glücklicherweise viel von diesem hässlichen Anblick. Auf der rechten Seite wucherte an der Hauskante des Chalets eine Bougainvillea in sattem Violett fast bis zum ersten Stock hinauf. An die Brüstung gelehnt schaute Irma über die Straße hinweg in das Tal. Ob sich ihre Tante hier einmal wohl gefühlt hatte? Ihren Erzählungen nach hatte sie viele Sommer auf Korsika verbracht.

Auch im geräumigen Bad im oberen Stockwerk hatte Madame Kossionides ohne viel Worte vorgesorgt: Vom Gasofen wurde bereits das Wasser erwärmt, und Irma freute sich darauf, gleich in dieser löwentatzigen Badewanne zu entspannen und den Schweiß der langen Anreise abzuwaschen. Vorher musste aber noch ein Schlafzimmer vorbereitet werden. Eines, nach hinten zum Kastanienwald, schied sogleich aus; es war wegen seine Lage besonders feucht und muffig, und zudem enthielt es nur ein hässliches Krankenhausbett, einen Kleiderschrank, dessen Türen nicht schlossen, Tisch und Stuhl sowie zwei Klappliegen für eine eventuelle größere Invasion von Feriengästen. Auf der Talseite dagegen luden zwei komplett eingerichtete Schlafzimmer eher zum Bleiben ein, und Irma entschied sich für das mit der gelben Blümchentapete und dem weiß gestrichenen Bett mit dem geschwungenen Kopfteil. Im Kleiderschrank fand sie, wie schon von ihrer Tante angekündigt, reichlich Bettwäsche, die allerdings, wie alles hier, stockig roch, ebenso Handtücher aus reinem Leinen und Waffelpikee, von denen sie einige ins Bad legte.

Zurück in der Küche, bereute sie bald, den Ratschlag bezüglich der Insekten nicht befolgt zu haben. Kaum hatte sie ihre kulinarischen Reichtümer, eine schwärzliche Banane, einen Apfel, ein trockenes Baguette und den Rest einer fetten Mettwurst auf dem Küchentisch ausgebreitet, den Rest des Mineralwassers in ein Glas gegossen und zu essen begonnen, als um sie herum das Unheil verkündende Sirren der Stechmücken einsetzte. Zu spät schloss sie die Fenster.

Als sie wenig später im lauwarmen Wasser der Badewanne lag, wurde Irma bewusst, welche Totenstille sie umgab. Zweimal hörte sie ein Auto vorbeifahren, ansonsten drang kein Lebenszeichen aus der Nachbarschaft zu ihr herein. Ruhe würde ihr also sicher sein. Erholung schien ihr in diesem etwas gruseligen Ferienhaus eher fragwürdig.

Nachdem Irma versucht hatte zu lesen und doch nicht die rechte Bettschwere fand, beschloss sie, einen Spaziergang zu machen. Zum Schlafen war es wirklich zu früh. In Jeans und frischem T-Shirt, einen Pullover über die Schulter geworfen, verließ sie das Haus, nicht ohne es sorgfältig zu verriegeln. Schon auf dem Gartenweg genoss sie den schönen Abend, dessen Luft ihr nach all dem Muff im Chalet Gris besonders rein erschien. Langsam trödelte sie die Straße hinunter. Die Fensterläden des Hauses der Familie Kossionides auf der linken Straßenseite waren jetzt geschlossen, doch durch die Ritzen schimmerte Licht. Auf der Höhe der immer noch geöffneten Haustür, der Flur war unbeleuchtet, erschnupperte sie immer noch unbekannte Köstlichkeiten, deren Düfte sich in den Büschen verfangen hatten. An der Kapelle angekommen, spähte sie durch die Fenster in das Innere. Bis auf einiges Gerümpel war sie leer, sie schien seit langem unbenutzt zu sein. Niemand begegnete ihr, nur das schummrige Licht hinter den Fenstern der zwei anschließenden Häuser verriet die Gegenwart ihrer Bewohner. Ungestüme Fallwinde vom steilen Hang des Kastanienwaldes ließen das Laub aufrauschen, morsche Äste knarrten. Ein unbekannter Nachtvogel kreiste über ihrem Kopf, segelte einige Male mit einem heiseren Schrei sehr dicht an ihr vorüber, vielleicht verärgert über die ungewohnte Störung seines Reviers, vielleicht neugierig auf die einsame Spaziergängerin, und verschwand schließlich wieder in der Dunkelheit. Irma wurde es auf der nur vom Mondschein erhellten Straße doch bald ein wenig mulmig, kurz vor dem Kloster machte sie kehrt.

Als sie die Häuser wieder erreicht hatte, sah sie, dass Madame Kossionides auf ihrer Bank an der Hauswand saß, neben ihr ein sehr alter Mann.

»Ah, vous allez vous promener, Madame?«, rief die Frau freundlich herüber.

Immer noch hing dieser Duft einer guten Mahlzeit in der Luft, und Irma blieb am Gartentor stehen. Ja, sie habe sich nach der langen Anreise ein wenig bewegen wollen. Der Alte nahm ihre Gegenwart nicht zur Kenntnis. Sein zahnloser Mund stand offen, und eine Speichelspur führte vom linken Mundwinkel zum Kinn und von dort hinab auf ein blütenweißes, bis oben zugeknöpftes Hemd. Sein graues Haar war erstaunlich füllig. Die großen, knochigen

Hände umfassten den Griff eines Spazierstockes, den er zwischen seinen Knien aufstützte.

»Das ist mein Schwiegervater«, stellte Madame Kossionides ihn vor. »Wir warten auf meinen Mann. Wollen Sie uns nicht Gesellschaft leisten?«

Irma setzte sich auf einen Hocker neben der Gartenbank. Vom Hang unterhalb des Hauses klang der Zikadengesang herauf und ab und zu das Geräusch eines Autos auf einer fernen Straße.

»Es tut mir leid, dass das Haus unvorbereitet ist.« Madame Kossionides nahm das Thema von Neuem auf, aber ganz sachlich. »Es war jetzt – na, drei Jahre unbewohnt. Wir kümmern uns darum, aber natürlich sehe ich keinen Anlass, dort zu putzen, wenn es leer steht. Das wird man verstehen. – Wie lange werden Sie bleiben?«

Irma machte eine vage Geste. »Zwei oder drei Wochen. Es kommt darauf an.«

Die Frau öffnete den Mund, aber die Ankunft eines Fahrradfahrers verhinderte die naheliegende Frage. Der Mann stieg vor dem Tor ab, schob das Rad zum unteren Teil des Hauses und verstaute es hinter einer quietschenden Tür. Madame Kossionides hatte sich sofort aufgerichtet, gestrafft. Sie tastete nach dem tiefe Ausschnitt ihres Kleides, der mit zwei Bändchen zu schließen war, die jedoch unbenutzt herunterbaumelten, und den Ansatz ihres großen Busens, überzogen mit einem zarten Netz von Fältchen, freigab. Sie wirkte nervös.

Der Ankömmling, eine Schildmütze tief in die Stirn gedrückt, sodass seine Züge verschattet waren, zögerte beim Anblick der Fremden in seinem Garten kurz, der Blick fuhr zwischen den Frauen hin und her, dann trat er mit einem mürrischen »Bonsoir« ins Haus.

»Bonsoir, Ciro!«, grüßte Madame Kossionides, auffallend kühl. Sie fasste unter die Schulter ihres Schwiegervaters und zog ihn hoch. »Komm, Vater. Ciro ist da. Wir wollen essen.«

Auch Irma erhob sich. Man hörte, dass im Haus ein Wasserhahn plätscherte, der Deckel eines Kochtopfs wurde angehoben und wieder an seinen Platz gelegt. Das Licht im Flur flammte auf. Der Mann stand plötzlich als dunkle Silhouette wieder im Türrahmen. Dicke Brauenbalken und ein Schnauzbart waren auszumachen.

»Was ist das für ein Ausweis hier, Vanna?« Seine kehlige Stimme klang gereizt.

»Er gehört dieser jungen Dame. Sie wohnt im Chalet Gris«, erklärte Madame Kossionides, ohne ihn anzusehen, ganz darauf konzentriert, ihrem Schwiegervater die Stufen zur Haustür hochzuhelfen.

»Ja! Ja, das ist mein Ausweis, Monsieur«, mischte sich Irma ein. »Ich bin eine Verwandte von Helen Meyerhoff. Irma Daube. Meine Tante hatte mir versprochen, Ihnen meine Ankunft schriftlich mitzuteilen. Aber leider ist der Brief nicht angekommen.«

Madame Kossionides hatte inzwischen mit dem Alten die Treppen erklommen, und er schlurfte jetzt allein ins Innere des Hauses. Der Mann ließ ihn vorbei und trat dann wieder aus dem Flur nach vorn. Er streckte Irma den Ausweis hin, schweigend beobachtet von seiner Frau. Als sich die Blicke der Eheleute begegneten, murmelte er ganz nebenbei: »Der Brief ist vor ein paar Tagen angekommen. Ich habe vergessen, es dir zu sagen.«

Abrupt wandte er sich um und verschwand. Madame Kossionides stand sekundenlang unbeweglich in der Türfüllung. Nur ihr schwerer Atem war zu hören. Aber ehe Irma ihre Erleichterung ausdrücken konnte, folgte Vanna Kossionides ihrem Mann. Grußlos.

Irma starrte in den leeren Hausflur, wo ein paar Motten um die orangefarbene Ampel tanzten. Ein unangenehmes Gefühl kroch in ihr hoch, das sie nicht verstand. Es war nicht nur dieser alberne Brief. Aber was? Als Irma das Chalet Gris aufschloss, entschied sie, diesen Leuten künftig aus dem Weg zu gehen.

*I*rma erwachte aus einem unruhigen, gegen Morgen endlich tiefen Schlaf mit einem Bärenhunger. Nach einer Katzenwäsche brauste sie mit dem Wagen die Straße hinauf und wieder rechts hinunter in das nächste, auf der Sonnenseite liegende Dorf Viccio. Seine Häuser säumten aneinander gedrängt ausschließlich die Durchgangsstraße nach Evisa, alle schmalbrüstig und drei- bis vierstöckig wie Türme, gelb oder weiß, mit hellroten Satteldächern. Hier und da war das Mauerwerk unverputzter Schieferbruchstein. Einige wirkten verlassen.

Nach einer Ehrenrunde um den winzigen Marktplatz hatte sie einen Überblick über die vorhandenen Geschäfte. In der Pharmazie erstand sie die größte Tube Mückengel, die auf Lager war. Und dann gab sie sich dem Kaufrausch einer Halbverhungerten hin – frische Baguettes und Croissants in einer Bäckerei, und im vollgestopften ›Alimentation‹ alles, was zu einem ordentlichen Frühstück gehörte: einige Scheiben vom ›Prisuttu‹, und eine schöne Portion ›Lonzu‹, also leckere Schinkensorten, Käse, wobei natürlich der ›formaghiu maccu‹, ein stark gewürzter, abgelagerter Ziegenkäse, und auch ein frischer, der berühmte ›brocciu‹, nicht fehlen durften. Der verschmitzte Ladeninhaber, der seine Freude an ihren unübersehbaren Heißhunger hatte, überzeugte sie noch von der Köstlichkeit des korsischen Honigs beim Déjeuner, von der Würze der einheimischen Butter, ebenso von der Wichtigkeit einer Flasche Carcajolo am Abend und, dies augenzwinkernd, eines süßen Aleático aus Patrimonio. Auch Obst und Gemüse wurden ausführlich begutachtet und reichlich gekauft, Säfte und Mineralwasser. Die Weinflaschen lagerte der Padrone höchstpersönlich wie zarte Babys auf dem Rücksitz.

Wieder im Chalet Gris, riss Irma alle Türen und Fenster des Hauses auf, um endlich diese klamme Kälte zu vertreiben. Während im Kessel das Wasser kochte, rückte sie auf der Terrasse Tisch und Korbstühle von der feuchten

Hangseite nach vorn in die Sonne, gleich neben die Küchentür. Sie trieb eine Tischdecke mit breiter, etwas ausgefranster Spitzenumrandung auf, wählte aus dem Geschirr das altmodische, wenn auch angeschlagene Porzellan mit Streublümchen und verschnörkeltem Henkel aus, brühte nebenbei beim Hin-und-her-Laufen eine ganze Kanne Kaffee auf, arrangierte, dabei immer wieder schluckend, Käse, Schinken und Tomaten auf einer Platte und transportierte alles, wonach ihr sonst noch der Sinn stand, hinaus auf die Terrasse und ließ sich endlich in einem ächzenden Korbstuhl nieder.

Eine Stunde später öffnete Irma ungeniert den Reißverschluss ihrer Jeans, um die Verdauung des königlichen Frühstücks zu erleichtern, zog sich einen der Korbstühle heran, legte die Beine hoch und den Kopf in den Nacken. Aus dem Kofferradio klangen Musikstücke ihres Lieblingskomponisten Fauré. Die Sonne erwärmte ihre Haut, in den Büschen und Kastanien lärmten die Vögel, gemischt mit dem Zikadengeschrei im lichtdurchfluteten Tal. Sie fühlte sich wunderbar. Hatte sie gestern nicht das Chalet Gris gruselig gefunden? Heute Morgen verstand sie, warum Tante Helen hier die Sommer verbracht hatte! Zugegeben, die bombastische Einrichtung des Hauses entsprach dem Geschmack einer anderen Zeit, die ganze Villa war vom Stil her deplatziert in diesen rauen korsischen Bergen. Helens Schwiegereltern hatten mit dem Selbstverständnis reich gewordener Leute hier ihre Vorstellung von einem eleganten Feriendomizil verwirklicht. Helen als Erbin konnte man den Fehlgriff nicht anlasten.

Ab Mittag lagen Terrasse und Hang im Schatten. An ein Sonnenbad war nicht mehr zu denken, aber das erste reichte Irma vorläufig. Auf dem Weg durch das Haus stellte sie befriedigt fest, dass ihm das lange Lüften gut getan hatte. Es hatte sich deutlich erwärmt, und der beißende Schimmelgeruch war gemildert.

Vom Fenster ihres Schlafzimmers konnte sie das gesamte Tal überblicken, vom Südwesten, wo hoch oben ein Bergdorf thronte und seitlich, etwas tieferliegend, das Kloster auf dem Felssporn hockte, bis hinüber nach Viccio im Nordosten, dem Dorf, wo sie am Morgen eingekauft hatte. Vorsichtig beugte sich Irma vor, um nachzusehen, was denn bei den Kossionides so vor sich ging. Auf der Rückseite der Häuserzeile breitete sich eine rasch in die Talsenke abfallende Wiese aus, auf der drei Ziegen grasten. Es gab Gemüsebeete und eine Reihe von knorrigen Olivenbäumen und Holzverschläge, wahrscheinlich Ställe für das kleine Hühnervolk und die Ziegen. Das Ehepaar Kossionides blieb unsichtbar.

Pflichtbewusst machte sich Irma daran, wenigstens in ihrem Schlafzimmer den Staub wegzuwischen und die Bettumrandung auszuschütteln. Das zweite Schlafzimmer, mit dem ihren durch ein von beiden Seiten begehbares Bad verbunden, war mit einem Doppelbett, einem unförmigen Kleiderschrank aus braunem Wurzelholz und einer Kommode mit weißer Marmorplatte, über der ein fleckiger, goldgerahmter Spiegel hing, ausgestattet. Bilder, die nicht mehr vorhanden waren, hatten auf der grauen Seidentapete mehrere himmelblaue Rechtecke hinterlassen. Ganz offensichtlich ein sogenanntes ›Elternschlafzimmer‹, das Irma unter seiner Staubschicht weiterdösen ließ.

Der Salon mit dem kleinen Balkon, oberhalb der Terrasse gelegen, war vor Zeiten vielleicht einmal das Ankleideoder Frühstückszimmer gewesen. Heute diente es als Abstellraum für überflüssiges oder unpraktisches Mobiliar – das Gestell eines Waschtisches, ein Weidenkorb, zwei Liegestühle und Polster für Garten- oder Küchenstühle, ein zusammengerollter Teppich, Kartons mit Büchern, Papiergirlanden und Stoffresten, ein Musikschrank der fünfziger Jahre und ein rundes Tischchen mit schön geschwungenen Beinen, unter der Tischplatte eine Schublade. In diesem Raum lohnte es sich nicht, das Fenster zu öffnen. Zwei verschlissene Sitzkissen klemmte Irma sich allerdings unter den Arm. Sie würden ihr auf den Korbstühlen der Terrasse gute Dienste leisten, ebenso die Liegestühle.

Der Verkehr auf der Straße vor dem Chalet hatte inzwischen zugenommen. Motorisierte Ausflügler, die rasch einen Blick auf das Franziskanerkloster werfen wollten, aber auch gut gelaunte Wanderer zogen den Weg hinauf oder hinab. Irma fühlte sich dadurch noch wohler in der Abgeschiedenheit dieses Hauses. In der Küche schob sie eine neue Kassette ein – Radiosender waren hier wie auf dem französischen Festland eine Frage guter Nerven – und bummelte ins Wohnzimmer. Dieses Mal schaute Irma sich die Bilder an den Wänden genauer an – ein großes melancholisches Landschaftsgemälde und ein Stillleben mit Obst und einem blutenden Fasan. Beide fesselten sie nur kurz, denn das dritte stellte ein Mädchen dar, in dem Irma die Züge ihrer Tante erkannte.

Helen lehnte an einer rosenumrankten Säule, ihr rechter Arm stützte sich an ihr ab, die linke Hand lag in der Taille. Ihr Körper drehte sich leicht zur Seite und ihr Kopf wandte sich, wie nach einem unsichtbaren Rufer, über die Schulter lauschend zurück. Die blauen Augen schauten am Betrachter vorbei in die Ferne. Im goldblonden, kunstvoll aufgesteckten Haar fing sich das ganze Licht des Bildes. Die Nase war kurz und gerade, die Lippen umspielte ein schelmisches Lächeln. Unter dem weichen Stoff des knöchellangen champagnerfarbenen Kleides, das mit unzähligen Knöpfchen bis unters Kinn geschlossen war, zeichneten sich lange Beine ab. Sie trug Pumps aus grauem Satin. Irma versuchte in der Ecke neben dem unleserlichen Namen des Malers die ebenso unklare Jahreszahl zu erkennen. 1916 oder 1918, könnte man raten. Irma vermutete, dass Helen etwa achtzehn Jahre alt gewesen war, als das Bild entstand, aber niemand in der

Familie wusste genau, wie alt sie war, und sie selbst wich jeder Frage danach geschickt aus.

Während Irma an den Tüchern über den Polstermöbeln herumzupfte, wanderten ihre Gedanken zurück zu der alten Frau, die Helen heute war: eine gebrechliche Erscheinung, stets von Lavendelduft umgeben, das Blond des Haars war einem schönen Weiß gewichen. Die Gesichtshaut war schlaff und stark gepudert, die Stirn zerfurcht von vielen Falten, die die jahrelangen Schmerzen hineingegraben hatten, der Rücken leicht gekrümmt und die Schultern verkrampft nach oben gezogen. Sie unterlag heftigen Stimmungsschwankungen und war deshalb ein nicht sehr willkommener Gast auf Familienfesten.

Irma wusste wenig von Helen. Sie war eine Cousine ihrer Mutter. Blutjung hatte sie einen älteren vermögenden Witwer geheiratet. Nur ein dramatisches Ereignis, das Helens einziges Kind betraf und von dem man in der Familie immer wieder mit großer Anteilnahme sprach, hob sie aus dem Kreis der Verwandten hervor: Beim Spielen im Garten kletterte ihr sechsjähriger Sohn in einen Apfelbaum, er verlor den Halt, sein langer Schal verfing sich im Geäst, und das Kind erhängte sich. Zu spät wurde der baumelnde Körper entdeckt. Ihr Mann hatte aus erster Ehe zwei Kinder, die Helen fortan in ihrem Unglück mit Fürsorge überschüttete, die aber ihre mütterlichen Gefühle nur sehr sparsam erwiderten. Seit einigen Jahren war Helen verwitwet. Sie zog in die imposante Jugendstilvilla ihrer Schwiegereltern in Bad Godesberg um, dessen kleine Imitation das Chalet Gris war, wie Irma jetzt erkannte. Das Dachgeschoss hatte sie, da es über eine eigene ›Dienstboten-Treppe‹ erreichbar war, an vier Studentinnen vermietet. Aus sozialen Gründen, nicht des Geldes wegen, wie sie oft betonte!

Ein- oder zweimal im Jahr besuchte Irma ihre Tante, wenn sie in Bonn zu tun hatte, für ein Kaffeestündchen. Nie hatte sie einen Besucher bei Helen angetroffen außer der Zugehfrau, die mehrmals in der Woche nach dem Rechten sah. Nein, sie wusste wirklich wenig über die alte Dame oder dieses schöne Mädchen auf dem Bild. Nur Klagen über den Rücken, die Gelenke, die erfolglosen und schließlich aufgegebenen Besuche der Kurbäder. Ihre beiden Stiefsöhne erwähnte sie nur, wenn irgendwelche beruflichen Erfolge erzielt worden waren. Der Kontakt schien minimal zu sein.

Irma rief sich jenen Nachmittag ins Gedächtnis, als sie Tante Helen gestand, dass sie eigentlich reif für einen Urlaub sei, es war so vieles schief gelaufen. Aber wohin jetzt in der Hochsaison? Sie saßen in der Nachmittagsonne in dem Erker zum Garten hin. Tante Helen lehnte ihren kleinen Vogelkopf zurück in die Polsterung des Sessels und betrachtete Irma nachdenklich.

»Kennst du Korsika?«, fragte sie nach einer Weile.

»Ja, kenne ich, allerdings nur vom Wasser aus. Ich habe mal einen Segeltörn mitgemacht von St. Florent aus. Calanche, Ajaccio, Bonifacio ...«

Tante Helens Blick ruhte immer noch auf Irma, und bei der Erwähnung dieser landschaftlichen Schönheiten zitterte das schlaffe Kinn. »Ja, ja, natürlich. Schöne Orte, ja. Aber das ist das Korsika für Touristen«, tadelte sie schroff. Nach kurzem Schweigen fuhr sie fort: »Ich habe von meinem Mann dort ein Haus in den Bergen geerbt. Im westlichen Niolu. Aber das sagt dir wohl nichts. Es steht seit Jahren leer.«

In Irmas Familie war dieses Haus manchmal erwähnt worden, es wurde aber, wenn überhaupt, nur von der Verwandtschaft von Helens Mann in Anspruch genommen. Seit damals hatte sich in Irma eine verworrene Vorstellung dieses Hauses in den Bergen gebildet – halb französisches Landhaus, halb Tiroler Sennhütte.

»Willst du nicht dort hinfahren?«, und als Irma zögerte, setzte Helen leise hinzu: »Es ist schön da.«

Irma schaute wieder zu Helens Jugendbild hinüber und gab der alten Helen Recht. Wenn auch das Chalet Gris ganz anders als erwartet war – ja, es war schön hier.

Tante Helen hatte sie gebeten, aus ihrer Vitrine ein Fotoalbum aus schwarzem Leder herauszuangeln. Mit nervösen braun gefleckten Händen blätterte sie dann darin hin und her, bis sie die Seiten gefunden hatte, die sie Irma zeigen wollte, merkte aber dann, dass die Fotos mit den unregelmäßig gezackten Rändern nichts von dem aussagten, was sie Irma über das Niolu oder Korsika ganz allgemein hatte nahebringen wollen. Es waren meistens unscharfe Bilder von Helen zusammen mit den beiden kleinen Stiefsöhnen beim Spiel mit einem Ball oder einem Holzauto, Helen einmal mit ihrem später verunglückten, etwa dreijährigen Jüngsten auf dem Arm, hier auf der Terrasse. Das Chalet Gris war kaum und wenn nur ausschnittsweise zu sehen. Auf einigen Fotos tauchte im Hintergrund ein etwa sechszehnjähriger Bursche auf, ein Einheimischer offenbar. Irma erinnerte sich an ein bestimmtes Foto, auf dem Helen mit einem der Kinder im Gras saß und in die Kamera lachte. Der junge Kerl hockte ein Stück dahinter auf einem umgestürzten Baum, die Arme auf die Knie gestützt, in den Händen ein Messer und ein Stück Holz. Er beobachtete die Szene mit finsterer Miene.

»Das? Das ist Ciro – ein Junge aus der Nachbarschaft«, erklärte Helen in sich gekehrt auf Irmas Frage. »Cicero Kossionides. Ein griechischer Name, ja. Er hat griechische Vorfahren. Weißt du, es gibt Dörfer an der Westküste, die vor, ich glaube, zweihundert Jahren von Griechen gegründet wurden. – Also, an ihn, an seine Familie wirst du dich wenden müssen, wenn du hinfährst. Sie verwalten das Haus sozusagen. – Du fährst doch hin, nicht wahr?«

Als Helen merkte, wie drängend ihre Frage klang, klappte sie das Album mit einem ärgerlichen Knall zu, als bereue sie es, überhaupt in der Vergangenheit gestöbert zu haben.

»Ja, ich fahre. Ich fahre nach Korsika«, hatte Irma plötzlich beschlossen.

Cicero Kossionides. Ciro. Aus dem hübschen jungen Kerl war also inzwischen dieser mürrische alte Mann geworden, den sie gestern nebenan kennen gelernt hatte, überlegte Irma und schüttelte bedauernd den Kopf.

Auf der Terrasse des Chalet Gris war es angenehm kühl. Heute Morgen hatte Irma sich noch gewundert, wie man einen Freisitz an der Ostseite eines Hauses einrichten konnte, wo nach ein paar Stunden kein Sonnenstrahl mehr hingelangte, aber jetzt, in der Glut des Nachmittags, verstand sie es. Urlaubsbräune war hier allerdings nicht zu erringen, aber darauf legte man vor hundert Jahren bekanntlich keinen Wert. Sie nahm den angefangenen Roman zur Hand und las gut zwei Stunden lang. Manchmal trabten wieder Wanderer unten vorbei, in der Hitze nicht mehr ganz so schwungvoll wie morgens, selten einmal war ein Auto zu hören. Es gab Leben, aber doch genügend weit weg.

In der Dämmerung inspizierte Irma die Reste ihres Frühstücks im Kühlschrank und entschied, damit auch das Abendbrot zu bestreiten. Morgen würde sie dann in einem der Dörfer nach einem Restaurant ›typique‹ suchen, heute wollte sie sich von der trägen Stimmung treiben lassen und den Abend vertrödeln. Ein paar Gläser Rotwein taten das ihre dazu. Manchmal meldeten sich mahnende Gedanken, dass sie doch hierher gefahren war, um über ihr Leben, ihre Probleme nachzudenken. Eine Entscheidung musste gefällt werden, nicht gleich, aber doch bald, morgen ... Nicht jetzt.

Es war schon spät, als Irma durchs Haus ging, alle Fensterläden schloss und auch nochmals an der verriegelten Haustür rüttelte. Im Vorübergehen an den Fenstern der Halle glaubte sie, aus den Augenwinkeln die Umrisse eines Mannes zu entdecken, der unten auf der Straße stand und das Chalet Gris anstarrte. Als sie ihn, etwas beunruhigt, genauer betrachtete, sah sie, dass er sich nur eine Zigarette anzündete und dann seinen Weg die Straße hinunter fortsetzte.

*D*er Kopf brummte ein bisschen vom vielen Rotwein, als Irma am Morgen aufstand, aber sie hatte gut zehn Stunden geschlafen. Unschlüssig lehnte sie am weit geöffneten Schlafzimmerfenster. Heute war es ihr lästig, dass wieder eine Fahrt in das Dorf nötig war, um zu einem Frühstück zu kommen. Unten auf der Straße knatterte ein Moped, und überrascht erkannte sie Vanna Kossionides, die mit einer Hand lenkte und mit der anderen ihren Rock über die Knie zerrte. Aus einem hohen Korb auf dem Gepäckträger lugten drei Baguettes. Sie hat es also schon erledigt, dachte Irma neidisch. Ihr fehlte heute sowohl der Elan als auch der Bärenhunger, aber ein Einkauf war unumgänglich.

Den Supermarché mittlerer Größe gleich am Eingang des Dorfes mied Irma auch dieses Mal. Es zog sie wieder zu dem vollgestopften Lebensmittelladen und der duftenden Bäckerei mit der kleinen energischen Madame hinter dem Tresen. Wieder wurde alles in dem im Schatten geparkten Auto verstaut, einschließlich zwei neuer Weinflaschen, diesmal ein Rosé aus Golo und ein Roter von der Ostküste. Aber Irma hatte keine Lust, gleich zurückzufahren. Unter den Platanen des Marktplatzes hatte die Bar ein paar Tische und rote Plastikstühle platziert. Dort ließ sie sich nieder und bestellte bei dem nach einer Weile auftauchenden Kellner einen Café crème.

»Vielleicht auch ein Croissant?«, schlug er fachmännisch vor. Ein gelber räudiger Hund streunte herbei und ließ sich unter ihrem Tisch nieder. An der Hauswand der Bar hockten zwei alte Männer vor ihren Espressotassen und musterten sie neugierig, immer wieder freundlich nickend. Überzeugt, dass Irma kein Wort verstand, tauschten sie in ihrem melodiösen, italienisch-französisch klingenden Korsisch ihre Meinung über alleinreisende Touristinnen aus.

Irma schaute sich um. Der Marktplatz wurde eingerahmt von der Kirche mit ihrem schlanken, quadratischen Turm, einigen Wohnhäusern, der Bar und auf der Talseite vom ›Hotel de Ville‹. In den zwei oberen Stockwerken umkränzte jedes Fenster ein Balkon mit einer altersschwachen, immer wieder anders geformten schmiedeeisernen Brüstung. Links führte die Straße, von Häusern gesäumt, an der Kirche vorbei aus dem Ort hinaus.

Gerade hatte Irma sich zum Gehen entschlossen, als der Padrone aus dem Lebensmittelladen an ihrem Tisch auftauchte. Ob sie erlaube, dass er sich zu ihr setze? Seine Frau würde jetzt ein Weilchen den Laden versorgen. Er stellte sich artig vor: Armand Bonnet. Unaufgefordert brachte ihm der Kellner einen Espresso und für Irma ein Glas Wasser. Natürlich brannte der Händler darauf, endlich Genaueres über sie zu erfahren, und als sie den Namen ihrer Unterkunft nannte, geriet er ins Schwärmen.

»Ah, im Chalet Gris? Mon Dieu! Ein wunderbares Haus, wirklich prachtvoll. Etwas ungewöhnlich in dieser Gegend, ja. Aber so schön im ›umbriccia‹ gelegen, an der Schattenseite!« Er deutete auf das Rathaus. »Hier baut man eher so. Ein Sippenhaus ist das früher gewesen. Übrigens, mein Vater hat am Bau des Chalet Gris mitgearbeitet, ja.« Ein taxierender Blick streifte sie. »Sie müssen sehr reich sein.«

Irma winkte ab und klärte ihn darüber auf, dass sie nur eine ganz entfernte Verwandte der Meyerhoffs und schlichter Gast im Chalet Gris sei.

Während er den Zuckerrest aus dem Tässchen kratzte, schwärmte er weiter. »Ja, das Chalet! Den ganzen Sommer über war es voller Gäste. Ein Kommen und Gehen war das, oh! Manchmal, am Abend, wenn der Wind richtig stand, hat man die Musik und das Lachen bis hier ins Dorf gehört! Die alten Meyerhoffs, die haben das Leben genossen! – Und später dann, diese wunderschöne blonde Frau, die Schwiegertochter, die jeden Sommer dort war. So elegant, eine Dame. Alle jungen, ach, auch die alten Männer haben diese Frau sehr bewundert! Par distance, versteht sich! So eine Blondine – das war etwas Besonderes in unserem Tal. Wie alt mag sie jetzt sein?«

Damit konnte nur Tante Helen gemeint sein. »So achtzig, zweiundachtzig, glaube ich.«

Der Padrone wiegte den Kopf und lächelte versonnen. »Mon Dieu ... Wo sind die Jahre hin?!«

Sie lachten. Nach ein paar nachdenklichen Minuten murmelte Monsieur Bonnet verschwörerisch: »Diese Frau, sie war so eine geheimnisvolle Schönheit, wenn Sie wissen, was ich meine ...«, aber als er Irmas aufkeimendes Interesse wahrnahm, brach er ab und sah schnell fort.

Vom Rathaus her kam ein Mann auf die Bar zu. Nackenlanges, über der Stirn gelichtetes Haar, schwarze Brauen und ein Schnauzbart bis hinunter zum tiefgekerbten Kinn – Cicero Kossionides. Erst jetzt im Tageslicht wurde Irma klar, was für ein gut aussehender Mann er war. Er nickte dem Händler einen knappen Gruß zu und ließ sich ohne zu fragen an ihrem Tisch nieder. Nachdem er sich eine Gauloise angezündet hatte, wandte er sich zu Irma und fragte: »Geht es Ihnen gut, Madame?«

Das weiße Hemd stand weit offen und enthüllte das silbrige Haar auf seiner Brust. Er mochte etwa Mitte sechzig sein.

»Danke, sehr gut.«

»Werden Sie hier belästigt?«, wollte er wissen, ohne die Augen von ihr abzuwenden. Mit dem Kopf deutete er lässig auf den Dritten am Tisch.

»Belästigt?!« Irma versicherte mit wachsendem Ärger, dass Monsieur Bonnet willkommen sei, keineswegs lästig. Trotzdem erhob sich der Händler mit einem pikierten Schnaufer, legte ein paar Münzen auf den Tisch und murmelte: »Ich hab zu tun, à bientôt, Madame!« Er marschierte zu seinem Laden hinüber, wo er eine Weile mit seinen Gemüsekisten rumorte und schließlich verschwand.

Cicero Kossionides beachtete ihn nicht. Sein konzentrierter Blick ruhte auf Irma, zuckte über die Wölbungen unter ihrem T-Shirt, hinunter zu ihren Füßen mit den nackten Fesseln. Mit einer scheinbar zufälligen Bewegung strich er sich über den Hals zum Schlüsselbein. Sein Hemd verschob sich.

»Ich will, dass Sie sich hier wohl fühlen«, stellte er fest, schnippte die Asche von seiner Zigarette. »Eine allein reisende schöne Frau weckt vielleicht bei manchem hier am Ort falsche Hoffnungen.«

Auch der Hund unterm Tisch schien die veränderte Stimmung zu spüren. Er stellte sich mühsam auf die Beine und ließ sich im Schatten der Bar wieder nieder. Mit dem Kopf auf den Pfoten beobachtete er das Paar mit vorwurfsvollen Triefaugen.

Der Kellner tauchte mit einem Espresso auf und servierte ihn wortlos dem neuen Gast. Irma fuhr zusammen. Ihr wurde plötzlich bewusst, dass sie wie gebannt auf die schwarze Brustwarze gestarrt hatte, die ihr Gegenüber mit der lässigen Handbewegung enthüllt hatte. Errötend gab sie dem Kellner zu verstehen, dass sie zahlen möchte.

»Bitte, das übernehme ich«, entschied ihr Gegenüber.

»Alors, merci!« Irma erhob sich. »Au revoir, Monsieur.«

Aber er beugte sich vor und ergriff ihren Arm. »Bitte, Madame, geben Sie mir noch einen winzigen Moment die Ehre.«

Durch seine rasche Bewegung schwappte Irma aus dem geöffneten Hemd der Duft eines herben Körperpuders in die Nase, erinnerte an Farne und Thymian.

Überrumpelt sank sie wieder auf den Stuhl. Es schien ausgeschlossen, in der Gegenwart dieses Mannes eine eigene Entscheidung treffen zu können. Einerseits ärgerte sie diese extrem zur Schau gestellte Männlichkeit, sie fand sie peinlich bei so einem alten Herrn, gleichzeitig musste sie sich eingestehen, dass er sie faszinierte. Oder interpretierte sie in sein Verhalten etwas hinein?

Sie räusperte sich. »Arbeiten Sie hier, Monsieur?«

Cicero Kossionides deutete mit dem Kopf zum Rathaus. »Ich arbeite dort in der Verwaltung. Nichts Besonderes. Wie sagt man in Deutschland? Schreibtisch-Hengst?« Sein ironisches Lächeln entblößte tadellose Zähne. »Aber man muss froh sein, hier überhaupt eine Arbeit zu haben. – Und Sie, Madame?«

»Ich? Ich bin Musiklehrerin. Cello.«

Mit einem zweideutigen Schmunzeln ließ Ciro seine Schenkel noch weiter auseinander klappen und imitierte das Spielen des Instruments. »Cello!« Die Vorstellung schien ihn zu amüsieren. »Sind Sie eine strenge Lehrerin?«, hakte er nach. Irma zog nur die Brauen hoch und schaute an ihm vorbei zum Rathaus. »Und Sie sind ganz allein? Kein Ehemann? Kein Freund? Pas d'amour?«

Ciros Augen inspizierten ihre Hände nach einem Ehering, verfingen sich in ihren unsteten Augen. Wieder entblößte er seine Zähne zu einem breiten Grinsen, die blitzenden Augäpfel verschwanden hinter schmalen Schlitzen.

»Ich bin mit allem gut versorgt, Monsieur. Außerdem komme ich bestens allein zurecht!« Irma wurde laut und schroff. Nichts widerstrebte ihr in ihrer gegenwärtigen Verfassung mehr, als zu flirten. Diese abgeschmackte Anmache widerte sie plötzlich an.

Ihr Gegenüber kippte unbeeindruckt den Rest des Espresso hinunter. »Sie sprechen gut Französisch. Wieso?«
»Ich habe zwei Jahre in Frankreich gelebt.«
Er wartete einen Moment auf weitere Erklärungen, und als sie ausblieben, stand er auf. »Alors – falls Sie Hilfe brauchen, Madame, denken Sie daran, wir sind für Sie da. Ich habe meiner Frau gesagt, dass sie Ihnen zur Hand gehen muss, was immer Sie brauchen. Sie wird alles tun, was Sie wünschen.«
Er stützte beide Hände auf die Tischplatte, und sein Gesicht kam dem ihren sehr nahe.
»Ich will Sie glücklich machen, Madame.«
Es klang wie eine Drohung.
Irma hielt die Luft an, während sie ihm nachsah. Er war nicht sehr groß, hatte breite Schultern und leicht nach außen geschwungene Beine. Nicht schlecht gebaut, dachte sie, aber kein Grund, sich für unwiderstehlich zu halten.
Plötzlich wandte er sich wieder um, hob das Kinn kurz an und lachte zufrieden, weil er ihren nachdenklichen Blick auf sich ruhen fühlte. »Wie war Ihr Name? Ah, Irma ... Das gefällt mir. Nennen Sie mich Ciro. Ciro! – A bientôt, Irma.«
Macho, dachte sie, aber nachsichtig.
Als Irma den Lebensmittelladen passierte, rief sie ein versöhnliches »Au revoir, à demain!« hinein, aber das Ehepaar tat beschäftigt und übersah sie. Lächerlich! Die Erkenntnis, dass sie schon beim ersten längeren Aufenthalt im Dorf zwei alte Männer umgarnten und sich ihretwegen in die Haare kriegten, belustigte sie irgendwie. Aber, wer weiß, vielleicht bestanden hier Animositäten zwischen den Männern, die nichts mit ihrer Person zu tun hatten. Sie durfte nicht alles auf sich beziehen. Wie auch immer – für heute reichten ihr die Kontakte zu Korsen, jedenfalls zu alten. Aber junge Korsen waren nirgendwo zu sehen.

Das Frühstück auf der Terrasse unterblieb, der Appetit war verflogen. Unten auf der Wiese hängte Madame Kossionides Wäsche auf. Handtücher, Laken, Geschirrtücher, und als Männerunterhosen an die Reihe kamen, zog sich Irma zurück. Nachdem sie in ein Bikinihöschen geschlüpft war, das Oberteil ließ sie gleich weg, rückte sie einen Liegestuhl in das letzte Sonnenfleckchen und ließ sich dösend braten.

Doch sie fand keine Entspannung. Fordernd, unnachgiebig tauchten Bilder aus Deutschland vor ihr auf, Erinnerungen, die sie seit ihrer Ankunft so erfolgreich verdrängen konnte. Werner würde sich Sorgen machen und die Anrufe ihrer Mutter erdulden müssen. Keiner von beiden würde sie auf Korsika vermuten. Und Timo wird ihre Abwesenheit wahrscheinlich noch gar nicht bemerkt haben, es sei denn, er hatte einen Anruf gewagt. Sie sehnte sich plötzlich nach seiner schmusigen Zärtlichkeit, und wenn ein Windhauch über die Terrasse strich, stellte sie sich seinen weichen Mund vor, der über ihre Haut glitt. Sie rieb sich eine Ohrmuschel, als habe sie gerade dort seine Zunge gespürt. Alles in ihr drängte nach einer Umarmung, ohne konkret zu entscheiden, wessen Körper sie fühlen wollte. Diesen gereizten, ruhelosen Hunger nach Zärtlichkeiten konnte nur Timo in ihr auslösen. Werners selbstverständliche und unkomplizierte Art zu lieben war es aber, die sie in seinen Armen zur Ruhe kommen ließ. Selbstverständlichkeit jedoch liegt so nahe bei Bequemlichkeit, Zuverlässigkeit so nahe bei Langeweile, und Unkompliziertheit ist oft nicht zu unterscheiden von Oberflächlichkeit. Ausgelöst jedoch, das gestand sich Irma ein, wurden ihre Sehnsüchte von der erotischen Ausstrahlung eines Mannes, der ihr Vater sein konnte. Und es war offensichtlich, dass der Korse sich dieser Anziehungskraft bewusst war.

Irma griff nach einem Buch, doch ihre Gedanken und Gefühle spielten ihr wiederholt einen Streich. Dann musste sie in der mittäglichen Hitze doch eingeschlafen sein. Sie erwachte fröstelnd. Durch die Tamarisken und Kastanienbäume fuhr ein böiger Wind. Von den Berghängen jenseits des Tales wälzten sich grauen Wolken in die Mulde herab. Wenig später setzte ein solches Unwetter ein, dass von dem Tal nichts mehr zu sehen war.

Ziellos bewegte sie sich durch das verschattete Haus, umprasselt, umrauscht vom strömenden Regen. Sie wartete ungeduldig auf die Rückkehr des Sonnenscheins, bis ihr einfiel, oben nachzusehen, ob das Dach überhaupt einem solchen Guss gewachsen war. Und tatsächlich, in dem schmalen Gang längs der Hausfront tropfte es an einer Stelle in eine große Pfütze. Auch in zwei der Dachkammern klang ihr das gleichmäßige Ploink-ploink entgegen, aber hier fingen schon Plastikschüsseln und ehemalige Farbeimer die eindringende Nässe auf. Die Kossionides wussten also Bescheid über den desolaten Zustand des Daches und hatten vorgesorgt.

In den Kammern unter der Dachschräge, gleichmäßig ausgestattet mit Bett, Kommode und Schrank, kramte Irma mit halbherzigem Interesse herum. Sie fand aber nur leere verbogene Drahtkleiderbügel, Mottenkugeln auf mürben Laken, in den Schubladen eine Paketschnur, eingetrocknete Klebetuben, ein paar schöne abgeschliffene Steine aus einem Bachbett, ein Mensch-ärgere-dich-nicht-Spiel, ein Federpennal aus Holz mit ein paar Buntstiften darin und gleich daneben eine Mappe mit Kinderzeichnungen.

Da gab es ein Bild mit einem schwarzen Auto mit der Unterschrift ›Pappas neuer Mercedes‹, ein anderes mit einem dicken Marienkäfer, eines mit einem Haus, aus dessen Schornstein sich üppiger Rauch kräuselt, und wo hinter dem Gartenzaun Sonnenblumen leuchten. Ein Blatt zeigte einen Mann in schwarzer Hose, weißem Hemd, der mit einem riesigen Gewehr auf ein braunes Schwein zielt und darunter stand ›Ciro mit dem Schiesgewär schiest alles rot«. Und eines mit einer gelbhaarigen Frau, einem Mann und zwei Ball spielenden Jungen mit der Unterschrift ›Mamma, Ciro, Jochen und Hans in Korsika‹. Helen und Ciro – in aller Unschuld dargestellt wie Vater und Mutter, zusammen mit den spielenden Kindern.

Irma hockte sich auf die Matratze des Bettes und beobachtete die Regentropfen, die an die staubige Scheibe des Gaubenfensters prallten und stockend zu dem abgeblätterten Fensterrahmen herabrollten. Wie war das wohl hier gewesen, vor vierzig oder fünfzig Jahren, als Helen mit den Jungs sämtliche Ferien hier verbracht hat, ab und zu begleitet oder besucht von ihrem Mann oder anderen Verwandten? Hatte sie auch einsame Urlaubstage hier verbracht, als bei den anderen das Interesse an den korsischen Bergen nachließ? Hatte der schöne junge Korse im Nachbarhaus schon vor Jahrzehnten diese starke Anziehungskraft, die der gealterte Mann heute noch ausstrahlte?

Irma zog die Mappe wieder an sich heran und blätterte weiter, doch Ciro tauchte auf keinem weiteren Bild auf. Nur eines fiel ihr noch auf, wieder die Frau, mit viel Liebe fürs Detail gemalt, roter Mund, blaue Augen und viele gelbe Kringellocken, ein geblümtes Kleid, schwarze Schuhe und ein Blumenstrauß in einer abgespreizten Hand – aber daneben stand unübersehbar: ›Mamma ist doof‹.

In jeder Hand eines der Bilder, die ein kleines Fenster in die Vergangenheit geöffnet hatten, lächelte Irma über den Protest, wahrscheinlich gegen eine mütterliche Ungerechtigkeit, vor so vielen Jahren. Aber auch Melancholie schlich sich ein über die schnell verrinnende Zeit. Aus den beiden Jungs, die hier Fußball gespielt, in der Macchia Räuberhöhlen gebaut, sich geprügelt und versöhnt und einen tollen Korsen aus der Nachbarschaft bewundert hatten, waren zwei sich sehr ähnliche, humorlose

Männer geworden, Rechtspfleger der eine und Manager in der Autobranche der andern. Den Zweiten Weltkrieg hatten beide ohne größere Blessuren überlebt.

Sie legte die Mappe wieder in die Schublade zurück und schob sie zu. Aus der Küche holte sie noch eine Plastikschüssel, um sie unter das Leck im Gang zu stellen. Aus dem Fenster blickend wurde klar, dass heute kein Sonnenschein mehr zu erwarten war. Zwar waren inzwischen wieder die Umrisse der Berge zu erkennen, aber Regenschwaden zogen wie nasse Tüllgardinen schräg durch das Tal, und die Sintflut hatte sich in einen milden Dauerregen verwandelt. Die Wäsche von Madame Kossionides baumelte schwer an der tief durchhängenden Leine.

Irma zog einen Stuhl an das Küchenfenster. Wenn Werner hier wäre, hätte er jetzt sicher im Wohnzimmer den Kamin eingeheizt. Das wäre sehr gemütlich. Aber ob der Kamin bei diesem Wetter überhaupt zog? Morgen früh wollte sie einmal hinterm Haus nachsehen, ob dort nicht vielleicht ein paar Scheite zu finden waren. Allerdings müsste sie dann erst noch den verbarrikadierten Kamin freilegen. Ob das ging? Nachher würde sie das Suppenhuhn zusammen mit all den anderen notwendigen Zutaten zu einem Pot-au-feu zubereiten. Den Ausflug zu einem Lokal in der näheren oder weiteren Umgebung verschob sie lieber auf einen Sonnentag.

Bevor Irma zu Bett ging, machte sie wieder ihren Sicherheitsrundgang, und dabei schaute sie auch aus dem großen Fenster der Halle auf die Straße hinunter. Aber heute war niemand dort zu sehen. Verärgert über das Wetter und plötzlich ganz schlecht gelaunt ging sie schlafen.

*M*it dieser Stimmung wachte Irma auch am Morgen auf. Es regnete immer noch. Sie stopfte in der Küche zwei Stücke aufgebackenes Baguette in sich hinein, trank zwei große Tassen Kaffee und beschloss, diesen Tag zum ›Tag der Großreinigung‹ zu erklären, den sie natürlich ohne die Nachbarin erledigen würde. Wieder wurden alle Fenster aufgerissen, die brüchigen Brokatvorhänge in den Wohn- und Schlafräumen kräftig hin- und hergewedelt, um wenigstens den Staub zu entfernen. Nachdem die Luft im Wohnzimmer wieder klar war, versuchte sie, den prächtigen Kronleuchter mit seinen klirrenden Kristallprismen, eingesponnen in einem riesigen Kokon von Spinnweben, vorsichtig mit dem Fön freizulegen, wischte mit Hingabe Staub von den Möbeln und Bildern, Marmorfußboden und Fenster wurden feucht geputzt. Als sie an der Tür zur Halle angelangt war und den Raum in seiner kalten Pracht überblickte, war ihr klar, dass er sie für die Dauer ihres Aufenthaltes nicht oft sehen würde. Gottlob gab es auch von der Küche aus eine Tür zur Terrasse, sodass sie das Wohnzimmer wieder seinem Dornröschenschlaf überlassen konnte. Nur das Gemälde ihrer Tante würde sie irgendwie vermissen, und sie entschied plötzlich, es in die kahle Küche zu holen und – falls sie einen Nagel und Hammer auftreiben würde – es an der Wand gegenüber der Terrassentür aufzuhängen. Sie zerrte minutenlang an dem großen Bild herum, doch es gelang ihr nicht, den rostigen Draht, der als Aufhängung quer über den Rücken des Bildes gespannt war, aus dem Haken zu lösen. Aber es würde ihr schon noch etwas einfallen!

Die zweite Aktion galt der Küche, die ihr, zusammen mit ihrem Schlafzimmer, der liebste Raum des Chalet Gris geworden war. Die baumwollene Blümchengardine aus der Küche vertraute sie trotz gewisser Bedenken der Waschmaschine an. Verbissen werkelte sie weiter. Ihr Aktionismus war endgültig verflogen, als der Marmorboden der Küche und der Terrazzoboden der Halle aufgewischt waren.

Inzwischen war es Mittag geworden, der Regen hatte endlich aufgehört. Über die Berge und das Tal zogen immer noch bleigraue Wolkenknäuel, doch ab und an zeigte sich ein Stück blauer Himmel. Irma wärmte sich den Rest ihres gestern zubereiteten Pot-au-feu auf, schaufelte ihn mit aufgestützten Ellbogen müde in sich hinein. Die Waschmaschine gurgelte das letzte Spülwasser in den Ausguss, und Irma fragte sich, wie sie die großen Stoffteile trocknen sollte. Sie hatte keine Vorrichtung zum Wäscheaufhängen, auch keinen Klappständer auf der Terrasse gesehen. Sie machte sich auf die Suche. Über ein paar Stufen erreichte man die Rückseite des Hauses, den kleinen Hof, dessen weiße Kieselsteine von allerlei Unkraut fast überwuchert waren. Irma entdeckte eine gusseiserne, schön geschwungene Gartenbank hinter den herabhängenden tropfenden Zweigen, an der Hauswand lehnte eine hölzerne Schubkarre. Es roch faulig und nach Urin. Auf der anderen Seite, in die Nische zwischen Turm und Haus, war ein hölzerner Verschlag angebaut. Sie fand darin Gartengeräte, ein paar Krocketschläger und – wovon sie gestern Abend geträumt hatte – einen größeren Stapel Kaminholz, aber auch eine Rolle Draht, der ihr als Wäscheleine gerade recht war. Auf der Terrasse spannte Irma ihn zwischen Hauswand und der Terrassenecke, wo ein eiserner Pfosten früher vielleicht einmal ein Sonnensegel oder eine Markise über der Terrasse gehalten hatte, und warf die brüchigen Küchengardinen darüber.
Mit einem Mal hatte Irma die Nase voll von diesem Haus. Fast im Laufschritt erreichte sie das Bad, machte sich frisch, zog eine schwarze Leinenhose und blaue Bluse an, legte einen Pulli um. Während sie im Erdgeschoss die Fenster verriegelte, entschied sie sich für einen Ausflug in das Dorf auf der Ostseite des Tals, dem Chalet Gris direkt gegenüber, aber um einiges höher am Berg gelegen. In erwartungsvoller Stimmung startete sie den Wagen, rollte an der Klosteranlage vorbei, am bewaldeten Hang

entlang immer tiefer ins Tal hinab, bis der Wagen über eine schmale gebogene Steinbrücke einen Bach überquerte. Auf der anderen Seite wurde der Wald von Macchia abgelöst, und die schmale Straße wand sich mit regelmäßigen Kehren mühsam bergauf.

Das Dorf Calluna entpuppte sich als ovale, in sich geschlossene Anlage, viel malerischer als das langgezogene Straßendorf Viccio. Auch hier reihten sich um den von einer riesigen Kastanie beschatteten Marktplatz eine frisch verputzte Kirche, Wohnhäuser, das Hotel de Ville, zwei Bars, aber es gab auch seitlich pittoreske Gassen, wo auf den Fenstersimsen Geranien wippten. Winzige Gärten drängten sich hier und da zwischen die Häuser und verbreiteten mit Salbei, Thymian, Tomaten und Stangenbohnen würzige Düfte.

In einer dieser abwärts führenden Gassen stieß Irma auf einen Laden mit der Aufschrift ›Casa di l'Artigiani‹. Auf einem primitiven Holzständer im Freien wurden Krüge, Schalen, Becher und Teller aus Keramik angeboten, in denen sich das Regenwasser gesammelt hatte. Irma betrat den Laden. Er bot eine Unmenge kunstgewerblicher Gegenstände an, Kerzen in vielen Größen und Farben, Korbwaren und einen Stapel handgewebter Decken, Figuren aus Kieselsteinen und Holz zusammengebastelt, aber auch Erfrischungen aus einer Kühltruhe.

Der rote Vorhang, der den Laden vom Nebenraum trennte, wurde von einer Frau beiseite geschoben. Sie war ungefähr in Irmas Alter, also Mitte dreißig, eine rundliche, kräftige Person mit braunem Haar, dem sie offenbar mit Henna belebendes Feuer zu geben versuchte, in einem wadenlangen, bunt bedruckten Baumwollrock und einem schwarzen T-Shirt.

»Bonjour! Suchst du was Bestimmtes, oder schaust du dich nur um?« Unter den Ponyfransen taxierten Irma flinke braune Augen.

»Ich möchte nur mal schauen, ja.«

Die Frau ging ins Freie und kippte das Regenwasser aus den Keramikgefäßen. Ihre Füße mit rissigen Hornhauträndern steckten in Schlappen mit Strohsohlen. Nach einer Weile folgte ihr Irma.

»Nichts gefunden?«, fragte die andere mit gespieltem Erstaunen. »Bei der Riesenauswahl?!«

»Tja, ich weiß nicht recht ... Machen Sie das alles selbst?« Die Frau hob abwehrend die Hände. »Um Himmels willen, nein! Aber man muss für jeden Geschmack was bieten, sonst geht man hier vor die Hunde.« Sie deutete auf die Krüge. »Das mache ich. Die Keramiksachen mit dem ›A‹ im Fuß, das sind meine. ›A‹ wie Agnes. Das andere Zeug bringen mir Freunde aus dem Dorf und der Umgebung zum Verkaufen. – Und du? Sicher kommst du von der Küste hierher vonwegen dem Sauwetter.«

»Nein, nicht von der Küste, ich wohne hier in der Gegend. Aber es stimmt schon, das schlechte Wetter hat mich aus dem Haus getrieben. Es war…«

Die Frau hörte ihr, immer breiter lächelnd, zu und fiel ihr schließlich ins Wort: »Also, erst mal hörst du auf, mit mir Französisch zu reden. Den Akzent kenn ich doch! Du bist Deutsche, nicht wahr? Ich nämlich auch. Ja!« Sie streckte Irma ihre Hand hin und schüttelte sie nach Männerart. »Eine Deutsche, klasse! Himmel, wann hab ich das letzte Mal deutsch geredet? Das muss ewig her sein!«

Irma stotterte überrascht: »Was? Eine Deutsche? Hier?«

Agnes ließ sie nicht aus den Augen. »Ja, eine Deutsche am Arsch der Welt! Da bist du platt, was? – Was meinst du, trinken wir was zusammen und quatschen ein bisschen? Du hast doch Zeit, oder? – Also dann!«

Agnes verriegelte den Laden und hängte ein Schild »Bin gleich zurück« an die Klinke. Sie führte Irma ein paar Schritte durch das Gässchen, das einen Bogen nach rechts machte und damit parallel zum Hang verlief, hinab zu einem unscheinbaren Haus, die ›Auberge de Santi‹. Forsch durchquerte sie den leeren Gastraum bis zur

Rückseite, wo zwischen zwei Fenster eine kleine Tür auf einen schmalen, überdachten Balkon führte. Dort ließ sie sich an einem der beiden wackeligen Tische nieder.

»Pasquale, zwei Gläser vom Roten, bitte!«, rief sie über die Schulter ins Restaurant zurück.

Irma trat an die Holzbrüstung des Balkons und hielt für einen Moment den Atem an. Unter ihr fiel der Hang fast senkrecht etwa zwanzig Meter ab, und die sorglose Holzkonstruktion dieses Anbaues hätte auch vor der großzügigsten Baubehörde in Deutschland keine Gnade gefunden. Wie im Nest eines Adlerhorstes schwebte man über dem Tal, belohnt durch einen immensen Ausblick. In der Tiefe schlängelte sich, teils in der Schlucht versteckt, teils weiß schäumend, der Bach, auch die genuesische Brücke, die sie überquert hatte, entdeckte sie. Dahinter stieg der Wiesenhang auf, nach dem Regen saftig grün leuchtend. Der Einschnitt der Straße am Waldrand gegenüber war gut auszumachen, natürlich das leuchtende Gemäuer des Klosters, ein wenig höher der Weiler mit der hellen Häuserzeile der Familie Kossionides und die Kapelle. Das Chalet Gris war zwischen den Kastanien nur zu erahnen. Im Nordwesten verlief der Gebirgszug mit Viccio. Die Sonne, die sich immer wieder vorkämpfte, ließ scharf umrandete Wolkenschatten durch das Tal ziehen.

Ein hagerer Mann brachte die gefüllten Weingläser, begrüßte Agnes mit zwei Wangenküssen, Irma mit einem Händedruck, tauschte mit ihnen ein paar Sätze über die Wetterlage und zog sich wieder zurück. Nach einem letzten scheuen Blick in die Tiefe nahm Irma vorsichtig Platz. Agnes hob das Glas.

»Wie sagt man zu Hause? Prost. Na denn, Prost!« Sie nahm einen herzhaften Schluck.

Auf ihre Fragen erfuhr Irma, dass Agnes seit ihrem sechzehnten Lebensjahr auf Korsika lebte. Damals ließ sie sich als Saisonarbeiterin in die Küche eines großen Hotels in Ajaccio vermitteln. Eigentlich sollte es nur für einen

Sommer sein, aber dann sei sie doch auf der Insel hängen geblieben. Im Sommer habe sie als Kellnerin gejobbt, als Zimmermädchen oder Küchenhilfe, einen Sommer lang als Kindermädchen bei ziemlich reichen Schweizern. Das war in Calvi, aber das sei nichts für sie gewesen.

»Ich war eine ziemlich ausgeflippte Type, musst du wissen!« Sie warf Irma mit blitzenden Augen einen vielsagenden Blick zu. »Ja, und im Winter? Irgendein Job hat sich immer gefunden. Oder ein netter Mensch, bei dem ich unterschlüpfen konnte. Etwas Geld hatte ich jeden Sommer gespart, das musste reichen. Ja, das war schon eine irre Zeit.«

Mit beiden Händen fuhr sie sich durch den Haarschopf und schüttelte ihn auf die Schultern. Dabei lachte sie genießerisch, erfüllt von tausend elektrisierenden Erinnerungen.

»Und wie bist du in dieses Dorf hier gekommen?«

»Ja, wie kam das ... Mit fünfundzwanzig hab ich meinen Mann kennen gelernt. Battista! Er hat im selben Hotel gearbeitet wie ich, als Kellner. Das war in Bonifacio. Ich hab mich wahnsinnig in ihn verknallt, und wie's der Teufel will, ich bin natürlich auch gleich schwanger geworden. Im Herbst hat er mich hierher in sein Dorf mitgenommen. Es gab eine ordentliche Dorfhochzeit – ich hatte schon soo einen Bauch! – und wir haben im Haus seiner Eltern gelebt, ein Stück weiter da oben. Moment!«

Agnes griff nach dem versilberten Medaillon, das an ihrem Hals baumelte, und klappte es auf. »Das ist er.«

Das winzige Foto zeigte ein zartes, bleiches Knabengesicht mit hohlen Wangen, Oberlippe und Kinn umrundete ein Bartstreifen, wie von einem Bleistift gezogen. Dunkle Augen unter schön geschwungenen Brauen, die Winkel der geschlossenen Lippen sind zu einem faunischen Lächeln nach oben gezogen.

»Ah, sieht gut aus!«, lobte Irma höflich. Aber irgendwie hatte sie sich Agnes' Mann anders vorgestellt, imponierender, nicht so ein Fliegengewicht. »Und mit euch und den Schwiegereltern, – das ging gut?«

Agnes klappte das Medaillon zu und schob es zwischen ihre Brüste.

»Nein, natürlich nicht. Damals war ich stocksauer, dass ich überhaupt ein Kind kriegen sollte, und entsprechend gelaunt. Oh ja! Dann das Kaff hier am Arsch der Welt, die verbiesterten Alten, die sich über die faule Deutsche aufgeregt haben. Ewig hat's gekracht zwischen uns! Bloß Battista, der war süß. Ein richtig strahlender Südländer, der den Verstand verliert, weil sein Pimmel einen Sohn fabrizieren konnte.«

Agnes hockte mit leicht gespreizten Beinen auf ihrem Stuhl, der bunte Rock hing zwischen ihren dicken Schenkeln herunter, der Bauch zeichnete sich kugelrund unter dem dünnen Stoff ab, ein Fleischwulst schob sich vom Rippenbogen herab, auf dem wiederum die erstaunlichen Brüste schaukelten. Die Fingernägel waren kurz und schmutzig, Haar und Gesicht ungepflegt, die Oberlippe zierte ein dunkler Flaum. Nur die großen wachen Augen ließen ahnen, dass hier keine dumme Schlampe saß. Irma konnte den Blick nicht von ihr lösen. Mit Staunen, aber auch Neid registrierte sie, dass Agnes überhaupt nicht daran dachte, den Bauch einzuziehen, den Busen mit einem BH etwas Halt zu geben oder die rauen Hände unter dem Tisch zu verbergen.

»Es ist natürlich ein Mädchen geworden, kein Sohn. Aber Battista hat die Schande mit Würde getragen.« Sie lachten beide über die albernen Männer im Allgemeinen und im Besonderen.

»Und wo ist sie jetzt, deine Tochter?«

»Sie ist bei einer Schwester von Battista. In Porto, für vier Wochen. Es sind ja Schulferien. Die führen da einen Campingplatz, und Faustina geht ihnen ein bisschen zur Hand. Mit ihren zwölf Jahren kann sie nicht viel machen, klar, aber sie bekommt ein kleines Taschengeld und Bett und Essen.« Agnes legte den Kopf zurück und tröpfelte sich den Rest Wein in die Kehle. »Hier und da kann sie hoffentlich mal am Strand liegen und baden oder mit Freunden rumziehen, meine Kleine ...«

Irma zeichnete die Kratzer in der rot lackierten Tischplatte nach. Ihr wurde bewusst, wie behütet, wie genormt ihr Leben im Vergleich zu diesem abgelaufen war. Abitur, Ausbildung zur Musiklehrerin, Eintritt ins Berufsleben, Staatsdienst, Erbin einer Musikalienhandlung ... Sie besaß eine Eigentumswohnung, in der sie seit vier Jahren mit Werner zusammenlebte. Existenzkämpfe wie bei Agnes hatte es in ihrer Vergangenheit nie gegeben. Dennoch war die heitere Gelassenheit, die satte Zufriedenheit mit ihrem Leben bei ihrem Gegenüber fast mit den Händen zu greifen.

»Und du hast das alles nie bereut? Nie Heimweh nach Deutschland gehabt?«

Agnes schaute Irma eine Weile nachdenklich in die Augen, dann schüttelte sie langsam den Wuschelkopf. »Heimweh? Also nach Deutschland nie. Einmal bin ich allerdings abgehauen, weil ich mich nach was gesehnt habe, das ich damals ›Leben‹ genannt habe, also, den Rummel in den Badeorten, Bars, Hotels, Badestrände. Na, eben alles das, was ich hier nicht habe. Aber nach drei Tagen war ich wieder hier. Und so geht's mir jetzt immer, wenn ich aus irgendeinem Grund runter an die Küste muss. Wie bin ich hinterher froh, wenn ich endlich wieder hier oben in den Bergen sitzen kann.« Agnes streckte beide Beine lang von sich und dehnte sich wie eine ausgeschlafene Katze. »Na, und dann gibt es ja auch noch den Battista!«

»Und wo ist der?«

Eine Weile verharrte Agnes in dieser Schräglage, mit geschlossenen Augen und die Arme hinter dem Kopf verschränkt. »Der kellnert diesen Sommer in Bastia.« Es klang rau, für Sekunden verfiel ihre fröhliche Miene. Mit einem Ruck richtete sie sich auf, zog Irmas Arm heran und schaute auf die Uhr. »So spät? Ich sollte mich mal wieder im Laden blicken lassen. Vielleicht kommt doch noch jemand vorbei. Sonnenschein bringt immer Kunden.«

Irma bezahlte, dann gingen sie.

Im Laden stöberte sie nochmals zwischen den Sachen herum, und als sie ein zweites Mal ein handgewebtes Fransentischtuch, weiß mit unregelmäßigen blauen Streifen, in die Hand nahm, ermunterte Agnes sie ungeniert zum Kauf.

»Wenn es dir nicht zu teuer ist, nimm es. Die Qualität ist prima. Ich kann das Geld schon brauchen. Ich krieg Prozente, verstehst du?«

Bei der Herausgabe des Wechselgeldes hielt sie inne. »Verdammt, jetzt habe ich gequasselt wie ein Buch und weiß gar nichts von dir. Also, du machst Urlaub hier. Und wo wohnst du?«

Als Irma das Chalet Gris nannte, stieß Agnes einen anerkennenden Pfiff aus. »Oh lalà, eine feine Bleibe hast du da!« Und wieder beeilte sich Irma klarzulegen, dass sie nur ein Gast und nicht etwa die Eigentümerin sei. Ihr solider Wohlstand war ihr plötzlich peinlich.

Agnes musterte sie mit glänzenden Augen. »Und gleich gegenüber der Platzhirsch vom Tal! Pass nur auf!« Und als sie Irmas Stirnrunzeln bemerkte, fuhr sie mit etwas gedämpfter Stimme fort: »Na, ich meine den Ciro. Den Ciro Kossionides! Eine Frau wie dich wird er kaum übersehen. Hast du ihn schon kennen gelernt?«

Irma nickte und erklärte, dass die Nachbarn sich um das Haus wie eine Art Verwalter kümmern würden. Mehr habe sie mit ihnen nicht zu tun, und mit Ciro schon gar nichts.

Agnes lächelte trotzdem vielsagend, aber der Eintritt von zwei jungen Leuten in Motorradkluft verhinderte weitere Andeutungen. Sie behielt die beiden ständig im Auge, hantierte dabei aber mit ihren großen und kleinen Kunstwerken herum. Als Irma nach einem Restaurant fragte, nannte Agnes die kleine Auberge de Santi als das beste im Tal.

»Ja, es ist wirklich gut! Aber heute Abend ist bestimmt jeder Tisch reserviert. Nach einem Regentag wollen sich Einheimische und Touristen mit einem guten Essen trösten. Wie wär's morgen Abend? Ich kann dir was reservieren lassen, wenn du möchtest.« Und als Irma immer noch zögerte, setzte Agnes hinzu: »Du wirst sehen, es ist eine klasse Küche. Lass dich von dem simplen Äußeren nicht stören.«

Die Schwierigkeit, in dieser Gegend in einem Restaurant vorab einen Tisch reservieren zu müssen, hielt Irma im Stillen für etwas gesucht. Aber sie war einverstanden und lud Agnes spontan zum Essen ein, die ohne Getue die Einladung annahm.

Gleichzeitig mit den Motorradfahrern, die sich schließlich mit zwei Dosen Cola begnügten, verließ auch Irma den Souvenirladen. Agnes blieb breitbeinig unter der Tür stehen, die Arme in die Seiten gestemmt, und als sich Irma nochmals umdrehte, winkten sie sich zum Abschied zu. Und Irma wurde klar, dass diese Frau sie völlig für sich eingenommen hatte.

Nach einer viertelstündigen Fahrt war Irma wieder auf ›ihrer‹ Seite angelangt. Nachdem sie den Wagen geparkt hatte, versuchte sie vom Straßenrand aus in dem weit oben am Berg liegenden Dorf etwas wiederzuerkennen, die Auberge de Santi oder die Töpferei, aber vergebens, die Häuser waren sich alle zu ähnlich.

Gerade hatte Irma die neue Tischdecke über den Küchentisch ausgebreitet, als sie ein Klopfen hörte, und erst beim dritten Mal wurde ihr klar, dass es ihr eigener Türklopfer war, der da dröhnte.

Es war Madame Kossionides, ganz außer Atem. Aus dem straffen Haarknoten hatten sich sogar einige Strähnen gelöst.

»Bitte, Madame, entschuldigen Sie die Störung. – Sie haben Wäsche gewaschen?« Die Frau schien nicht nur vom Laufen schwer zu atmen. Sie war eindeutig aufgeregt. Als Irma etwas perplex nickte, fuhr sie fort: »Bitte, Sie sollten das nicht tun! Ich habe eine ganz neue Waschmaschine, bringen Sie nur alles zu mir. Ich helfe Ihnen gern.«

In Irma schoss massiver Ärger hoch. Sie musste der Nachbarin offensichtlich doch ganz entschieden klarmachen, dass sie in diesem Haus allein und so unabhängig wie irgend möglich ihre Ferientage verbringen wollte. Während Irma diese Gedanken mit zorniger Stimme formulierte, gewann Madame Kossionides ihrerseits die Würde zurück, die Irma bei ihrer ersten Begegnung so imponiert hatte. Sie nahm ihre stolze Haltung mit dem leicht zurückgelegten Kopf an, und ihre Augen starrten an Irma vorbei in den Garten.

»Natürlich, Madame, ich verstehe. Ich wollte Sie nicht belästigen«, murmelte sie, als Irma schließlich verstummte. »Es ist nur so – meinem Mann liegt sehr viel daran, dass die Gäste in diesem Hause sich wohl fühlen, und er würde sehr böse werden, wenn er wüsste, dass Sie hier arbeiten, anstatt sich zu erholen.« Nach einem verlegenen Schweigen sah sie Irma wieder in die Augen. »Aber die Wäsche – man könnte sie jetzt abnehmen. Sie ist sicher trocken.«

Als Irma nicht sofort reagierte, schob sich Madame Kossionides wieselflink an ihr vorbei, eilte durch Halle und Küche, und ehe Irma einschreiten konnte, war sie auf der Terrasse und zerrte die beiden Vorhänge von der Leine. Sie faltete den Stoff ohne aufzublicken zusammen, und Irma sah, dass die Hände zitterten.

»Verstehen Sie doch – gleich kommt mein Mann«, flüsterte die Frau mit abgewandtem Gesicht. Aber sie schien jetzt erleichtert zu sein, und als sie Irma ansah, lächelte sie sogar.

Endlich durchschaute Irma das Verhalten, wenn sie auch die Ängste nicht nachvollziehen konnte. »Ach so, ach so«, stotterte sie. »Die Küche braucht eigentlich neue Gardinen. Die da sind ja schon ganz löchrig, Sie haben es sicher bemerkt.«

Sie stürzten sich beide dankbar auf das unverfängliche Thema, begutachteten die beiden Stofflappen und kamen zu dem Schluss, dass sich die Arbeit des Bügelns und Aufhängens nicht lohnen würde. Als Irma die Frau zur Tür begleitete, taten ihr ihre harten Worte von vorhin schon wieder leid. Glücklicherweise erinnerte sie sich an die Idee, das Bild von Tante Helen zumindest für die Dauer ihres Aufenthaltes aus dem Wohnzimmer in die Küche zu bugsieren, und um Madame Kossionides ein wenig entgegenzukommen, bat sie darum, ihr gelegentlich Hammer und einen großen Nagel vorbeizubringen, um die Idee in die Tat umsetzen zu können.

Madame Kossionides hielt auf der kleinen Treppe vor dem Turm inne und schaute sie befremdet an. »Sie wollen das Gemälde von Hélène in die Küche hängen?! In die Küche?« Sie schüttelte den Kopf. Aber auch sie wollte die Harmonie zwischen ihnen nicht erneut auf die Probe stellen. »Gut, gut. Ich werde alles besorgen. Wie Sie wollen. Also, Bonsoir, Madame!«

Irma schaute ihr nach. Madame Kossionides schien ständig einen unsichtbaren Korb oder Ähnliches auf dem Kopf zu balancieren, so tadellos war ihre Haltung. Als Irma an den Fenstern der Halle entlang zur Küche zurückging, sah sie Ciro Kossionides auf dem Fahrrad langsam die Straße herunterrollen, hier und da formte er fröhliche Schlangenlinien. Er wirkte sehr jugendlich und sorglos, die Schirmmütze saß heute verkehrt herum auf dem Kopf. Es war schwer vorstellbar, dass er seine Frau dermaßen unter Druck setzen könnte, wie sie es eben angedeutet hatte. Irma sah ihm zu, bis er das Fahrrad wie schon neulich abends im Schuppen verstaut hatte und dann in dem kleinen Wohnhaus verschwand.

*A*m Morgen waren die Hänge des Tales endlich wieder von grellem Sonnenlicht übergossen. Sofort bester Laune, beschloss Irma, den Tag auf der Terrasse zu verbringen. Nach einem ganz passablen Restefrühstück im Freien lag sie schon am frühen Vormittag im Liegestuhl. Aus Erfahrung wusste Irma, dass sie ihrer hellen, sommersprossigen Haut, gut eingecremt, ein einstündiges Sonnenbad ohne Reue zumuten konnte. Und in diesem dumpfen Dahindämmern in der Wärme konnte sie alle Grübeleien ausschalten. Später, als in der Mittagszeit die Terrasse im Schatten des Hauses lag, wurde sie wieder munterer, las ein wenig, wechselte die Kassetten im Kofferradio oder holte sich aus der Küche eine neue Flasche kaltes Mineralwasser.

»Hallo? Hallo, Irma?«

Das war Ciros raue Stimme, sie erkannte sie sofort. Ein Handtuch vor die Brust gerafft, lugte sie über die Brüstung auf die Straße hinab. Tatsächlich, dort stand er, schwenkte einen Hammer und eine kleine Schachtel.

»Ah, Bonjour, Irma! Ich höre, Sie brauchen meine Hilfe mit diesem Bild?«

Irma hätte am liebsten einen Blumentopf hinuntergeknallt, wenn einer greifbar gewesen wäre. Würde sie denn nie Ruhe vor den Nachbarn haben? Aber diese Störung hatte sie sich selbst zuzuschreiben, und sie verfluchte ihr gestriges Harmoniebedürfnis.

»Oui, d'accord. Ich komme zur Tür«, rief sie mürrisch. Sie schlüpfte in das am Liegestuhl hängende Jeanshemd und knöpfte es im Gehen zu.

Ciro stand bereits auf der untersten Stufe vor der Haustür, als sie öffnete, und sein Blick wanderte an ihren nackten Beinen hinauf bis zum Halsansatz und registrierte fachmännisch ihre offensichtlichen und die zu ahnenden Blößen.

»Bitte, kommen Sie. Aber es war doch gar nicht so eilig«, murmelte Irma, ohne sich um ein Lächeln zu bemühen.

Ciro Kossionides ging vor ihr her in die Küche und legte Hammer und Nagelschachtel auf den Tisch. Dann drehte er sich zu ihr um. »Sie wollen das Bild von Hélène hier in die Küche hängen?«, wollte er mit zweifelnder, gleichzeitig amüsierter Miene wissen.

Irma kam das Ganze selbst inzwischen ziemlich abstrus vor, eben die Ausgeburt eines langweiligen Regentages.

»Ja, schon – aber es war nur so eine Idee, wissen Sie«, gestand sie missmutig. »Das Wohnzimmer benutze ich nie. Ich halte mich immer hier in der Küche auf, und da dachte ich, wenn das Bild meiner Tante hier hängen würde, wäre es etwas wohnlicher und ich hätte Gesellschaft. Oder so was.«

»Sie fühlen sich einsam?«, hakte Ciro sofort nach.

Irma fuhr hoch und schüttelte den Kopf, dass ihr das kupferrote Haar um die Ohren flog. »Nein, nein! Überhaupt nicht! Ich habe mich schlecht ausgedrückt. Einsam! Wie kommen Sie darauf!? Mich hat hier nur so vieles an meine Tante erinnert, und ich dachte, es wäre nett…«

Sie brach genervt ab.

Ciro zögerte einen Moment, wartete scheinbar auf weitere Geständnisse. »Gut, ich hole es.« Er verließ die Küche.

Um Geduld ringend lehnte Irma sich an die Terrassentür und starrte hinaus, bis der Mann mit dem fast mannshohen Gemälde auftauchte. »Wohin?«

Sie seufzte. »Ja, wohin? Hierher, dachte ich. Oder hier drüben vielleicht? – Tut mir leid. Es ist eine blöde Idee, ich weiß.«

Er lehnte das Bild an den Kühlschrank und wischte sich die Hände an der Hose ab. Auch sein blütenweißes Hemd war staubig geworden. Irma versuchte hektisch, mit einem Küchentuch den Schmutz abzuklopfen. Ciro ließ sie kurz gewähren, dann nahm er ihr das Tuch aus der Hand und legte es wieder über den Spülstein.

»Das macht gar nichts, lassen Sie nur«, murmelte er abwesend.

Der sonnige Ausschnitt der Terrasse, der sich ihnen jenseits der offenen Küchentür bot, fesselte ihn. Gedankenverloren ging er darauf zu. Mit dem Rücken zu ihr hielt er auf der Schwelle inne und musterte das Arrangement auf der Terrasse – Sessel und Tisch mit vertrockneten Essensresten und dem Mineralwasser, das dudelnde Kofferradio, das Sonnenöl und die Bücher auf den Steinplatten, zwischen denen Moos und Gras sich breitgemacht hatten, und das am Liegestuhl baumelnde Bikinioberteil. Irma trat hinter ihn, ihre nackten Sohlen platschten leise auf den Kacheln. Aber er rührte sich nicht.

»Kann ich Ihnen etwas anbieten? Espresso?«

Ihre Frage holte ihn von weit her. Er nickte, trat auf die Terrasse hinaus. Sie füllte hektisch die Espressokanne mit dem Kaffeepulver und Wasser, und als die blaue Gasflamme unter der Kanne fauchte, folgte sie dem Mann. Er lehnte am hinteren Ende der Terrasse an der Stützmauer, im Schatten der Tamarisken, die braunen Arme vor der Brust verschränkt. Irma räumte den kleinen Gartentisch ab und wischte die Brotkrümel von der Tischdecke. Sie spürte, dass Ciro ihr zusah.

»Arbeiten Sie heute nicht, Monsieur?«

»Mittagspause. Siesta«, gab er lapidar zurück, und seine Stimme schien ihr noch tiefer, kehliger zu klingen als sonst. »Bis vier Uhr. Bis vier Uhr habe ich Zeit, Irma.«

Bis vier Uhr habe ich Zeit ... Was meint er damit, was will er? Das Pfeifen der Espressokanne befreite sie aus ihrer lauschenden Erstarrung und rief sie in die Küche. Sie füllte zwei Tassen mit dem Gebräu, setzte sie zusammen mit der Zuckerdose auf ein kleines Tablett und balancierte alles hinaus auf den Gartentisch. Ciro stieß sich ab und kam zu ihr, setzte sich aber nicht.

»Bei Hélène stand der Tisch da hinten – ein sehr intimer Platz!« Während er in der Tasse rührte, deutete er mit dem Kopf zu der Stelle, wo er sich aufgehalten hatte. »Daneben stand eine Palme im Topf, groß wie ein Sonnenschirm.«

Er leerte die Tasse mit einem Schluck, stellte sie zurück und wanderte langsam zur Balustrade auf der Straßenseite. Sein Blick blieb an seinem eigenen Haus hängen. Als Irma neben ihn trat, entdeckte sie auf der Wiese hinter dem Anwesen Vanna Kossionides. Sie hatte einen Arm über die Augen gelegt und schaute zu ihnen herauf. Obwohl die Entfernung zu groß war, hatte Irma dennoch den Eindruck, dass sich die Eheleute direkt in die Augen starrten. Impulsiv wollte sie sich wieder in den Schatten des Hauses zurückziehen, aber da spürte sie Ciros Hand in ihrer rückwärtigen Taille, die sie sanft, aber energisch gegen die Brüstung drückte und sie so zum Bleiben zwang. Gleich darauf ließ die Frau unten auf der Wiese den Arm sinken und ging gemächlich ins Haus.

»Das schöne Wetter wird sich halten«, bemerkte Ciro ruhig und stützte nun beide Hände vor sich auf die Mauer. »Sie werden einen wunderbaren Urlaub haben.«

Die Kassette im Kofferradio beendete mit einem lauten Knacken ihre Übertragung.

»Sie lieben Musik, Irma? Hélène hat auch viel Musik gehört. Sie spielte auch Klavier, drüben im Wohnzimmer. Das Klavier gab man weg, der Rahmen war gesprungen. Vor allem liebte Hélène italienische Arien. Verdi, Bellini ...«

Er intonierte vorsichtig »Casta Diva ...«, und seine vibrierende Stimme ließ Irmas Puls plötzlich schneller schlagen. An einer scheinbar schwierigen Stelle der Arie brach

Ciro ab und strich sich nachdenklich mit der Linken über Stirn und Haar. »Es gab hier doch dieses alte Grammophon und eine Menge Schallplatten ...«

Er ging in die Küche hinein. Irma befürchtete schon, er würde sich auf die Suche nach diesen Erinnerungsstücken machen, aber als sie ihm folgte, stand er, die Hände in den Hosentaschen versenkt, vor dem Porträt.

»Sie war schön, nicht wahr?«, fragte Irma, nicht ohne Hintergedanken.

»Ja, eine sehr schöne Frau«, bestätigte Ciro ganz sachlich. »Sehr zart und gefühlvoll.«

»Haben Sie sich gut gekannt?«, wagte sie sich weiter vor. Ciro wandte sich vom Bild ab, sah Irma forschend an. »Ja. – Hat sie Ihnen denn nichts von mir erzählt?«

Irma verneinte und erklärte ihm, dass sie in einer anderen Stadt als Helen lebe und die alte Frau nur selten sehen würde. Ciro starrte sie mit leicht zusammengekniffenen Augen an und nickte einige Male. Als Irma verstummte, blieb sein Blick weiter an ihren Lippen hängen, als erwarte er mehr, eine bestimmte Nachricht, eine Botschaft, die er nicht erfragen wollte. Schließlich wandte er sich wieder dem Gemälde zu.

»Dieses Bild, es ist viel zu schwer für einen einfachen Nagel. Ich werde es nicht aufhängen können, dafür brauche ich die Bohrmaschine und Dübel.«

Irma hob abwehrend die Hände. »Um Gottes willen, nein! Was für ein Aufwand! Es kann so stehen bleiben, finde ich. Oder Sie bringen es zurück.«

Aber Ciro hörte gar nicht hin. Er hob das Bild an und bugsierte es ein Stück zur Seite, in die Nische zwischen Fenster und Kommode, wo er es schräg an die Wand lehnte.

»Ich komme wieder und mache Ihnen das«, versprach er dabei. »Heute Abend.«

»Also gut.« Irma fand sich wieder einmal mit der Tatsache ab, dass diese Nachbarn über mehr Durchsetzungsvermögen verfügten als sie. »Aber heute geht es nicht. Ich bin verabredet.«

Ciro zog überrascht die buschigen Brauen hoch. Seine wortlose Frage war so intensiv, dass Irma wie unter Zwang hinzufügte: »Ja, zum Essen, in – in Calluna.«

Ciro schien auf weitere Erklärungen zu warten, aber Irma presste die Lippen zusammen und setzte eine abweisende Miene auf, was der Mann mit einem Schmunzeln quittierte. Immerhin insistierte er nicht weiter, sondern nahm seinen Hammer und die Schachtel vom Tisch und deponierte beides auf der Kommode neben dem Bild.

»Alors, à demain?« Die schönen Augen betrachteten sie nachdenklich, und er streckte ihr seine Rechte entgegen.

»Oui, d'accord. A demain.«

Irma legte ihre Hand in die seine, die sie warm und trocken umfasste, vielleicht eine Sekunde zu lange. Sie begleitete ihn nicht hinaus, sondern blieb horchend in der Küche stehen, bis die schwere Eingangstür hinter ihm zufiel.

»Platzhirsch!«, knurrte sie verächtlich. Aber sie war doch etwas gekränkt in ihrer weiblichen Eitelkeit, denn Ciro hatte heute von ihr persönlich nur am Rande Notiz genommen. Helen schien ihn viel mehr zu beschäftigen, eine Frau, die mindestens fünfzehn Jahre älter war als er selbst. Eine groteske Vorstellung. Entweder bin ich nicht sein Typ oder der Casanova ist in die Jahre gekommen, entschied Irma, und es versetzte ihr einen kleinen Stich.

Dieses Fazit über den angeblich ungezügelten Appetit ihres in Wirklichkeit so zahmen Nachbarn war auch das Erste, das Irma Agnes mitteilte, als sie sich in der Auberge de Santi gegenübersaßen.

Agnes warf lachend den Kopf zurück. »Kein Interesse an dir? Nicht zu glauben! Aber wer weiß? Bisher hat der Dorfklatsch jedenfalls gesagt, dass der Ciro nichts anbrennen lässt. Natürlich weiß niemand was Genaues!

Aber ihn umgibt nun mal dieser Glorienschein. – Er ist übrigens hier!«

Irma reckte stirnrunzelnd den Hals, um die Anwesenden nochmals genauer zu inspizieren, aber Agnes winkte ab: »Nein, nicht hier im Lokal! Ich meine, im Dorf. Er spielt Boule, auf dem Marktplatz.«

Boule? Irma erinnerte sich, dass sie beim Einparken ihres Wagens in einer Seitenstraße alte Männer auf dem Marktplatz gesehen hatte, die sich, teils sorgfältig zielend und schwungvoll werfend oder die Ergebnisse fachmännisch kommentierend, unter der Kastanie gruppiert hatten. Ciro Kossionides war ihr nicht aufgefallen. Aber das Spiel und die Alten hatten sie auch nicht weiter interessiert, sie war schnurstracks zum Souvenirladen hinabgestiegen, wo Agnes schon auf einem Stuhl vor der Tür in der Abendsonne wartete. Sie hatte sich recht hübsch gemacht, trug ein schwarzes, wadenlanges Baumwollkleid mit Glockenrock, kleinen Flatterärmeln und einem tiefen Ausschnitt, der ihren herrlichen Busen mehr entblößte als verhüllte. Um den Hals baumelten zwei dicke Reihen bunter Holzperlen. Das störrische Haar hatte sie mit zwei roten Steckkämmen aus dem Gesicht genommen und legte so entzückende kleine Ohren frei. Irmas Komplimente genoss sie sichtlich.

Das Restaurant hatte sich im Nu gefüllt. Sogar auf dem Balkon, wie Irma durch die kleinen Fenster links und rechts von der Tür mit leichtem Schaudern sehen konnte, hatten sich zwei Paare niedergelassen. Die sieben Tische waren jetzt mit weißen Leinentüchern gedeckt, und jeden schmückte ein kleiner blauer Krug mit weißen und pinkfarbenen Zistrosen. »Von mir!«, hatte Agnes ihr zugeraunt und auf den Krug gedeutet. Sie hob ihn leicht an, damit Irma das große ›A‹ erkennen konnte. Alles übrige Zubehör – Teller, Silberbesteck und Kristallgläser – ließ auf einen soliden, jahrelangen Wohlstand der Wirtsleute schließen.

Pasquale ging von Tisch zu Tisch und berichtete allen geduldig, was seine Frau und sein Sohn heute zubereiten würden. Eine Speisekarte existierte nicht. Irma gab es nach ein paar Sätzen lachend auf, ihn verstehen zu wollen, ihr fehlten einfach die Vokabeln für die geschilderten Speisen.

»Bitte, Agnes, übernimm du das. Ich habe keine Ahnung von einem perfekten korsischen Menü!«

Der Wirt verfiel daraufhin wieder in seine Muttersprache, in der ihm Agnes in nichts nachstand, und zusammen diskutierten sie konzentriert, was man Irma als Initialmenü in die korsische Küche am besten vorsetze. Zwischendurch hielt Agnes inne und fragte Irma mit einem Augenzwinkern: »Ich nehme an, Geld spielt heute keine Rolle?« Irma machte eine gönnerhafte Handbewegung, und Agnes gab ihre Anordnungen.

Als die beiden Frauen sich schließlich mit einem funkelnden, blauroten Wein zuprosteten, breitete sich in Irma wohlige Zufriedenheit aus. Hier und da tunkten sie Brotstückchen in die Schälchen mit würzig-scharfer Tomatenmarmelade, die ihnen die Wartezeit verkürzen sollten, hier und da blieben Gesprächsfetzen von den Nachbartischen in ihrem Ohr hängen. Wenn Irma sich vorbeugte und zur Seite blickte, konnte sie, vorbei an der kleinen Bar, durch die geöffnete Tür in die Küche schauen, wo man ohne allzu große Hektik mit Pfannen und Töpfen hantierte und knoblauchgeschwängerte Schwaden erzeugt wurden.

»Ich hätte nicht gedacht, dass hier wirklich jemand herkommt. Gestern wirkte hier alles ziemlich öde.«

»Restaurants sind wie Huren, sie erblühen erst in der Dämmerung«, philosophierte Agnes. »Das hier hat eine lange Tradition und einen guten Namen. Du kannst sicher sein, dass ein paar von den Leuten sogar von der Küste heraufgefahren sind, um hier zu essen. Die da zum

Beispiel.« Sie deutete zu einem Tisch mit drei Männern und einer Frau.

»Woher willst du das denn wissen?«

»Die Kleidung. Das sind keine Wanderer, die Urlaub in den Bergen machen. Das sind Leute, die ihre Zeit am Wasser verbringen. Leichte Hemden, dünne Stoffhosen, die Frau mit Trägertop und Rüschenröckchen! Und Sandalen mit hohen Absätzen. Eindeutig Badegäste. Und alle vier haben sie Sonnenbrand!« Sie kicherten beide und bezeichneten die Leute am Nebentisch für den Rest des Abends als Rotnasen.

Irma fuhr sich mit der Hand über den eigenen Unterarm. Ihre Haut war heute auch leicht gereizt vom langen Sonnenbad. Aber Agnes beruhigte sie mütterlich: »Nein, keine Sorge, du siehst gut aus. Ich sehe nichts von Sonnenbrand.«

Unter Irmas blauen Augen und auf dem kurzen Nasenrücken hatte sich die Anzahl der Sommersprossen vervielfacht. Ihr Teint hatte ein warmes Gold angenommen, das kinnlange Haar umgab das schmale Gesicht in vielen naturkrausen Wellen. Bei ihrem letzten Blick in den Spiegel hatte sich ihre Stimmung gehoben. Gleichzeitig hatte sich Bedauern eingeschlichen, dass sie auf dem Weg zu einer simplen Dorfkneipe war und wohl unbeachtet bleiben würde.

Agnes legte vorsichtig ihre raue Hand auf Irmas Schulter, um den Stoff des Zweiteilers zu befühlen. »Khaki ist eine gute Farbe für dich. Ha, und die Seide fühlt sich gut an. — Die eine Rotnase hat übrigens für dich Feuer gefangen, sie schaut schon dauernd zu dir her.«

Und tatsächlich, als Irma hinüberschielte, fing einer der Männer ihren Blick auf, als habe er darauf gewartet, und hob sein Glas zu einem Toast. Ihre spontane Reaktion war, so zu tun, als habe sie nichts bemerkt, obwohl es ihr schmeichelte. Aber Agnes flüsterte mit breitem Grinsen, ohne die Lippen zu bewegen: »Nun mach schon! Heb dein Glas und trink ihm zu. Er ist happy, und dich kostet's nichts.«

Also folgte Irma dem Rat und erntete von dem Unbekannten erneut ein Lächeln. Aber ihr eigenes erlosch gleich wieder. Agnes registrierte es.

»Was ist los mit dir? Kein Spaß an den Männern?« Da Irma ihrem Blick auswich, griff sie mit beiden Händen über den Tisch nach Irmas langen Fingern. »Reichlich Gold und Edelsteine, aber kein Ehering, wenn ich richtig sehe. – Also?«

Irma befreite ihre Hände und griff nach dem Besteck. Sie zerteilte mit Sorgfalt die Wildschweinpastete in viele kleine Stücke. »Nein, kein Ehering, ich bin nicht verheiratet. So was wie einen Ehemann gibt es trotzdem. Ich lebe mit ihm seit ein paar Jahren zusammen. Er ist geschieden und hat zwei Töchter. Moment!«

Sie kramte das Portemonnaie aus ihrer Handtasche und schob es aufgeklappt über den Tisch zu Agnes. Hinter der Folie steckte das Foto eines etwa vierzigjährigen Mannes, der spitzbübisch in die Kamera lachte. Er trug einen roten Anorak, und die blendend weiße Umgebung ließ darauf schließen, dass es sich um eine Aufnahme aus dem Skiurlaub handelte.

»Ein netter Typ«, stellte Agnes fest, und Irma lachte leise, denn treffender konnte man ihren Lebensgefährten nicht charakterisieren. »Wie heißt er?«

»Werner. – Er ist Sozius in einer Anwaltskanzlei. Unheimlich tüchtig und erfolgreich. Er könnte eigentlich gut allein praktizieren. Aber weil er sehr unternehmungslustig ist, ist ihm auch die Freizeit wichtig. Er spielt erstklassig Tennis, Golf, er surft und segelt und – und hat immer gute Laune und…«

»Klingt nach Werbesprüchen von einem Eheanbahnungsinstitut. Warum machst du Reklame für ihn?«

»Reklame?! Ich – vielleicht, weil ich ein schlechtes Gewissen habe. Ich habe mich nämlich in einen anderen Mann verliebt.«

Zum ersten Mal, seit die Liebe zu Timo sie gepackt hatte wie ein Fieber, sprach sie die Tatsache ganz gelassen aus, und einen Augenblick lang befürchtete sie, das kleine Restaurant samt Adlerhorst würde den Hang hinunterstürzen.

»Aha«, machte Agnes nur, völlig unbeeindruckt, und schenkte ihnen beiden die Gläser randvoll. Sie nahmen zwei lange Schlucke.

»Der andere, weißt du, ist ganz anders als Werner«, nahm Irma nach einer Weile den Faden wieder auf. »Ernster. Und so zärtlich.« Sie legte das Besteck auf den Teller zurück. Eine heiße Welle Sehnsucht nach Timo überschwemmte sie hier mitten unter den fremden Menschen.

»Und wo ist das Problem?«

»Er ist verheiratet.«

»Au weia!«

Pasquale kam und räumte mit leichtem Stirnrunzeln ihren nicht ganz leer gegessenen Vorspeisenteller ab.

»Und dein Werner, weißt er es?«

Irma nickte. »Ja, ehe ich hierhergefahren bin, habe ich ihm gesagt, dass es einen anderen gibt. Ach, es ist alles so ein Durcheinander!«

Agnes stützte beide Ellbogen auf den Tisch und studierte mit nachsichtigem Lächeln ihr Gegenüber. »Ach Gottchen! Durcheinander? Ja, das ist es wohl, was dir am meisten zu schaffen macht, die Unordnung!« Und als Irma halb ärgerlich abwehrte, halb zustimmend lachte, fuhr sie fort: »Hast du nicht einfach abwarten können, was draus wird?«

Eine Weile dachte Irma nach, dann schüttelte sie entschieden den Kopf. »Nein, das kann ich nicht. Nicht mehr. Das letzte Jahr mit den ganzen Heimlichkeiten – es reicht mir. Ich brauche klare Verhältnisse. Aber Timo weiß ja auch nicht, was er will!«

Agnes ließ ihre Augen liebevoll auf Irma ruhen. »Wer hätte das gedacht! Du bist ja ein richtig liederliches Frauenzimmer mit deinen vielen Liebhabern!« Sie hob wieder das Glas. »Komm, trinken wir auf deine Liebhaber – und die, die es noch werden wollen!«

Denn gerade blieb der trotz der roten Nase recht gut aussehende Franzose vom Nebentisch auf dem Rückweg vom Zigarettenautomaten an ihrem Tisch stehen und erkundigte sich nach dem Woher und Wohin. Während Agnes ihn, ohne sich zu zieren, über sie beide aufklärte, ließ er Irma nicht aus den Augen. Sie erfuhren, dass er und seine Freunde mit zwei Wohnmobilen die Insel umkreisten und jetzt in Piana am Meer – hier ein triumphierender Blick von Agnes – stünden. Nur die Ankunft von Pasquale mit dem nächsten Gang bewirkte seinen Rückzug zu seinem eigenen Tisch.

Mit neu erwachtem Appetit genoss Irma die auf Anchovis servierten Schnecken, piekste auch mal auf Agnes' Teller, die sie sich mit einer Minzesoße bestellt hatte. Langsam tat auch der Wein seine Wirkung, was kein Wunder war, denn die Flasche war bereits bis auf ein Drittel geleert.

»Na und?«, meinte Agnes wegwerfend, als sie sie darauf hinwies. »Warte ab, bis die zweite kommt, auch ein toller Tropfen!«

Irma gab sich nur zu gern wieder dem sinnlichen Erlebnis eines ausgezeichneten Essens hin. Die Auberge de Santi verwandelte sich langsam, aber sicher in ein weiches Wolkenschiff. Wie verabredet mieden sie das Thema, das Irma so belastete, und fanden zu dem Plauderton zurück.

»Also, dein Liebesleben kenne ich jetzt. Was machst du sonst noch?«

Irma rückte sich zurecht und erzählte bereitwillig aus ihrem Leben. Nach dem Tod ihres Vaters hatte sie vor fünf Jahren seine kleine Musikalienhandlung in Kassel übernommen. Er selbst war Geigenbauer gewesen und hatte in seiner Werkstatt malträtierte Geigen von großen und kleinen Künstlern wieder in Stand gesetzt. Vorn im Laden stapelten sich in Regalen bis unter die Decke Notenblätter aller Musikrichtungen. Nur er allein fischte mit nachtwandlerischer Sicherheit die gewünschte Partitur für ein vergessenes Flötensolo oder eine nahezu unbekannte Klaviersonate aus den Papierstößen heraus. An den Wänden hingen Gitarren und Geigen, die Schubladen waren vollgestopft mit Block-, Quer- und Pikkoloflöten. In einem dritten Raum waren immer vier, fünf Klaviere aus zweiter oder dritter Hand aufgereiht, von ihm neu gestimmt und von einem befreundeten Schreiner aufpoliert.

»Und natürlich hast du diese herrliche Idylle auf Vordermann gebracht?«, spottete Agnes voll Bedauern.

»Natürlich!«, stimmte Irma lachend, aber ohne Bedauern zu. Für den Bruchteil einer Sekunde schoss die Erinnerung an Timo in ihr hoch, wie er sie in diesem Hinterzimmer küsste, liebkoste, befingerte. Sie wegschob.

»Hast du irgendeine musikalische Ausbildung?«

»Klar, bei dem Vater! Ich bekam von Kindesbeinen an Klavierunterricht, auch ein bisschen Geige, bin aber dann zum Cello abgedriftet. Die große Solistin, die meine Eltern so gerne heranziehen wollten, bin ich aber leider nicht geworden, sondern eine brave Musiklehrerin an einem Gymnasium. Nebenher habe ich privat Cellounterricht gegeben.«

Irma war beim Tode ihres Vaters dreißig Jahre. Ihre plötzlich alleingelassene Mutter wollte von einem Verkauf des Hauses oder Verpachten des Ladens im Erdgeschoss absolut nichts wissen, er war für sie der Inbegriff all dessen, was ihrem verstorbenen Mann im Leben etwas bedeutet hatte. Mit ungeahnter Verbissenheit bearbeitete sie trotz ihrer großen Trauer Irma so lange, bis diese resig-

nierte und zustimmte. Sicher spielten auch bei ihr pietät-
volle Gefühle eine Rolle. Sie ließ sich vom Schuldienst
beurlauben, um ohne rechte Zukunftsvorstellung und
große Begeisterung die verwaiste Musikalienhandlung zu
reorganisieren und vielleicht weiterzuführen.

»Dabei hatte ich immer wieder mit meiner Mutter zu
kämpfen, für die natürlich fast alles eine Art Reliquie war!
Die vier Klaviere habe ich zu einem Schleuderpreis verkauft und auch keine mehr übernommen. Daraufhin hat
meine Mutter zwei Tage lang kein Wort mit mir gesprochen. Jedenfalls, in dem so leer gewordenen Raum fing
ich mit der Renovierung an.«

»Und jetzt ist alles nur vom Feinsten, nehme ich an.«

Irma schmunzelte. »Das nicht gerade, aber ich hab es
geschafft. Die Ausstattung des Ladens ist richtig pfiffig –
die schönen alten Nussbaumregale von meinem Vater
gemischt mit modernen Glasvitrinen und Tischen ...
Doch, sieht gut aus. Was aber das Entscheidende ist: Ich
habe mich spezialisiert. Ich handle nur noch mit Geigen,
Celli und Noten.«

Als das Geschäft einigermaßen lief, war auch Irmas Mutter versöhnt. Sie wurde in den Verkauf mit eingespannt,
denn durch das Leben an der Seite eines Musikalienhänd-
lers hatte sie einen ganz netten Sachverstand erworben.
Ein Geiger vom Theaterorchester half mehrmals in der
Woche aus. Und Irma konnte wieder mit halber Stunden-
zahl im Konservatorium in Kassel unterrichten.

»Ha, du hast die Sicherheit von Vater Staat im Rücken
gebraucht, stimmt's?«

Sie lachten beide ohne Groll. Pasquale hatte inzwischen
die zweite Flasche Wein auf dem Tisch platziert. Agnes
verkostete die neue Sorte und war zufrieden, sodass sie
sich erneut fröhlich zuprosteten.

»Aber du, Agnes – wie ging es bei dir weiter mit dem
Kind und dem Laden und den Schwiegereltern?«

Agnes erzählte ebenso offenherzig wie Irma. Sie hatte es nicht über sich gebracht, das Baby den zänkischen Alten zu überlassen, damit sie im Frühjahr wieder mit Battista an die Küste zum Geldverdienen gehen konnte. So blieb sie allein zurück. Aber schon im Laufe desselben Sommers entdeckte sie die Töpferei, in der ein alter Mann, Joacchino Bemba, hier und da einen Krug oder eine Schüssel formte. Mit dem Baby im Schultertuch wanderte Agnes, sooft es ging, die Dorfstraße hinab zur Töpferei und lernte die Grundbegriffe dieses Handwerks.

»Ich bin keine große Künstlerin, das weiß ich selbst. Aber das Handwerkliche habe ich schnell rausgehabt, ein gutes Gefühl für Proportionen war auch da. Außerdem habe ich Joacchino so lange gepiesackt, bis er mir die alten Grundformen gezeigt hat, weißt du, so wie sie hier früher ihre Krüge und Schalen gemacht haben. Ohne den Schnickschnack, den er für die Touristen an die Sachen drangefummelt hatte.«

Als Battista im Herbst wieder im Dorf war, wusste Agnes, was sie wollte: die Töpferei samt dem Häuschen, das ihnen Joacchino zu einem Freundschaftspreis überlassen wollte. Schweren Herzens zog auch Agnes in den darauffolgenden Sommern wieder mit nach Ajaccio oder Bastia und überließ die kleine Faustina den Großeltern, im Winter verdingte sich Battista zusätzlich in den italienischen Skiorten als Kellner. Nach drei Jahren konnten sie das Haus beziehen, nach sieben Jahren war es bezahlt. Agnes hatte sich mit Energie daran gemacht, ihre Unabhängigkeit von ihren grollenden Schwiegereltern zu festigen: Sie trat in die Vereinigung der korsischen Kunsthandwerker ein, animierte andere Dorfbewohner, sich an Web-, Holz- oder Schmiedearbeiten nach traditionellen Mustern zu erinnern und sie herzustellen, und eroberte sich ganz allmählich ihren Platz in der Dorfgemeinde.

»Ich weiß nicht, ob sie mich hier inzwischen lieben. Auf jeden Fall respektieren sie mich«, stellte sie gelassen fest.

Eine Weile schwiegen die beiden Frauen, ließen sich den Lammbraten schmecken und hingen ihren Gedanken nach.

»Am Samstagnachmittag will ich übrigens mal nach Porto, Faustina besuchen. Kommst du mit, Irma? Wir schnappen uns die Kleine und hauen uns an den Strand. Ah, ich sehe, da strahlen die zwei Sternenäugelein!«

Als sie schließlich beim Dessert und auf dem Grund ihrer zweiten Flasche Wein angekommen waren, hatten sich die drei Rotnasen samt Frau mit an ihren Tisch gequetscht. Man lachte, tauschte Meinungen über Korsika, die korsische Küche und auch ein bisschen Persönliches aus, Pasquale brachte die Käseplatte und unaufgefordert eine Runde Eau-de-vie und auf Bestellung noch eine zweite. In der Küche sang Pasquales Sohn mit schmetterndem Tenor ›Ride, Bajazzo‹, an allen Tischen hatte sich der Stimmenpegel angehoben, und Irma fand es ausgesprochen angenehm, dass Jean-Pierre seinen Arm fest um ihre Schulter gelegt hatte.

Da betrat Ciro Kossionides das Restaurant. Er lehnte sich an die Bar und ließ sich von Pasquale einen Pastis einschenken, ohne die Anwesenden auch nur eines Blickes zu würdigen. Es dauerte einige Minuten, bis Irma ihre Befangenheit wieder abgelegt hatte, obwohl Ciro ihr den Rücken zukehrte und sich mit einem weiteren Neuankömmling, vielleicht ein Boule-Partner, und Pasquale unterhielt. Trotzig schmiegte sie sich in Jean-Pierres Arm und ließ sich wieder von der ausgelassenen Stimmung am Tisch einfangen, bis die neuen Bekannten ihren immer wieder angekündigten Aufbruch in die Tat umsetzen mussten. Aber man verabredete sich für Samstag am Strand von Porto, wenn auch Mireille pikiert zu bedenken gab, dass man am Samstag eigentlich längst in Cargèse sein wollte und müsste.

Ciro beobachtete die sich in die Länge ziehende Abschiedsszene mit vielen erneuten Umarmungen und schmatzenden Wangenküssen aus dem Augenwinkel, und plötzlich verhakte sich sein Blick für ein paar atemlose Sekunden mit Irmas. Da wusste sie, er war nur wegen ihr gekommen. Mit einem leichten Schwindelgefühl sank sie wieder auf den Stuhl zurück, tupfte mit dem Zeigefinger Käsereste vom Teller und spülte sie mit einem großen Glas Mineralwasser hinunter.

»Ich glaube, das hilft jetzt auch nichts mehr«, vermutete Agnes mit schwerer Zunge. »Wir haben beide einen sitzen. Du kannst in Battistas leerem Bett pennen. Und das bei zwei Liebhabern! Oder wie viele waren es?«

Irma protestierte. »Oh nein! Auf keinen Fall, ich bin völlig nüchtern! Wir machen noch einen Rundgang durch das Dorf, damit mein Kopf wieder klar wird, und dann fahr ich.«

Sie zahlte ohne mit der Wimper zu zucken das von Pasquale in Rechnung gestellte stattliche Sümmchen, und sie verließen, nach einem herzlichen Abschied vom Wirt, so würdevoll wie möglich die Auberge. Agnes flötete im Vorbeigehen »Ciao, Ciiiro!«, was er nur mit einem kurzen Anheben des Kinns beantwortete. Irma ignorierte ihn.

Arm in Arm schlenderten die beiden Frauen eine gute halbe Stunde durch die Straßen und Gassen des Dorfes. Vor manchen Häusern spielten kleine Mädchen mit ihren Barbie-Puppen auf dem noch warmen Pflaster, aus den Haustüren fielen Lichtkegel, Fernsehübertragungen waren durch die geöffneten Fenster von Haus zu Haus zu verfolgen, und Katzen trabten ihnen mit unternehmungslustig aufgerichteten Schwänzen über den Weg. Die Boule-Spieler auf dem Marktplatz hatten sich in die Bar oder auf die Stühle davor zurückgezogen. Schließlich strebte Irma halsstarrig der Gasse entgegen, wo ihr Auto parkte.

An ihrem Wagen lehnte Ciro, sie erkannte ihn schon von weitem. Stumm sah er zu, wie sie nervös in ihrer Handtasche nach dem Wagenschlüssel kramte und dann im Schloss herumstocherte.

»Nein, Irma, Sie werden nicht mehr fahren«, entschied er.

»Nicht diese Straße! Geben Sie mir den Schlüssel. Ich fahre Sie heim.«

Wie üblich waren es Anordnungen, keine Fragen.

»Nachtigall, ick hör dir trapsen«, sang Agnes, nachdem sie einen kurzen, hellen Pfiff ausgestoßen hatte. »Das wäre eine Lösung, Irma.«

»Wieso! Ich kann wirklich selbst fahren. Das kurze Stück!«

Agnes wurde energisch. »Irma, nur Besoffene haben so einen Dickschädel wie du jetzt. Die Straße ist nicht ohne! Entweder bleibst du hier bei mir oder du lässt dich von Ciro heimbringen.« Und dabei schaute sie ihr eindringlich in die Augen.

»Ich will heim«, quengelte Irma.

Agnes nahm ihr den Schlüssel aus der Hand und übergab ihn Ciro. »Also dann. So betrunken bist du auch wieder nicht, dass ich dich nicht allein lassen könnte. Und er – er ist zwar der Platzhirsch, aber kein Mädchenschänder, soweit ich weiß!«

Sie bugsierte Irma auf den Beifahrersitz und half ihr noch beim Befestigen des Sicherheitsgurtes. »Pass bloß auf, dass du ab morgen nicht drei Liebhaber hast. Ciao!«

Ciro machte sich schweigend mit den Eigenheiten des fremden Wagens vertraut. Dann drehte er den Zündschlüssel herum und fuhr ruckelnd los. Irma lehnte den schweren Kopf an die Polsterung und schloss die Augen.

Langsam breitete sich im Wagen Ciros Geruch aus, ein Gemisch aus Tabak, seinem herben Körperpuder oder Rasierwasser und dem Schweiß eines langen Tages. Die Nähe des Mannes erzeugte eine prickelnde Nervosität, etwas Abenteuerlust gemischt mit Misstrauen. Aber nicht deswegen drehte Irma bald die Fensterscheibe auf ihrer

Seite herunter, sondern weil sie schon nach wenigen Kehren der Straße eine heftige Übelkeit beschlich.

»Ciro, halten Sie an! Bitte! Mir – mir wird schlecht!«

Er stoppte sofort, und Irma sprang mit beiden Füßen gleichzeitig auf den festen Boden hinaus. Mit geschlossenen Augen lehnte sie sich an den Wagen und atmete tief und regelmäßig die kühle Nachtluft ein. Jetzt sich bloß nicht übergeben, nicht diese Peinlichkeit! Ciro ließ ihr ein bisschen Zeit, dann kam er um den Kühler herum zu ihr. Nach einer Weile streckte er die Hand aus und griff seitlich in ihr Haar, um es zu befühlen wie eine Ware. Durch schmale Schlitze zwischen den Lidern sah sie Ciros Gesicht ganz dicht vor sich, er betrachtete sie mit nachdenklicher Skepsis.

»Wieder besser? – Geht es wieder?«

Irma nickte heftig. »Ja, ja gleich. Einen Moment noch«, stammelte sie.

Mit aller Kraft kämpfte sie dagegen an, sich einfach zur Seite an Ciros Brust sinken zu lassen, die Arme um seinen Hals zu schlingen und den Schwächeanfall in seiner kraftvollen Sicherheit zu überstehen. Sie merkte, dass sie zitterte.

»Komm, chérie, ich denke, wir gehen ein Stück da hinunter, ins Gras«, flüsterte er plötzlich. Er nahm ihre Linke und führte sie schnell, wie zufällig, über seinen Schritt, und sie spürte deutlich die harte Wölbung. Ebenso rasch ließ er die Hand los und umfasste stattdessen ihren Oberarm, um sie mit sich zu ziehen. Aber es war genau diese Entschlossenheit, die Irma endlich ernüchterte.

»Wie bitte?« Sie riss ihre Hand hoch und befreite sich energisch von seinen sanft massierenden Fingern im Haar und der Hand an ihrem Oberarm. Schamröte schoss ihr ins Gesicht, dass er ihre beschwipste, sehnsüchtige Stimmung durchschaute, und Zornesröte, dass er sie skrupellos ausnutzen wollte.

Ciro lachte heiser. Er senkte die Lider über seinen lockenden Augen und warb erneut: »Komm, Irma, komm doch, chérie. Ich weiß ein schönes Fleckchen ...«

Er schien ihre Abwehr für ein Spiel zu halten.

Irma machte zwei schwankende Schritte zur Seite. Obwohl sie sich nicht berührten, hatte sie plötzlich die animalische Hitze gefühlt, die sein naher Körper verströmte.

»Schönes Fleckchen?! Was meinen Sie damit? Mich interessiert kein schönes Fleckchen, nein! Mir ist ganz einfach nur schlecht, vom Alkohol oder von dieser kurvigen Straße! Verstehen Sie? Kotzübel, falls Sie das deutsche Wort kennen! Was haben Sie denn gedacht?!«

Ciro schaute sie an, das werbende Lächeln wurde verächtlich. »Du machst dir etwas vor.«

Jede Erotik war aus seiner Stimme verschwunden. Ohne sich weiter um sie zu kümmern, ging er um den Wagen herum und setzte sich hinter das Steuer. Der Motor lief schon, als Irma auf den Beifahrersitz plumpste. Mein Gott, auf was hatte sie sich da eingelassen! Er glaubte ganz offenbar, diese Übelkeit sei ihre Aufforderung, mit ihr in die Büsche zu kriechen oder im Straßengraben zwischen Gänsefingerkraut, Taubnesseln und Wegwarten eine hastige Nummer durchzuziehen! Was für eine Selbstüberschätzung! Allmählich beruhigte sie sich, war erleichtert über sein gehorsames, wenn auch höhnisches Einlenken, und nach einer Weile konnte sie schon lautlos in sich hineinkichern über diese absurde Situation mit einem johannisgetriebenen alten Mann. Als sie über die schmale Bogenbrücke rumpelten, gab Irma bereits sich selbst die Schuld für dieses Missverständnis. Zu Hause in Kassel wäre sie in einem solchen angeheiterten Zustand niemals zu einem Fremden in den Wagen gestiegen. Aber zu Hause in Kassel hätte auch niemand ihre verborgenen Sehnsüchte erkannt ... Ciro hatte sie gewittert wie ein Tier.

Sie suchte krampfhaft nach einem Gesprächsstoff, der die gespannte Stimmung zwischen ihnen lösen würde. Endlich fiel ihr etwas Naheliegendes ein.

»Wie sind Sie überhaupt ins Dorf hinaufgekommen?«

»Mit meinem Wagen natürlich!«

»Ja, und? Wie werden Sie ihn wiederbekommen?« Dieses Problem schien ihr plötzlich äußerst wichtig.

Ciro sah kurz zu ihr hinüber. »Ich werde morgen das Moped nehmen, ins Dorf hinauffahren, das Moped in den Kofferraum meines Wagens legen und wieder nach Hause fahren. Alles klar?« In seiner Stimme schwang so viel ätzender Spott, dass Irma beleidigt schwieg.

Er parkte Irmas Wagen auf dem Kirchplatz und bestand darauf, sie bis zum Chalet Gris zu begleiten. Gemächlich erklommen sie die kurze Strecke. Sein eigenes Heim lag in völligem Dunkel.

»Was ist das eigentlich für ein scheußliches Haus neben dem Chalet Gris?«

Ciro blieb stehen und betrachtete die Bauruine mit den vielen geschlossenen Fensterläden.

»Das scheußliche Haus ist mein Haus«, bekannte er nach einer Weile leise.

Irma, einesteils überrascht von der Mitteilung, andererseits verlegen wegen ihrer Ungeschicklichkeit, blieb wie angewurzelt stehen.

»Oh! Bitte, entschuldigen Sie, Ciro!« Sie suchte seine Augen, aber er starrte hinauf zu der verkommenen Fassade.

»Aber warum ist es unbewohnt? Ein so großes Haus!«

Endlich, nach einer scheinbaren Ewigkeit, schaute er Irma ins Gesicht.

»Ich habe es für Hélène gebaut.« Gelassen beobachtete er die Wirkung seiner Worte.

Irmas Blick wanderte mehrmals zwischen Ciro, dem Chalet Gris und der Bauruine daneben hin und her. »Wie? Ich verstehe nicht! Für Helen? – Tante Helen hat nie etwas davon gesagt!«

»Ha! Das glaube ich gern!«

Mit einem trockenen Lachen legte er ihr einen Arm um die Schulter und schob sie auf das Gartentor des Chalet Gris zu. Ohne sie loszulassen, stemmte er das Tor auf und folgte ihr bis an die Stufen vor der Haustür. Einen Augenblick hielten sie inne, dann ließ Ciro die Hand von ihrer Schulter gleiten.

»Hier, der Wagenschlüssel.«

Er legte ihn in ihre geöffnete Handmulde, schloss die seine fest darüber und zog Irma dichter zu sich. Als wollte er sie zum Abschied nach Art der Franzosen auf die Wangen küssen, senkte er den Kopf, ließ jedoch seine Lippen über ihre Haut bis zum Hals und dort in die Vertiefung über ihrem Schlüsselbein gleiten. Sein Schnurrbart kitzelte, war aber viel weicher, als sie es sich vorgestellt hatte. Sie hielt ganz still.

»Ich will dich und ich krieg dich«, hörte sie ihn murmeln. Ganz sachlich.

Irma schwankte leicht. Das war eindeutig. Eine prickelnde Welle brandete innen gegen ihren Schoss, andererseits stieg erneut Ärger über seine Unverschämtheit in ihr auf. Aber ehe sie irgendwie reagieren konnte, trat Ciro einen Schritt zurück. Er glättete sein Haar und musterte sie, wieder sehr distanziert, abschätzig.

»Alors, das wär's für heute Nacht. Schlaf gut, Irma!« Er drehte sich um und ließ sie stehen.

Irma sank auf eine Treppenstufe. Sie hörte, wie Ciro sehr langsam die Straße hinabschlenderte, und sie öffnete zweimal den Mund, um ihn zurück- oder ihm ihre Empörung nachzurufen, aber kein Ton kam über ihre Lippen. Herrgott, was ist los mit mir!, klagte sie sich an. Was geht mit mir vor? Verliere ich denn völlig die Kontrolle über mich, meine Gefühle, mein Leben?

Allmählich drangen die nächtlichen Geräusche ihrer Umgebung zu ihr vor, das Rauschen in den Kastanien, hier und da ein Motor auf der fernen Landstraße. Eine Träne rollte ihr an der Nase entlang zum Mundwinkel hinunter. Schließlich schleppte sie sich, erschöpft wie nach einem harten Arbeitstag, ins Bett. Es ist der verdammte Alkohol, entschied sie noch, ehe sie einschlief.

Als Irma am späten Vormittag die Fensterläden ihres Schlafzimmers aufstieß und ihr Blick auf das ruinöse Nachbarhaus fiel, waren sofort Ciros Worte gegenwärtig. Sie ließ sich im Nachthemd auf die breite Fensterbank sinken und versuchte, ihre Bedeutung zu erfassen. Sie konnte von hier oben auf das schadhafte, mit gebrannten Hohlziegeln gedeckte Satteldach sehen, das kaum über die Grundmauer hinausragte. Mit seiner rechteckigen, schnörkellosen Kastenform trumpfte es bäuerlich, selbstbewusst neben dem bombastischen Chalet Gris auf.

Für Helen gebaut, so hatte Ciro es ausgedrückt. Warum ließ sich Helen direkt neben dem Chalet Gris ein Haus bauen? Zu Hause, in Deutschland, wusste offenbar niemand davon. Wieso hatte Tante Helen die Existenz dieses zweiten Hauses mit keinem Wort erwähnt? Weil es jetzt Ciro gehörte? Es gab ein Geheimnis zwischen dem Korsen und ihrer alten Tante. Aber welches?

Ob Ciro Kossionides damals auch Helen so angesehen hatte wie sie heute Nacht – lauernd, registrierend, fordernd, beherrscht trotz Lüsternheit ... Nein, dieser sechzehnjährige Junge, den sie auf den Fotos gesehen hatte, wirkte eher unsicher, linkisch, geduckt und verbissen, er hatte die elegante, goldblonde, ältere Frau aus dem Chalet Gris doch höchstens mit raschen Seitenblicken streifen können. Eine erotische, gar eine sexuelle Beziehung zwischen diesen beiden so unterschiedlichen Menschen war einfach absurd.

Irma ließ sich vom Fensterbrett gleiten und schloss die Jalousien. Nein, diese eifersüchtigen Phantasien waren völlig unrealistisch. Außerdem konnte sie sich an keine einzige herabsetzende Bemerkung ihrer Mutter über die Moral ihrer Cousine Helen erinnern, nur an Andeutungen, dass Helens Ehe mit dem etwas verknöcherten, arbeitswütigen Witwer sicher nicht der Himmel auf Erden gewesen sei, seine sehr guten finanziellen Verhältnisse hätten Helen jedoch für manches entschädigt ... In der Verwandtschaft war Helens tadelloser Lebenswandel niemals angezweifelt worden.

Möglicherweise hatte Tante Helen mit diesem Hausbau, mit der Einrichtung von Ferienwohnungen darin in die Touristikbranche einsteigen wollen, war mangels Nachfrage gescheitert und hatte es schließlich Ciro verkauft. So oder ähnlich könnte es gewesen sein. Aber das würde sich ja alles bei Irmas nächsten Besuch in Bad Godesberg aufklären lassen. Sie nahm sich vor, Ciros Wichtigtuerei zu ignorieren und ihn nicht weiter auszuhorchen. Distanz war geboten.

An diesem und dem nächsten Tag verließ Irma das Haus frühmorgens und kehrte erst in der Dämmerung wieder zurück. Sie machte einen ausgedehnten Ausflug in die Calanche und ließ sich von der bizarren purpurnen Felsenlandschaft einfangen, wanderte die gut ausgewiesenen Pfade entlang, in schöner Eintracht mit fünf laut schwadronierenden Polen, die sich an jeder Felsnase gegenseitig fotografierten und nicht wie Irma das Bedürfnis hatten, dieses Chaos von kurios geformtem Granitgestein still zu genießen. Bei ihrem zweiten Besuch, und auf einem anderen Wanderweg, war sie sehr früh aufgebrochen und blieb wenigstens auf dem Hinweg ganz allein. An seinem Ende, dem ›Chateau fort‹ genannten mächtigen Granitblock, angelangt, raubte ihr der sich bietende Rundblick über den Ozean, den dunstigen Golf und auf den Wachtturm im Hafen von Porto fast den Atem. Sie fand eine windgeschützte Mulde zwischen den Felsen, entledigte sich des Rucksacks und streckte sich aus.

*T*imo hatte Irma im vergangenen Jahr in Utrecht während des internationalen Kongresses ›Computer und Musik‹ kennen gelernt. Sie saß in einer Vortragpause in einem Café in der Nähe des ›Muziekzentrums‹, hatte die Pumps von den Füßen gestreift und nippte an ihrem Cappuccino, als aus dem Lautsprecher, der bis dahin irgendeinen Unterhaltungsmusikbrei von sich gegeben hatte, ein Song erklang, den sie sehr liebte: Joe Cocker röhrte sein ›Unchain my heart ...‹. Sie hob den Kopf, und gleichzeitig mit ihr tat dies am Nebentisch ein junger Mann. Einige Sekunden nickten sie beide leise im Takt und sahen sich dabei an, ohne sich dessen bewusst zu sein, dann lächelten sie in gegenseitigem Verstehen.

Als Irma aufstand, erhob auch er sich, und sie gingen nebeneinander zum Ausgang. Die Namensschilder auf ihren Revers verrieten ihnen, dass sie Teilnehmer desselben Kongresses waren, und sie erübrigten zudem eine förmliche Vorstellung. Timo Velbert also. Es zeigte sich, dass sie sich beide für die nächste Stunde denselben Vortrag ausgesucht hatten, und auf dem Weg zum Hörsaal fragten sie sich gegenseitig über die Gründe ihrer Teilnahme aus. Während Irma ihre absolut laienhafte Neugier auf diesem Sektor eingestand, erfuhr sie, dass er, von Haus aus Mathematiker, im Software Engineering einer kleinen Firma tätig war, die seit kurzem von Mainz aus versuchte, mit Verfahren zur Klangsynthese und -manipulation auf dem Markt Fuß zu fassen.

Er war mittelgroß, mit extrem breiten Schultern – ein Ergebnis seiner Schwimmleidenschaft, wie sie später erfuhr – bei einem sonst zierlichen Körperbau. Den Kopf hielt er sehr stolz mit etwas vorgerecktem Kinn, das, wie auch die untere Wangenpartie und die Oberlippe, ein rötlicher Dreitagebart überzog. Seine grauen Augen wurden durch eine goldumrandete Brille etwas vergrößert. Auffallend war der ausgeprägte Schwung der vollen Lippen – der Mund einer antiken Jünglingsstatue. Seine

Kleidung war sportlich-lässig, eine graue Flanellhose, Jeanshemd, bei dem am Kragen ein weißes T-Shirt hervorschaute, und eine weiche braune Lederjacke. Er war wohl etwa in ihrem Alter, Mitte dreißig also.

Sie trennten sich wie alte Bekannte und waren sicher, dass sie sich im Laufe des Kongresses noch mehrmals über den Weg laufen würden, zumal sie auch beide gleich gegenüber im Hotel Smits abgestiegen waren.

An demselben Tag kam Irma weit nach Mitternacht mit zwei Tagungsteilnehmern von einem Essen in einem Restaurant außerhalb Utrechts ins Hotel zurück. Der Aufwand hatte sich nicht gelohnt, das Essen war mittelmäßig gewesen. Sie wollten sich gerade die Schlüssel aushändigen lassen, als einer vorschlug, in der Hotelbar noch einen Schlummertrunk zu nehmen, um den Frust über den sinnlosen Ausflug hinunterzuspülen.

Die dämmrige Bar war gut besucht von übermüdeten Geschäftsleuten und aufgedrehten Touristen. Irma blieb mit ihren Begleitern an der Bar stehen, die Hocker waren alle besetzt, und wartete auf den Cognac. Sie war erschöpft und sehnte sich nach dem Bett, aber ein wenig belebte es sie doch, als die sanfte Barmusik nach einer Weile abbrach und stattdessen Joe Cocker mit ›You can leave your hat on ...‹ zu hören war. Der Barkeeper reichte ihnen die Drinks und raunte Irma zu: »Der Song ist für Sie bestellt worden!«, und er deutete mit dem Kopf an das Ende des Tresens. Dort lachte, zufrieden mit seiner Überraschung, Timo Velbert zu ihr herüber.

Irmas Müdigkeit löste sich in Nichts auf. Sie verabschiedete sich von ihren verblüfften Bekannten und drängte sich zwischen den Gästen zu Timo hinüber. Er überließ ihr seinen Barhocker, und sofort waren sie wieder in ein Gespräch vertieft, als wäre ihre Unterhaltung nie unterbrochen gewesen. Sie liebten beide Musik, nicht nur Joe Cocker, wobei Timo gestand, nicht allzu viel von klassischer und Irma, nicht viel von Computer-Musik zu verstehen. Sie hatten dieselben Bücher gelesen, schwärmten von denselben Städten im In- und Ausland, und wenn ihre Meinungen auseinandergingen, bemühte sich jeder, die Gründe des anderen nachzuvollziehen. Und während sie redeten und redeten musste es passiert sein, sie verliebte sich wie eine Primanerin, ohne es wirklich zu merken. Jedenfalls war es in dieser Nacht in der Bar, dass Irma erschrocken zusammenzuckte, als sie auf seine Hand schaute, die auf dem Rand des Tresens lag. Er trug einen Ehering.

Ernüchtert und nicht mehr fähig, den leichten, neckenden Ton beizubehalten, rutschte Irma vom Hocker. Sie müsse nun doch schlafen gehen. Es war immerhin drei Uhr morgens. Neugierig beobachtet von den letzten trägen Gästen der Bar, holten sie sich die Zimmerschlüssel. Im Lift verabredeten sie sich für den nächsten Nachmittag in der Cafeteria des Muziekzentrums und trennten sich mit einem Händedruck.

Irmas Teilnahme an dem Kongress lag ganz in ihrem Belieben. Timo dagegen war von seiner Firma delegiert worden, aber er setzte sich scheinbar leichtfüßig über seinen Auftrag hinweg, um die restlichen drei Tage fast ausschließlich mit Irma zu verbringen. Sie wurden unzertrennlich. Obwohl es der Wettergott nicht sehr gut mit ihnen meinte, hatten sie bei ihren Unternehmungen auffallend viel Glück. In dem Augenblick, als sie ein Boot für die Rundfahrt durch die Grachten bestiegen, trat die Sonne hinter den Regenwolken hervor. Schöner konnte man die einzigartige Sicht auf die vom Regen blankgeputzten Werften, die Grachtenhäuser mit den winzigen Gassen und Treppen, die zum dunkelgrauen Wasser herabführten, kaum erleben. Die im Freien stehenden Tische und Stühle der Restaurants am Rande der Gracht, einige Meter tiefer als die Straße, füllten sich allmählich wieder mit Gästen, die den vorübertuckernden Booten gutgelaunt zunickten. Wenn sie während eines Stadtbummels im gemütlichen Zentrum von einer Schauer überrascht wurden, fand sich immer in der Nähe ein ›Hofje‹ oder Klostergang, wo sie auf einer Mauer oder Bank sitzend den prasselnden Tropfen in den Pfützen zusahen. Hier und da gab es dann Momente des Schweigens, ihre Augen trafen sich nachdenklich, fragend, bis einer von ihnen die Stille mit einer Belanglosigkeit beendete. Manchmal verharrte Timo ganz nahe bei ihr, doch die vage erhoffte Zärtlichkeit blieb aus.

Wenn sie abends vom Hotelzimmer aus Werner anrief, erwähnte sie ihren ständigen Begleiter mit keinem Wort, obwohl es keinen wirklichen Grund gab, daraus ein Geheimnis zu machen. Hätte sie diese Tage an Werners Seite in Utrecht verbracht, würde sie jetzt die elegantesten Restaurants kennen, wüsste, wo der nächste Golfplatz liegt, hätte die Sauna und den Fitnessraum des Hotels ausgiebig genutzt und sicher jeden Morgen brav mit ihm ihre Runden im Pool geschwommen. Ohne Klage, ja, ohne es wirklich wahrzunehmen, hätte sie sich Werners durchaus angenehmem Lebensstil angepasst und alles, wenn auch nicht begeistert, mitgemacht. Die Tage mit Timo hatten ihr eröffnet, wie sie es genoss, sich in einer fremden Stadt treiben zu lassen, spontan Entschlüsse fassen oder ändern zu können, und dies mit jemandem, der daran dieselbe Freude hatte. Es plagte Irma auch kein schlechtes Gewissen, sie spielte ihre Gefühle herunter: Das mit Timo war ja nur so ein kleiner Flirt.

Ganz nebenbei hatten Irma und Timo von ihren Partnern erzählt, und so wusste sie inzwischen, dass Timo seine Jugendliebe Susanne schon mit zweiundzwanzig während seines Studiums in Frankfurt geheiratet hatte. Sie war eine tüchtige Bankangestellte, und von ihrem Einkommen und seinen Gelegenheitsjobs hatten sie während seines Studiums jahrelang gelebt. Inzwischen hatten sie Kinder, ein Zwillingspärchen von sieben Jahren.

»Und warum heiraten Sie nicht?«, wollte Timo wissen, als Irma ihr Leben umriss.

»Werner und ich fanden so eine Partnerschaft ›auf Probe‹ vernünftig, damals, als wir zusammengezogen sind. Er ist geschieden und muss seine zwei Kinder unterhalten.«

»Also Steuergründe«, konstatierte Timo fast tadelnd. Solche unordentlichen Partnerschaften schienen ihm suspekt zu sein. »Waren Sie der Scheidungsgrund?«

»Nein.«

Das schien Timo wiederum zu gefallen, die grüblerische Miene verflog. Obwohl ihr das Thema unangenehm war, setzte Irma noch leise, als müsste sie sich verteidigen, hinzu: »Werner und ich – wir haben beide eine schlechte Erfahrung hinter uns. Uns sitzt wohl die Angst vor einer neuen Enttäuschung im Nacken.«

Den letzten Abend des Kongresses beschloss ein Konzert zweier Cellisten und eines Computers. Am kalten Büffet verwickelte sie dann ein rundlicher Komponist aus Padua in die wohl in jeder herumstehenden Gruppe geführte Diskussion, wessen Einfluss bei den Computer-Kompositionen stärker sein sollte, der der Technik oder der Musik. Obwohl sie mehrfach ihre Inkompetenz betonte in der Hoffnung, ihn so loszuwerden, kritisierte der Italiener mit Vehemenz den technischen Anstrich der Kompositionen aus den Studios der University of Stanford, als habe sie sich zu deren Fürsprecher gemacht. Sie sah Timo nicht weit entfernt von sich im Gespräch und sandte ihm ab und zu flehentliche Blicke zu, aber er verstand sie nicht.

Irma blieb nur die Flucht auf die Damentoilette, wobei der Italiener ihr versicherte, in der Nähe der Tür auf sie zu warten, um das Gespräch fortzusetzen. Als sie das WC nach einer Ewigkeit verließ, überschüttete der anhängliche Mann gerade zwei Kollegen mit seinen Argumenten, sodass sie sich davonschleichen konnte. Eine kleine Weile spazierte sie zwischen den plaudernden Menschen hin und her, entschloss sich dann aber zu gehen. Im Foyer überfiel sie Missmut. In der Annahme, dass sie und Timo sich mit Sicherheit nach dem Konzert am Büffet treffen würden, hatten sie keine besondere Verabredung getroffen, und nun war er nirgends zu sehen und sie auf der Flucht vor einem glühenden Vertreter der computergesteuerten Klangmanipulation. Wie schade, dass sie jetzt so ohne Abschied auseinanderlaufen würden.

Es regnete. Trotzdem wollte Irma nicht sofort ins gegenüberliegende Hotel, sondern sich noch etwas die Füße vertreten, vielleicht auch irgendwo einkehren. Sie hatte kaum das Ende der Straße erreicht, als Timo lautlos neben sie und unter ihren Schirm huschte und sie dabei mit seinem strahlenden Lachen bedachte.

»Wie schön! Ich dachte schon…«, hauchte sie mit einem Seufzer der Erleichterung und blieb stehen. Sie schauten sich in die Augen. Gerade wollte sie ihm dem Schirm übergeben, als er sie mit einem jähen Entschluss mit beiden Armen umfasste, an sich zog und sie küsste. Seine weichen, warmen Lippen umfingen zart die ihren, massierten sie geduldig, bis ihr Kopf zurücksank, ihr Mund sich öffnete und seine Zunge eindrang. Die Passanten machten in gutmütigem Verständnis einen Bogen um das versunkene Paar im Regen mitten auf dem Trottoir, bis sie sich nach langer Zeit endlich voneinander lösten und stumm weitergingen.

Sie landeten nicht, wie Irma es sich für ihren Abschiedsabend gewünscht hätte, in einem stimmungsvollen Lokal, sondern, um dem Regen zu entkommen, in einer billigen Kneipe. Ihre sonst so angeregte Unterhaltung kam nicht in Fluss, keinem fiel etwas Amüsantes oder Interessantes ein. Sie malten mit den Fingern Notenschlüssel in die Bierpfütze auf der Tischplatte und hatten das Bier schneller geleert, als sie wollten. Ihre Blicke verfingen sich immer wieder ineinander.

»Ich liebe meine Frau«, bekannte Timo schließlich leise und sah ihr dabei fest in die Augen. Seine vollen Lippen zitterten ein wenig, und er legte tröstend eine Hand auf ihre Rechte.

Irma schwieg. Auch sie liebte ihren Lebensgefährten, jedenfalls hatte sie das bisher geglaubt. Aber hatte sie jemals diese elementare Sehnsucht nach Werner gespürt, dieses Herzklopfen, diese kribbelnde Unruhe? Sie konnte sich nicht erinnern. Diese verwirrende Anziehungskraft hatte sie bei Werner nie erlebt, es war seine fröhliche Zuverlässigkeit, die sie vor Jahren so nachdrücklich angezogen hatte.

»Dieser Satz nach deinem Kuss – etwas unpassend, nicht wahr?«

Timo antwortete nicht, er schaute sie unverwandt an, als wolle er sie dazu zwingen, alles, was für ihn unaussprechlich war, in seinen Augen zu lesen.

»Wie soll es denn weitergehen?«, drängte Irma. »Was bedeute ich dir eigentlich?«

Timo zog seine Hand zurück. »Es kann nicht weitergehen, das weißt du doch. Wenn ich es auch möchte«, verriet er mit gesenkten Lidern. »Aber ich will meine Frau nicht betrügen.«

»Und warum küsst du mich dann so?!«

In Timos Augen stahl sich wieder das alte freche Funkeln. »Wie hab ich denn geküsst?«, fragte er betont unschuldig. »Ach, komm, Irma, es war doch nur ein Kuss.«

Irma senkte den Kopf. Sie konnte ihm nicht gestehen, dass sie sich hier in der verrauchten Kneipe schon wieder nach seinem Kuss sehnte, nicht einmal nach mehr, sondern nur nach diesem Mund, seiner warmen, saugenden Berührung. Timo wollte ganz offensichtlich nicht mehr von ihr als dieses Geplänkel, diesen Austausch der Gedanken, das Spiel mit dem Vielleicht. Einen Flirt eben, der hauptsächlich in seinem Kopf stattfand, und der Kuss vorhin war ein Ausrutscher. Sie schämte sich plötzlich ihrer schulmädchenhaften Verliebtheit.

»Also gut«, murmelte Irma. »Ich glaube, ich habe verstanden.«

Timo griff wieder nach ihrer Hand und hielt sie fest. Mit der anderen fuhr er zärtlich über die Konturen ihrer Finger.

»Gar nichts verstehst du«, meinte er schließlich, fast grob. »Ich weiß nicht, ob ich dich liebe. Das Wort gehört meiner Frau, finde ich. Aber – aber ich denke dauernd an dich. Ich könnte dich dauernd ansehen. – Und wenn ich dich sehe, dann steht er mir. Sofort.«

Er wich ihrem Blick aus.

Nach einem Schweigen setzte er hinzu: »Ja, so ist das! Trotzdem, ich will und werde nicht fremdgehen!«

Irma, deren Herz eben beglückt und geschmeichelt schneller geschlagen hatte, erstarrte bei den entschieden und hart hervorgestoßenen Worten. Sich mit einem so widersprüchlichen Mann weiter einzulassen, konnte nur bedeuten, dass sie unglücklich wurde. Das lag auf der Hand. Also musste die ganze Affäre mit dem heutigen Abend ihr Ende finden, gerade noch rechtzeitig. Er würde zu seiner angebeteten Frau nach Mainz zurückkehren und sie nach Kassel, und sie würde diesen Flirt so schnell wie möglich vergessen, verdrängen, verfluchen, dazu war sie jetzt fest entschlossen. Nie wieder würde sie sich in eine solche Situation bringen, so rigoros abgewiesen zu werden. Sie war verletzt und verärgert, sich auf Timo überhaupt eingelassen zu haben.

Beim Bezahlen der Getränke bestand sie kleinlich darauf, ihren eigenen Verzehr selbst zu begleichen. Auf dem Weg zum Hotel trottete Timo stumm, den Blick auf das regennasse Straßenpflaster gerichtet und beide Fäuste tief in die Taschen seiner Lederjacke geschoben, neben ihr her und mied den schützenden Kreis ihres Regenschirms. Im grellen Licht der Hotelhalle sah er dann, so völlig durchgeweicht und mit angeklatschtem Haar, nassem, trübseligen Gesicht und den tausend Tropfen im Dreitagebart und auf der beschlagenen Brille, so jämmerlich aus, vor allem so unattraktiv, dass sie sich auf dem Weg zum Lift ganz sicher war, in diesen Utrechter Tagen einer völligen Gefühlsverirrung erlegen zu sein.

Als der Lift in ihrer Etage hielt, streckte Irma Timo die Hand hin. »Also dann. Auf Wiedersehen.«

Seine hinter der Brille vergrößerten Augen blinzelten sie verzweifelt an. Ohne ihre Hand zu ergreifen, verließ er vor ihr den Aufzug, trabte neben ihr her und blieb an ihrer Zimmertür ebenfalls stehen.

»Irma, lass uns bitte nicht so auseinandergehen!«

»Wie möchtest du denn, dass wir auseinandergehen?!«, fuhr ihn Irma höhnisch an. Ihre Hand suchte das Schlüsselloch. »Kommt jetzt irgend so ein Schmus wie: Lass uns Freunde bleiben?«

Es war ihr egal, dass ein vorübergehendes Paar ihre ganze Empörung mitbekam. Endlich hatte sie die Zimmertür offen. Eigentlich wollte sie eintreten und Timo die Tür vor der Nase zukrallen, aber als ihr Blick kurz sein Gesicht streifte und sie den flehenden Ausdruck darin sah, hielt sie inne.

Mit einem großen Schritt folgte er ihr in das Zimmer, stieß die Tür mit dem Fuß zu, entknotete, ohne sie anzusehen, den Gürtel ihres Trenchcoats, schob ihn mit beiden Händen von den Schultern und zog sie an sich. Seine Fingerkuppen strichen zärtlich an ihrem Rückgrat entlang, er versenkte sein Gesicht in ihr wirres Haar, seine Lippen umspielten ihr Ohr, ihren Hals und fanden endlich ihren sehnsüchtigen Mund. Irma schlang die Arme um seinen Nacken, und mit geschlossenen Augen ließ sie sich wieder von den emporschießenden Gefühlen überschwemmen.

Nach langer Zeit rieb Timo seine stachelige Wange an der ihren und flüsterte »Gib mir Zeit. Ich bitte dich! Gib mir

Zeit ...« Es klang todunglücklich. Irma, den Kopf an die nasse Lederjacke gelehnt, streichelte seine knochigen Schultern, Timo ihr Haar. Ganz vorsichtig, mit immer neuen zärtlichen Berührungen, löste Timo sich aus ihrer Umarmung.

Über seine Schulter hinweg konnte Irma das Hotelbett sehen, das Timo so eisern ignorierte. Nein, ermahnte Irma sich. Nein, das musste wirklich nicht sein, nicht jetzt, nicht heute. Sie würde ihm alle Zeit geben, die er brauchte, um sich für sie zu entscheiden. Sie begehrte diesen Mann, liebte diese Stimme, diese Haut, dieses Lächeln. Aber heute musste es ihr genügen, hier zu stehen, seine Arme um sich zu fühlen, den Atem auf ihrer Wange, diesen Schenkel zwischen den ihren, um ein prickelndes Glück zu empfinden. Wenn er es auch nicht wusste, sie wusste es. Er liebte sie. Und eines Tages würde auch er es wissen.

Aber er sprach es nie aus.

*W*enn ich es mir recht überlege: Ich habe immer abgewartet, bis sich ein Mann für oder gegen mich entscheidet.«

»Was? Heißt das, du hast nichts unternommen, um diesen Timo wiederzusehen?«

»Nein, nichts. Nichts! Ich hatte seine Visitenkarte, so wie er die meine. Du glaubst nicht, wie oft ich den Telefonhörer in der Hand gehabt habe, sogar gewählt habe, und dann habe ich schnell wieder aufgelegt. Schau, so haben mir die Hände gezittert! Nein, ich konnte diesen Schritt nicht tun! Wenn er ihn auch nicht getan hätte – ob ich dann heute glücklicher wäre?«

Irma und Agnes lagen bäuchlings auf Badetüchern am Strand von Porto. Ihre Zehen bohrten kühle Gruben in den Kies. Über Irma fiel der Schatten eines zerschlissenen Sonnenschirms, während Agnes ihre sahneweißen Schenkel und das, was der ziemlich unmoderne schwarze Badeanzug vom Rücken freiließ, sorglos den Sonnenstrahlen aussetzte.

Es war an einem Spätnachmittag im August, erinnerte sich Irma, als sie in ihrer Musikalienhandlung den Telefonhörer aufnahm und sich meldete, und erst nach einer Schrecksekunde realisierte, dass die Stimme am anderen Ende Timos war. Ihr Herz stolperte mehrmals vor Glück. Aber da zwei Kunden zu bedienen waren, konnte sie ihre Freude nur sehr sparsam zeigen. Auch Timo rief von seinem Büro aus an, und so beschränkte sich ihr Gespräch zwangsläufig auf Banalitäten. Immerhin gab sein Anruf ihr den Mut, ihn eine Woche später zurückzurufen. Sie gestanden sich ihre Sehnsucht ein, voller Hemmungen, Skrupel und Seufzern, mit vielen langen Pausen, in denen sie auf den Atem des anderen lauschten. Einer Verabredung zu einem Wiedersehen jedoch wich Timo aus.

»Und? Wann seid Ihr dann endlich ins Bett gestiegen?« Agnes brachte nur schwer Verständnis für diese komplizierte Affäre auf.

»Mir war Sex nie so wichtig«, betonte Irma würdevoll.

»Haha«, machte Agnes und schnaubte verächtlich mit den Lippen. »Gerade weil der Timo so ein standhafter Zinnsoldat ist, ist es dir wichtig geworden. Ich kenne das!«

Da Irma ertappt schwieg, kehrt Agnes zum Ausgang ihrer Unterhaltung zurück. »Also darüber, wer den ersten Schritt machen soll, hab ich nie nachgedacht. Wenn ich früher einen wollte, dann hat der das auch ganz schnell begriffen. Und dann wurde auch nicht lang gefackelt!«

»Ja, ja, ich weiß! Du warst eine ganz wilde Hummel!«, entfuhr es Irma gereizt. Agnes warf ihr einen belustigten Blick zu.

»Einmal,« Agnes stützte die Ellbogen auf und legte ihr Kinn in die Handflächen, »einmal hab' ich sogar in einem

Krankenwagen, unterwegs zu einem Unfall, gebumst. Auf der Trage, bei heulenden Sirenen! Ich sag dir, einfach irre! Das war in Piombino, wo ich mal in der Klinik als Putzfrau gejobbt habe. Es kam so über uns! Als der Typ…«

»Agnes, bitte verschon mich!«

Irma hielt sich lachend die Ohren zu, und Agnes machte »Püh!«, schob aber doch noch nach, dass das wirklich eine Wahnsinnssache gewesen sei. Irma habe ja keine Ahnung vom wahren Leben.

Nicht weit von ihnen entfernt hockte, inmitten einer Horde Teenager, Faustina, eine langbeinige, dürre Göre im grünen Schwimmanzug. Das Puppengesicht mit den braunen Kulleraugen, umrahmt von einer mahagonifarbenen Haarpracht, aber ließ ahnen, dass da eine Schönheit heranwuchs. Als Irma und Agnes vormittags am Campingplatz, einem ehemaligen Weinberg, angekommen waren, stand Faustina hinter der Klappöffnung des Kiosks und verkaufte eifrig Eis, Popcorn und Cola. Sie war überhaupt nicht begeistert von der Idee gewesen, mit ihrer Mutter an den Strand zu gehen, denn dadurch wäre ihr eine kleine Summe entgangen, die sie für die Betreuung des Kiosks von ihrer Tante erhalten sollte. Dieser Geschäftssinn imponierte Agnes. Sie nahm Rücksicht und hatte mit ihrer Tochter ausgehandelt, dass sie noch eine Stunde verkaufen sollte. Den Verdienstausfall für die restlichen zwei Stunden würde Agnes ihr ersetzen. Damit war Faustina einverstanden.

In der Zwischenzeit hatte Agnes den Verwandten ihre Aufwartung gemacht. Ihre Schwägerin Maddalena, kurz Lena genannt, war gerade in der Wohnküche dabei gewesen, einen Stoß Bettwäsche durch die kleine Handmangel zu ziehen, der Fernseher lief, die Spülmaschine brummte und auf dem Herd brodelte eine Minestrone. Sie hatte aber alles liegen und stehen gelassen, um Agnes und ihre Begleitung herzlich zu begrüßen und hinter das Haus zu führen, wo sie unter einem löchrigen Bambusstrohdach eiskaltes Mineralwasser tranken und süßes Gebäck knabberten, das Lena in einem Körbchen auf die Fensterbank gestellt hatte. Sie war eine zierliche, etwas bucklige Frau, wirkte, wenn sie still zuhörte, ziemlich abgehetzt, aber wenn sie sprach, verwischte sich der Eindruck.

Von der Unterhaltung hatte Irma einiges verstanden, da sie in einem Gemisch aus Französisch und Korsisch geführt wurde. Natürlich ging es um Faustina. Lena lobte vor allem den Fleiß und die Ordnungsliebe des Kindes, was Agnes erstaunt mit: »Das hat sie nicht von mir!« kommentierte. Die Schwägerin hatte auch über die Arbeit mit diesem Campingplatz gejammert, der ihr nur nachmittags, wenn die Leute am Strand lagen, Zeit für ihre eigenen Angelegenheiten ließ. Immer sei irgendetwas kaputt, verstopft, verschmutzt, so wie jetzt, wo ihr Mann bei den Duschräumen sei, um eine defekte Brause auszutauschen.

Genau nach einer Stunde war Faustina aufgetaucht, und Lena löste sie im Kiosk ab. Das Kind schlüpfte in seinen Badeanzug, zog ein großes T-Shirt darüber und schob sich ein zusammengerolltes Handtuch unter den Arm. Dann marschierten sie, Mutter und Tochter Hand in Hand, entlang der stark befahrenen Hauptstraße zum Strand. Die enge Schneise zwischen den Bergen öffnete sich nur wenig für den Golf von Porto. Eine Zeile von Hotels und Geschäften trennte Hafen und Badestrand, und ganz vorn, auf einem fast nackten orangeroten Felsen, thronte der pisanische Wachtturm.

Immer wieder ließ Irma ihre Augen von ihm über das türkisblaue Wasser hinüber zu den die Bucht umschließenden braunen und schließlich dunkelblauen Bergen gleiten. Ein einmaliger Badeplatz.

Von den vier Rotnasen war nichts zu sehen. Agnes konnte es natürlich nicht lassen, herumzusticheln, dass ihr das früher niemals passiert wäre. Aber Irma habe Jean-Pierre ja auch nicht gerade ermuntert.

»So, jetzt bin ich also schuld, dass du die Typen heute nicht vernaschen konntest?«, staunte Irma. »Darf ich dich höflichst daran erinnern, dass du verheiratet bist?«

»Danke sehr, Frau Lehrerin. Ich hab bei der ganzen Aktion mit denen eigentlich immer nur dein Wohl im Auge gehabt!«

»Ich bin auch so gut wie verheiratet! Du brauchst mir keine Männer zu besorgen.«

»Ja, ich weiß, die kommen schon von alleine, du bist ja nicht zu übersehen! Aber wenn sie sich nicht trauen, dann zuckt die Dame bloß mit der Schulter. – Weißt du was? Du bist ein fieser Teaser!«

Sie schwiegen verstimmt. Beiden war klar, dass bei ihnen zwei kaum zu vereinbarende Lebensstile aufeinanderprallten. Nach einer Weile rollte sich Agnes herum und legte ihren Arm um Irmas Schulter.

»Hör zu, mein Schätzchen: Als ich noch frei war, also, so vor fünfzehn Jahren, da **war** ich frei. Frei! Frei wie eine Möwe! Und so habe ich gelebt. Jetzt habe ich meinen Battista, und seitdem reizt mich kein anderer. Sollte ich – ich sage: sollte! – ich mich allerdings in einen anderen verlieben, würde ich alles dransetzen, um den zu kriegen. Alles!«

Ich bin keine Kämpfernatur, wollte Irma sagen, ich habe mich immer gefügt, angepasst, bin immer ein liebes Kind gewesen ... Dabei hätte ich so gern einmal mit der Faust in den Haferbrei geschlagen! Aber sie schwieg und lächelte versöhnt.

Agnes drückte Irmas Oberarm und setzte sich auf. Sie beobachtete ihre Tochter, die eben mit zwei Mädchen aus dem Wasser zurückkam, und rief ihr zu, ob sie nicht eine Portion Pommes wolle, so wie sie selbst. Irma lehnte dankend ab. Faustina ließ sich das Geld aushändigen und schlenderte zu der kleinen Bar unter den Bäumen.

»Wolltet ihr nur das eine Kind?«

Agnes behielt Faustina im Auge und schüttelte den Kopf. »Nein. Natürlich wollte Battista mindestens einen Stammhalter, ist doch klar! – Ich hatte zweimal eine Frühgeburt, schließlich eine Bauchhöhlenschwangerschaft ... Tja, da war der Traum von der korsischen Großfamilie zu Ende.«

Sie war zum ersten Mal seit ihrer Bekanntschaft todernst, und Irma streichelte zärtlich ihren Rücken. »Ach, Agnes. Du Arme.« Agnes hielt still und nickte nur mit zusammengepressten Lippen mechanisch mit dem Kopf.

Faustina lieferte eine Tüte mit Pommes frites und viel Mayonnaise bei ihrer Mutter ab und ließ sich dann mit ihrer Portion in der Nähe nieder. Ihre Augen streiften immer wieder neugierig die mit Sommersprossen übersäte Deutsche im schicken hellblauen Bikini, aber sie richtete kein Wort an sie.

Eine Weile mampften Mutter und Tochter hingegeben die Fritten in sich hinein.

»Wenn wir schon bei den unerfreulichen Sachen sind, will ich dir noch was sagen.« Agnes kratzte auf dem Boden der Tüte herum, leckte den Rest Mayonnaise vom Papier. »Ich glaube, Battista betrügt mich.«

»O nein!«

Faustina hob alarmiert den Kopf, aber da sie Deutsch sprachen, konnte sie nur versuchen, in den Mienen der beiden Frauen zu lesen.

»Tja, so ist das.« Agnes knüllte die Papiertüte zusammen und warf sie Faustina an den Kopf, die sie sofort einsammelte und zurückwarf.

»Und? Was wirst du tun, Agnes? Wer ist es? Woher weißt du es?«

»Irgendeine verdammte Kellnerin. – Vorgestern hat einer aus dem Dorf so eine Bemerkung gemacht. Der Battista hätte da in dem Hotel ja eine ziemlich flotte Kollegin und so ... Da wurde ich hellhörig. Du musst wissen: In unserem Dorf steckt man so was nicht ohne Grund einer verheirateten Frau.«

Von Faustina flog eine Hand voll Kieselsteinchen herüber.

»Aber eigentlich hab ich selbst schon gemerkt, dass – dass er anders ist. Dass er nicht mehr so scharf drauf ist, möglichst oft heimzukommen. Im Bett ist er auch ziemlich lahm. Hab's eben verdrängt, wie man so sagt.«

Als von dem Kind die nächste Ladung Sand und Steinchen über sie prasselte, sprang Agnes in gespielter Empörung auf und jagte Faustina vor sich her ins Meer. Während sie sich im seichten Wasser wie zwei Seehunde herumwälzten, sich kreischend bespritzten und jagten, schwamm Irma mit langen Stößen dem offenen Meer entgegen. Als sie weit genug von den Stimmen und Schwimmern entfernt war, legte sie sich auf den Rücken und ließ sich treiben.

Sie erinnerte sich an die ersten Eindrücke von Agnes an dem Nachmittag auf dem Balkon der Auberge, wo sie sich nicht satt sehen konnte an dieser gelassenen, ringsum zufriedenen Frau, die ihren Lebensinhalt gefunden und verwirklicht hatte. Für kurze Zeit war das Dörfchen, die Töpferei, das Regal mit all den Schüsseln, Krügen und Bechern für Irma der Inbegriff der heilen Welt gewesen – jetzt hatte auch diese einen Sprung.

Da Faustina sich zu langweilen begann, denn ihre Kameraden waren losgezogen, um sich im Fernsehen einen Film anzusehen, packten sie ihre Habseligkeiten zusammen und flanierten zum Hafen hinüber, vorbei an kleinen Boutiquen, freundlichen Restaurants und Cafés. In einem Geschäft mit Korallenschmuck konnte Irma einer Halskette aus gleichmäßigen rosigen Kugeln nicht widerstehen, und als sie Faustina ein Kettchen aus winzigen dunkelroten Korallen kaufte, hatte sie das Herz des Kindes endgültig erobert. Sie schlenderten weiter, jetzt beide Hand in Hand mit Faustina, die aber immer wieder einen

Grund fand, eine Hand zu befreien und nach dem Schmuck am braunen Hals zu tasten. Schließlich erwarb Irma noch mehrere Meter eines naturfarbenen Baumwollstoffes mit großen stilisierten, kornblumenblauen Rosensträußen. Das sollten die neuen Gardinen für die Küche des Chalet Gris werden. Nach einer großen Portion Eis in einem Straßencafé, von wo aus sie die an- und ablegenden Motorboote voller Touristen beobachten konnten, machten sie sich auf den Rückweg. Sie passierten ein Immobiliengeschäft mit vielversprechenden Fotos von Ferienhäusern und Appartements in dieser Region, und da erst erinnerte sich Irma schlagartig, dass Tante Helen das Chalet Gris verkaufen wollte.

Sie blieb wie angewurzelt stehen und starrte auf den Stoffballen in der Plastiktüte.

»Was ist los?«, rief Agnes ungeduldig, die durch Faustinas Hand unsanft zurückgerissen wurde. »Hast du was vergessen?«

Langsam setzte sich Irma wieder in Bewegung. »Ja! – Agnes, ich habe total vergessen, dass meine Tante das Chalet Gris verkaufen will. Und ich Dussel kaufe Gardinen! Ich soll mich eigentlich schon mal ein bisschen erkundigen über Preise und so«, erzählte sie leise, fast tonlos. »Verkaufen! Ich kann mir keine Fremden in dem Haus vorstellen, es ist so…«

Agnes betrachtete Irma mitleidig. »Tja, so eine alte Villa, da wird man sentimental! Aber das ist der Lauf der Welt, Irma. – Also, wenn du schon mal hier bist, dann gehst du am besten mal da rein und informierst dich, damit du deiner Tante wenigstens irgendwas sagen kannst.« Und als Irma zögerte, setzte sie grinsend hinzu: »Du musst ja nicht gleich einen Kaufvertrag schließen! Wir sehen uns dann bei Lena. D'accord?«

Später auf der Rückfahrt in dem klapprigen VW-Variant, den sich Agnes von ihrem Schwiegervater ausgeliehen hatte, berichtete Irma von ihren Erkundigungen. Es würde nicht leicht sein, ein solches Anwesen in dieser abgelegenen Gegend überhaupt und zu einem angemessenen Preis zu verkaufen. Es sei für Wander- und Bergfreunde wahrscheinlich zu elegant und für Seeurlauber zu weit vom Meer entfernt, hatte man in der Agentur bemängelt. Sie konnte nicht verbergen, wie erleichtert sie darüber war.

»Häuser leben nun mal länger als wir Menschen«, stellte Agnes sachlich fest. Sie wandte kein Auge von dem kurvigen Pass, zumal auch die Sonne bereits unterging. »Du kannst dir jetzt nur deine liebliche Tante samt dem vom Geld geadelten Anhang in diesen Mauern vorstellen. Aber irgendwann wird da mal wer ein- und ausgehen, dem das völlig schnurz ist, der den restlichen Plunder rausschmeißt, eine abwaschbare perfekte Einbauküche reinsetzt, eine Hausbar einrichtet, einen Fitnessraum, eine Sauna – eine Hollywoodschaukel und Plastikmöbel auf die Terrasse stellt …«

»Einen Ziegelstein-Grill hinbaut, Infrarotstrahler anbringt und Rollläden vor die Fenster«, setzte Irma die Vision der ›Modernisierung‹ fort.

Sie schauderte. Natürlich hatte Agnes Recht. Aber noch war für sie dieses Haus die Hülle rätselhafter Schicksale, die sie mehr und mehr faszinierten, es waren Räumen, die Geheimnisse bargen, die sie lüften wollte.

»Hast du mal etwas von einem Gerücht gehört, dass Ciro damals, so vor zwanzig oder dreißig Jahren, was mit meiner Tante gehabt hat?«

»Was? Mit 'ner feinen Dame aus dem Chalet Gris?« Agnes schüttelte den Kopf und lachte. »Das wäre doch die Sensation hier im Tal gewesen, o Mann! Aber davon hab ich noch nie was gehört!« Sie legte vernehmlich einen niedrigeren Gang ein und gab wieder Gas. »Zuzutrauen wär's ihm schon! Aber wie gesagt, davon weiß ich nichts. – Ja, er muss als junger Mann ein umwerfender Kerl gewesen sein! Meine Schwiegereltern haben ein Foto, auf dem ein paar Burschen drauf sind, ein Bein auf einer abgeschossenen Wildsau, Jäger eben, du weißt schon – da ist er dabei. Super sieht er darauf aus! Er hat sehr jung geheiratet, wie das hier so üblich ist. Meine Schwiegermutter hat mal getratscht, dass Ciro oft tagelang verschwindet und in Porto, Cargèse oder sonst wo die Touristinnen flachlegt. Aber seine Frau, die dumme Kuh, würde ja alles übersehen. Es heißt, die vergöttert ihn.«

»Haben sie Kinder?«

»Ja, vier. Drei Söhne und eine Tochter. Alle schon aus dem Haus.«

Eine Zeit lang schwieg Agnes und konzentrierte sich auf die Straße. Irma war froh, dass sie es sich hatte ausreden lassen, mit ihrem Wagen zu fahren. Diese Strecke nachts zu fahren, verlangte nicht nur Können, sondern auch Erfahrung.

»Das Mädchen ist nicht ihr eigenes. Sie haben es von irgendwelchen Verwandten in Pflege genommen und aufgezogen. Laura, ein eingebildetes Gänschen! Es wird auch gemunkelt, sie wär’ ein Bastard vom Ciro. Tja, wer weiß! – Ciros Söhne hab ich leider nie kennen gelernt. Sie sind nach Italien oder Frankreich gegangen und dort geblieben. Sollen aber alle drei prächtige Kerle sein. Na ja, bei dem Vater!«

Endlich lag das Tal im tintenblauen Abendlicht vor ihnen. Sie atmeten beide auf und setzten sich für das letzte Stück Weges erneut zurecht. Langsam ließ Agnes den Wagen unter den Kastanien ausrollen und stoppte vor dem Chalet Gris.

»Agnes, eins noch: Was wirst du wegen Battista unternehmen?«

Agnes stemmte beide Hände gegen das Lenkrad und blies die Backen auf. »Tja, was werde ich tun? – Normalerweise würde er in drei Wochen für ein paar Tage heimkommen, da hat er frei. Aber ich werde übermorgen hinfahren nach Bastia und mir die ganze Sache mal ansehen.

Und dann kann er was erleben!« Ihre Stimme bebte vor unterdrückter Wut. »Und das Weibsstück erst recht!«

Irma betrachtete die schwer atmende, massige Person mit Respekt. Ihr ins Gehege zu kommen, das würde sie niemandem raten. Hier saß eine Bärin, die ihr Glück mit Prankenhieben verteidigen würde. Komisch, auch sie war wütend auf diese Kellnerin und Battista, und dabei war sie selbst ja so eine, die einen verheirateten Mann liebte, ihn nicht loslassen konnte, überlegte sie bedrückt.

»Ich will, dass Battista ehrlich zu mir ist. Klar, es ist schwer für einen Mann, nein zu sagen, wenn sich die Gelegenheit bietet und die eigene Frau zig Kilometer weit weg ist und er sie nur alle vier Wochen sehen kann. Aber ich hab immer gedacht, Battista schafft das! Mit mir als Frau – eine Kleinigkeit! Da hab ich mich wohl geschnitten!« Agnes lachte freudlos in sich hinein.

»Vielleicht ist am Ende doch nichts dahinter, Agnes. Es wird so viel geredet ... Ich wünsche es dir jedenfalls! Komm bitte zu mir, wenn du zurück bist, ja?« Irma neigte sich hinüber und drückte ihr einen Abschiedskuss auf die Wange. Agnes versprach es.

Der Motor lief schon, da beugte sie sich aus dem Fenster und winkte Irma noch einmal heran. »Also, jetzt mal ehrlich: Wie war das mit dem Sex zwischen dir und diesem Timo?«

Einen Moment schwankte Irma zwischen Lachen und Ärger, doch schließlich prusteten sie beide laut los.

»Du bist unmöglich, Agnes! Es geht wirklich nicht nur um das, glaub mir. Ich mag Timo sehr«, verteidigte sich Irma schwach.

Agnes schaute Irmas zartes Gesicht, umrahmt vom im Mondlicht golden schimmernden Kraushaar, lange an.

»Irma, meine Überzeugung ist, es geht immer nur darum zwischen Mann und Frau. Aber keiner gibt das zu. – Also, ciao! Ich melde mich.«

Irma blickte dem Wagen nach, dann tastete sie sich durch den Vorgarten zum dunklen, gespenstischen Chalet Gris hinauf. Trotzdem fühlte sie sich geborgen, als das schwere Portal hinter ihr ins Schloss fiel.

In der Küche setzte sie sich an den Tisch und schenkte sich ein Glas Rotwein ein. Das Kramen in der Vergangenheit und das Schicksal von Agnes hatten sie aufgewühlt und hellwach gemacht. Erinnerungsfetzen jagten durch ihr Gedächtnis, und hier und da haschte sie nach einem und vergegenwärtigte sich, so intensiv sie konnte, jede Sekunde. So das erste Wiedersehen mit Timo nach Utrecht. Plötzlich stand er ohne Anmeldung in Kassel im Laden, blass und nervös, mit einem heißen Glanz in den Augen ungeduldig verfolgend, wie sie telefonisch ihre Mutter mit einer Ausrede in den Laden beorderte, wie er eigenhändig das Schild ›Vorübergehend geschlossen‹ an der Tür befestigte, sie mit großen Schritten zu seinem Wagen dirigierte und sie dort wortlos in die Arme nahm, küsste, bis ihr die Lippen schmerzten. In der Kasseler Aue schlenderten sie später eng umschlungen auf möglichst lauschigen Pfaden umher, benommen vor Glück und Unglück, sich streichelnd, küssend und sich betastend wie zwei Teenager, die dem Petting verfallen sind. Timo befand sich auf dem Rückweg von einer Dienstreise, und nachdem eine gewisse Ernüchterung zwischen ihnen eingetreten war, steuerte er immer eiliger zu seinem Wagen zurück, um nicht zu spät zu Hause anzukommen.

Irma legte seufzend den Kopf auf die verschränkten Arme und drehte das Weinglas auf der Platte hin und her. So oder ähnlich verliefen alle vier oder fünf Treffen in der nächsten Zeit, wenn sie sich in Kassel trafen oder auch einmal in Mainz, wobei Irma ihm vorgeschwindelt hatte, sie hätte dort beruflich zu tun, nur, um endlich ein neues Wiedersehen zu erreichen. Manchmal blieb Timo beherrscht, beschränkte sich aufs Erzählen und übersah Irmas zärtliche Hand. Gepeinigt vom schlechten Gewissen gegenüber seiner Frau vermied er, Irma zu berühren, war abweisend und immer aufs Neue entschlossen, dass dies das letzte Zusammentreffen sein sollte, und dann fuhr er wieder plötzlich herum, riss sie so leidenschaftlich an sich, dass sie jede Rippe seines Brustkorbes an dem ihren fühlte.

Immer mehr verunsichert, ging Irma dazu über, ihm jede Initiative hinsichtlich ihrer Umarmungen zu überlassen. Überzeugt, dass Timo sich für sie entscheiden würde, wenn sie ihm nur genug Zeit ließe, nahm sie tapfer jede seiner Stimmungsschwankungen hin. Um sich vor weiteren Kränkungen zu schützen, gab sie Timo nie mehr verbal zu verstehen, wie sie sich danach verzehrte, endlich mit ihm zu schlafen. Mach Schluss! Mach Schluss, schrie sie sich selbst oft an. Was soll das Ganze?! Sie biss die Zähne zusammen und entschied zum hundertsten Male, dass es vorbei war. Endgültig.

Und dann stand er plötzlich wieder vor der Tür. Sozial engagiert und umweltbewusst, wie Timo war, unter anderem ein Aktiver bei Amnesty International, befand er sich auf dem Weg zu einem damit zusammenhängenden Wochenendseminar nach Paderborn. »Kannst du nach Paderborn kommen? Bitte!« Wieder starrten seine Augen sie fiebrig an, er sah schlecht aus und war unfähig zu lächeln. Irma überraschte am Abend Werner mit der Mitteilung, am Wochenende in Paderborn beim Konkurs einer Musikalienhandlung ein Schnäppchen machen zu können, und packte – sprachlos über ihre eigenen schauspielerischen Fähigkeiten – eine Reisetasche und verließ am nächsten Tag frühmorgens die Wohnung. Werner, völlig okkupiert vom bevorstehenden Turnier seines Tennisclubs, stellte nicht eine Frage. Irma stieg im selben Hotel wie Timo ab. Ein stimmungsvoller Abend folgte, Timo war wieder gelöst und zärtlich, sie lachten und schmusten miteinander wie ein unbeschwertes Liebespaar, bummelten nach einem guten Essen beschwingt durch die Stadt zurück zum Hotel. Aber im Treppenhaus ihres Hotels fiel jede Freude von ihm ab. Er verabschiedete sich förmlich, wandte sich ab und verschwand am Ende des Ganges in seinem Zimmer. Gegen zwei Uhr nachts aber klopfte er an ihre Tür, drängte, stieß sie fast zurück zum Bett, und sie liebten sich, endlich, endlich, mit stummer, schmerzlicher Leidenschaft, bis in den Bäumen des Innerhofes die Vögel das Morgenlicht begrüßten.

Irmas Herz klopfte schneller beim Gedanken an diese Liebesnacht, die ihre aufgestauten Sehnsüchte erfüllt, aber etwas Nagendes hinterlassen hatte, als sie Timo nachblickte, wie er mit gesenktem Kopf und schleppendem Schritt ihr Zimmer verließ. War es wirklich das gewesen, was sie so lange herbeigewünscht hatte? Hatte Agnes Recht, wenn sie die Anziehungskraft zwischen zwei Menschen einzig mit der Sexualität erklärte? Irma gestand sich in dieser nächtlichen Stunde im Chalet Gris ein, dass nach diesem Dammbruch in Paderborn es für Timo und sie bei den wenigen Treffen tatsächlich nur noch darum ging. Darum, ein ungestörtes Eckchen zu finden, wo sie hemmungslos übereinander herfallen konnten – im Hinterzimmer des Musikladens, wo neuerdings eine Luftmatratze versteckt war, ein Hotelzimmer oder auf dem Rücksitz von Timos Wagen. Was in Utrecht mit der Faszination des gedanklichen Gleichklangs begonnen hatte, endete in wütender Besessenheit.

Während ihre Gedanken schweiften, räumte Irma ihre Badetasche aus. Das feuchte Badelaken und den Bikini warf sie auf der Terrasse über den Draht. Mit um sich geschlungenen Armen trat sie an die Brüstung. Es war sternenklar, mit einer Luft wie Samt.

»Bonsoir, Irma. Wieder zu Hause?«

Sie fuhr zusammen. Unten an der Leitplanke auf der Talseite lehnte Ciro und rauchte.

»Eine schöne Nacht, nicht wahr?«

Irma nickte. »Ja, wunderschön.«

Er überquerte langsam die Straße. Das helle Oval seines Gesichts war zu ihr emporgerichtet. »Man sieht sich gar nicht mehr! – Wo warst du?«

»In Porto. Am Meer! Ich schwimme doch so gern!« Irma setzte sich auf die Terrassenbrüstung, zog die Beine hoch und legte die Arme um die Knie. »So ein Badeort hat schon auch was für sich!«

Er war am Gartentor angekommen, hob es an und öffnete es, ohne dass das geringste Quietschen zu hören gewesen wäre, erklomm mit drei, vier großen Schritten die Böschung und stand vor ihr, auf der anderen Seite der Mauer.

»Wirklich? Was fehlt dir hier in den Bergen, chérie? Kann ich vielleicht etwas für dich tun?«

Ciro machte mit dem gekerbten Kinn seine typische Aufwärtsbewegung, entblößte seine Zähne zu einem gerissenen Lächeln und fixierte sie aus den Augenschlitzen.

»Bitte, Ciro, fang nicht schon wieder an!« Scheinbar lässig ging auch Irma zum Du über, um ihm das Gefühl zu nehmen, diese Intimität könnte sie verwirren. »Wir sind nicht in Verona und nicht Romeo und Julia!«

Sie schwang die Beine wieder auf den Boden und wollte sich verärgert ins Haus zurückziehen, aber Ciro erwischte ihren Arm und hielt sie fest.

»Irma, warum so kalt? Bleib doch noch. Bitte, einen Augenblick nur!«

Widerstrebend ließ sie sich zur Terrassenmauer zurückziehen.

»Ja, so ist es gut.« Ciro ließ sie los und beschrieb mit seiner Rechten einen weiten Bogen über den scheinbar diamantenbesetzten Himmel.

»Schau dir diese Sterne an, Irma, hast du so etwas schon einmal gesehen? Dort der Große Bär, gleich gegenüber das W, siehst du es? Die Kassiopeia, diese Königin aus

Äthiopien ... Und dort: Wega in der Leier, die Lyra des Orpheus, nicht wahr? Und da, die strahlende Venus, sieh doch, sie will uns schon verlassen, aber schau, wie sie blinkt und uns ruft! ... Was ist schlecht daran, sich in so einer Nacht zu fühlen wie Romeo und Julia? Gibst du nie einer Stimmung nach und hörst darauf, was dein Herz dir zuflüstert?«

Sie ließ sich wieder seitlich auf die Brüstung nieder, Ciro den Rücken zugewandt, aber ohne den Boden unter den Füßen zu verlieren, gewärtig, jederzeit weg- und ins Haus laufen zu können.

»Nein. Das kann ich tatsächlich nicht«, sagte Irma nach einer Weile nüchtern, und schlang die Arme fester um sich.

Er drückte den Zigarettenstummel an der Mauer aus, stemmte sich mit einem kraftvollen Ruck hoch und setzte sich. Eine Weile betrachtete er die sich krampfhaft umarmende Frau, dann legte er ihr seine blaue Leinenjacke, die er über eine Schulter geworfen hatte, um.

»Doch, Irma, du kannst es.«

Wieder hatte seine Stimme jenen vibrierenden Klang, der sie beunruhigte. So verbrachten sie einige Minuten nebeneinander, fast berührten sich ihre Oberarme: Irma regungslos mit Blick auf die rauschenden Kastanien, Ciro, mit baumelnden Beinen, in der anderen Richtung die Sterne erkundend. Immer dringlicher spürte Irma, dass Ciro auf etwas wartete, eine Geste, ein Zeichen von ihr, auf das Schmelzen ihres Widerstandes. Fast gleichzeitig drehten sie einander das Gesicht zu.

»Sag es«, drängte Ciro leise.

»Wo – wo ist die Kassiopeia?«, presste Irma nach einer Ewigkeit hervor.

Er lachte laut auf und schüttelte den Kopf, ohne sie aus den Augen zu lassen. »Oh, Irma! – Natürlich, die Kassiopeia willst du sehen, mehr nicht. Also gut. Pass auf.«

Er zog eine imaginäre Linie vom Großen Bären zum erfragten Stern. »Da, da ist sie. Siehst du sie? Das war alles, was du willst? Bon. – Weißt du aber auch, dass die Kassiopeia eine sehr hochmütige Königin war, die sich über alle Nymphen erheben wollte und deshalb von Neptun bestraft wurde? Denk darüber nach, Irma.«

Er sprang von der Mauer und stieg die Böschung hinab. Auf dem Gartenweg steckte er sich eine neue Zigarette an, und für Sekunden war sein Piratengesicht orangefarben beleuchtet.

»Bonne nuit, Kassiopeia. Schlaf gut in deinem kalten, leeren Bett!«

Der blanke Hass eines abgewiesenen Liebhabers schlug ihr entgegen, und Irma wich verblüfft, sogar ein wenig erschrocken, von der Brüstung zurück. Da rutschte Ciros Jacke von ihren Schultern und fiel zu Boden. Spontan wollte sie ihn rufen, stockte aber, denn die Vorstellung, noch einmal seinen verbalen Attacken ausgeliefert zu sein, ließ sie den Mund schnell wieder schließen.

Etwas raschelte unter ihrer Sandale. Ein weißes Kuvert lag auf den Steinen. Irma hob es auf, ging zur angelehnten Terrassentür, durch die das Licht herausfiel.

Der Brief war an Ciro gerichtet, aber an seine Adresse im Bürgermeisteramt. ›Persönlich‹, und zweimal unterstrichen. Irma drehte den Brief um. Helen Meyerhoff, las sie. Helen Meyerhoff, Bad Godesberg. In feinen goldenen Lettern gedruckt. Sie zögerte nur wenige Sekunden, dann hatte sie den Briefbogen aus dem Couvert gefingert.

»Lieber Ciro!

Du weißt, wie schwer es mir fällt, Dir nach so vielen Jahren zu schreiben. Und nur Du weißt, dass dieses Vierteljahrhundert nichts ist. Ich hätte Dich auch nicht mehr aufgestört in dem Frieden, den Du in Deiner Familie hoffentlich gefunden hast, wenn ich nicht ein Zeichen bekommen hätte, dass ich meine

Angelegenheiten ordnen sollte. Eine Herzattacke, nichts Schlimmes, sorge Dich nicht. Aber mein Arzt hat doch so nebenbei gefragt, ob meine ›juristischen Dinge‹ geregelt seien. Nun denn! – Das Chalet Gris ist eines der juristischen Dinge, die zu klären wären. Meine Söhne drängen zum Verkauf. Die Tochter einer Cousine von mir wird demnächst ihren Urlaub im Chalet Gris verbringen und erste Kontakte knüpfen. Sie heißt Irma Daube. Ich bitte Dich herzlich, ihr zu helfen. Ich hätte das alles über eine Agentur regeln können, aber vielleicht wollte ich Dir doch noch einmal, wenn auch unter einem Vorwand, ein Lebenszeichen von mir geben.

Natürlich möchte ich das Haus am liebsten Dir vermachen, wenn ich nicht wüsste, dass es Deinen Stolz verletzen würde. Gib mir einen Rat, wenn Du kannst. Ciro, leb wohl. Ich sehe Dich vor mir in Deinem kleinen Haus mit Vanna und Deinen Söhnen, ich stehe wie damals an der Brüstung und schaue Euch zu.

Küsse Laura von mir.

In Liebe, Deine Hélène.«

Irmas Hand, die den Brief hielt, zitterte. Es war nicht daran zu deuteln: Aus ihm sprach eine innige Liebe, voll Resignation zwar, aber unvergänglich. Sie faltete das Blatt zusammen, da ließ sie ein Geräusch herumfahren. Ciro schwang sich sportlich über die Brüstung.

»Mein Jackett! – Oh! Wartest du etwa auf mich?«, schnurrte er.

Mit wiegenden, vorgeschobenen Hüften, siegessicher, kam er langsam auf sie zu. Da entdeckte er das Kuvert in ihrer Hand, das sie unauffällig und dabei sehr ungeschickt wieder in seine Jacke schieben wollte, stutzte und war mit einem Sprung bei ihr.

»Au diable! Gib her!« Er entriss ihr Jacke und Brief, stieß sie dabei so grob von sich, dass sie gegen die scheppernde

Terrassentür stolperte. Ohne Irma anzusehen, schob er den Brief in die Hosentasche. »Was fällt dir ein! Du hast ihn gelesen?!«

Obwohl er mit unterdrückter Stimme sprach, hörte sie die Drohung darin. Der schmeichelnde Verführer war wie weggewischt.

»Ja, es stimmt. Ich hab ihn gelesen«, gestand Irma. Sein flammender Jähzorn schnürte ihr die Rippen vor Angst zusammen. Trotzdem hielt sie seinen funkelnden Augen stand. »Also du und Tante Helen? Ihr beide? Ihr beide! Ihr habt also…«

»Und?! Was geht dich das an!«, unterbrach er sie barsch. Er warf ihr einen letzten wütenden Blick zu und verschwand mit einem katzenhaften Satz hinter der Mauer.

Irma holte eine Flasche Mineralwasser aus dem Kühlschrank, trank in langen durstigen Zügen. An den Tisch gelehnt betrachtete sie das Bildnis ihrer Tante. Mein Gott, dieser Mann verstand es, einzuschüchtern, aber vor allem zu locken und zu verführen, das musste man ihm lassen. Kein Zweifel, Helen war seinem Charme erlegen, der Ton des Briefes verriet ihre Intimität. Oder war es das Spiel einer verwöhnten, reichen, von ihrer Ehe frustrierten Frau mit einem gut aussehenden Naturburschen? Irma war jung. Liebe, Sex zwischen einem Jüngling und einer um viele Jahre älteren Frau schien ihr einfach unmöglich. Unnatürlich, ja, abstoßend.

Wie man lautlos den Garten des Chalet Gris betritt und die Terrasse erreicht, hatte Ciro jedenfalls heute Abend ganz unbefangen vorgeführt.

*A*m nächsten Morgen, nach quälenden Grübeleien über den vorhergegangenen Abend, beschloss Irma, dem Ehepaar Kossionides einen Besuch zu machen. Der Stoff für die Küchengardinen würde ihr einen willkommenen Vorwand liefern. Die Neugierde, weiter in Ciros und Helens Geheimnis einzudringen, ließ ihr keine Ruhe. Außerdem schämte sie sich für ihr indiskretes Verhalten, wollte sich bei Ciro förmlich entschuldigen, aber auch herausfinden, wie er nach seiner romantischen Balkoninszenierung mit Sternen und Mondschein ihren Korb verkraftet hatte. Er hat ja keine Ahnung, wie geübt ich bin im Beherrschen meiner Gefühle, trumpfte sie vor sich selbst auf, mutwillig erst, dann mit einem tiefen Seufzer.

Als sie vor dem Nachbarhaus ankam, sah sie sich schneller als erwartet Ciro gegenüber. Er saß in einem schwarzen Anzug, roter Krawatte und mit Hut neben seinem ebenso ausstaffierten Vater auf der Bank an der Hauswand und rauchte.

»Guten Morgen, Ciro! Ist deine Frau da? Ich – ich wollte sie etwas fragen.«

Seine funkelnden Augen unter der Krempe des schwarzen Hutes musterten sie kühl. Der dösende Greis neben ihm reagierte auch dieses Mal nicht auf Irmas Erscheinen.

»Ja, Madame Kossionides ist da«, antwortete Ciro gedehnt, ohne den Blick von ihr zu wenden. »Sie macht sich noch schön für den Kirchgang.«

»Kirchgang? Oh! Heute ist ja Sonntag!« Jetzt verstand Irma die feierliche Montur der beiden Männer auf der Gartenbank. »Das habe ich vergessen, Ciro. Ich komme dann morgen noch einmal. Übrigens, wegen gestern Abend, ich…«

Aber Ciro winkte lässig ab, wandte den Kopf zur Seite und rief, ohne die Stimme zu heben: »Vanna! Vannina?«

Sofort, wie eine Dea ex Machina, stand seine Frau im Türrahmen. Sie trug ein kaffeebraunes, schimmerndes Kleid mit einem blütenweißen geklöppelten Kragen, schwarze Strümpfe und Schuhe und um die Schulter eine schwarze Häkelstola, an der sie herumzupfte. Das im Nacken geknotete Haar mit den silbernen Streifen glänzte wie gelackt.

»Aaah!«, machte sie erstaunt, aber Irma hatte den Verdacht, dass sie längst die Stimmen im Vorgarten belauscht hatte. »Sie sind es!«

Im Gegensatz zu Ciro streiften ihre Augen sie nur oberflächlich. Die Drapierung ihrer Stola war wichtiger. Irma entschuldigte sich für die Störung am Sonntagmorgen und brachte ihr Anliegen mit den Gardinen vor.

»Ja, Madame, die kann ich gerne nähen. Ich habe allerdings keine Nähmaschine. Aber früher, als – als die Herrschaften noch kamen, habe ich im Chalet auf der alten Nähmaschine für sie genäht. Flickarbeiten, Sie wissen schon. Wenn diese Nähmaschine noch funktioniert...«

»Wenn, wenn! Sie ist da und funktioniert«, behauptete Ciro ungeduldig. »Oder ich werde machen, dass sie funktioniert. – Kommst du mit in die Kirche, Irma? Heute ist sogar das Fernsehen da.«

Irma blickte an sich herab auf die Jeans und das weiße T-Shirt. »Ich weiß nicht. Ich sollte mich vielleicht umziehen?«

»Vanna, hol eine Stola für ihr Haar. Ansonsten ist alles gut.« Ciro schob mit der Zunge seine Zigarette in den anderen Mundwinkel. »Das rote Haar könnte die Andacht der Männer stören.«

Kaum war Madame Kossionides im Haus verschwunden, trat Irma ganz nah zu Ciro und flüsterte: »Ciro, gestern, das mit dem Brief – verzeih mir! Ich schäme mich wirklich.«

Er ruckte sein Kinn hoch und machte wieder eine wegwerfende Bewegung mit der Rechten. »Pah! Schon gut!«, gerade so, als sei er nie außer sich vor Wut über Irmas Eindringen in seine Geheimnisse gewesen. Und ihr standhaftes Ablehnen seiner eindeutigen Angebote schien ihn auch nicht zu jucken. Nun gut!

Madame Kossionides kam mit einem zarten weißen Spitzentuch zurück. Irma war angenehm überrascht, dass sie etwas so Schönes geholt hatte und nicht aus Missgunst irgendeinen hässlichen Schal, und sie legte ihn sich fürs Erste über den Arm. Ciro zog seinen Vater mit ein paar freundlichen Worten von der Bank hoch und hakte ihn unter, und langsam, in einem wahren Schneckentempo, schritt die kleine Prozession die Straße zum Kloster hinunter. Aus einem Haus unterhalb des Anwesens der Kossionides rief eine Frau fröhlich aus dem Fenster, dass sie auch gleich käme, und vor einem anderen wartete ein Mann, ebenfalls im Sonntagsstaat, und winkte ihnen zu. Ciro rief ihm eine neckende Bemerkung über die Putzsucht der Frauen zu, und der Nachbar hob in gespielter Verzweiflung die Arme gen Himmel. Aber sie alle würden die Kossionides bis zum Beginn der Heiligen Messe längst eingeholt haben.

Von der letzten Straßenbiegung aus sah Irma schon, dass auf dem Platz vor dem Kloster ungewohnte Betriebsamkeit herrschte. Zwei VW-Busse einer französischen TV-Gesellschaft parkten unter den Kastanien, Leute in lässiger Arbeitskleidung waren zu erkennen, die mit Kabeln und Scheinwerfern hantierten, aber auch schon einige schwarz gekleidete Kirchgänger, die die Vorbereitungen interessiert verfolgten.

Irma, die neben Vanna Kossionides vor den beiden Männern herging, fragte nach dem Grund der Fernsehaufnahmen.

»Ich denke, weil hier wirklich noch Mönche leben. Es sind sechs. Vier sehr alte und zwei ganz junge. Sie machen eine wunderbare Zeremonie!«

»Und das Kruzifix! Du vergisst das Kruzifix und das alte Chorgestühl!«, rief Ciro von hinten.

»Ja, es gibt in der Kirche auch Kunstgegenstände. Aber ich verstehe nicht viel davon. Wir werden unsere Tochter fragen. Wenn sie Zeit hat, kann sie Ihnen alles zeigen und erklären.«

»Ihre Tochter? Sie kommt also auch?«

Madame Kossionides drehte kurz den Kopf zu Irma. »Sie kommt nicht, sie ist da.«

»Laura wohnt in dem Kloster!«, mischte sich Ciro wieder von rückwärts ein. »Nicht direkt im Kloster natürlich, sondern in der Anlage da. Sie ist hier Gemeindeschwester. Sekretärin fürs Kloster und das Pfarramt!« Stolz schwang in seiner rauen Stimme mit.

»Mädchen für alles«, setzte Madame Kossionides, nicht ganz so stolz, hinzu und blieb stehen. Mit einem Taschentuch säuberte sie das vollgespeichelte Kinn, Revers und die Krawatte ihres teilnahmslosen Schwiegervaters, tätschelte ihm die Wange und hakte sich dann bei seinem anderen Arm ein. Man war bei der Klosteranlage angekommen. Irma wurde von Gruppe zu Gruppe geführt, und jedes Mal, wenn Ciro ihre Beziehung zum Chalet Gris erwähnte, machte sich eine etwas devote Haltung unter den überwiegend älteren Leuten breit, die Irma verlegen machte. Den Padrone aus dem Lebensmittelladen und seine Frau begrüßte sie besonders herzlich wie alte Bekannte, was ihnen schmeichelte, und auch der triumphierende Blick entging ihr nicht, den der Padrone nach einer Weile zu Ciro hinüberschickte.

Als die Glocke im Campanile mit einem sehr hellen Ton zu läuten begann, schlenderten die Einheimischen ohne Hast auf das Portal zu und in die Kirche hinein. Die Frauen legten ihre Tücher oder Schleier über das Haar, und Irma folgte ihrem Beispiel. Ciro, der sich gerade mit dem Vater an sie heranschob, raunte ihr zu: »Gut. Jetzt kann ich besser beten!«

Ob der nun folgende Gottesdienst ungewöhnlich schön war, konnte Irma nicht beurteilen, da sie Protestantin und keine Kirchgängerin war. Die Gesänge der rechts hinter dem mit Rittersporn und weißen Polyantharosen üppig geschmückten Altar im Chorgestühl sitzenden Mönche in weißen Kutten allerdings waren schon sehr wohlklingend und ergreifend. Die korsischen Frauen und Männer saßen, säuberlich nach dem Geschlecht getrennt, in den vorderen Kirchenbänken, nur neugierig hereingeschneite Touristen saßen bunt gemischt im hinteren Teil. Sie verfolgten jedoch aufmerksamer die Kameramänner und Kabelschlepper als die Vorgänge am Altar. Aber auch dem frömmsten Beter musste es heute schwerfallen, sich auf den Gottesdienst zu konzentrieren. Das TV-Team fuhrwerkte ohne sonderliche Pietät im Mittelgang und den Seitenschiffen herum und ließ auch den Schwenk auf die Andächtigen nicht aus, auch nicht auf den friedlich mit offenem Mund schlafenden Großvater Kossionides. Der Gesang der Gemeinde war eher laut als schön, und als Irma einmal vorsichtig den Kopf nach hinten drehte, um zu sehen, wer denn da oben die Orgel so energisch bediente, erkannte sie in dem vor- und zurückwippenden Profil, dem hellbraunen Lockenkopf das Mädchen wieder, dem sie am Tage ihrer Ankunft hier im Kloster begegnet war.

Nach dem Gottesdienst liefen die Kirchgänger schnell auseinander. Das Mittagessen rief. Während Ciro und Vanna sich noch wortreich von Nachbarn und Freunden verabschiedeten, schlenderte Irma an der Außenanlage des Klosters entlang. In die Mauer war ein großer Steinbogen eingefügt, an dessen vergoldeter Rückwand ein barockes Kruzifix hing. Zu seinen Füßen hatten Gläubige einfach Feldblumensträuße aufgestellt, die aber zum größten Teil verwelkt waren. Als sie sich nach einer Weile umschaute und das Mädchen bei den Kossionides stehen sah, machte sie neugierig kehrt.

»Komm, Irma, komm her!«, ermunterte Ciro sie laut. »Das ist meine Tochter Laura!«

Das Mädchen wandte Irma langsam den Kopf zu, und ein eiskalter Blick traf sie.

»Wir kennen uns schon, nicht wahr?« Irma versuchte es trotzdem mit einem herzlichen Ton, aber Lauras Hand erwiderte Irmas Druck nicht. Irritiert durch die Feindseligkeit, die ihr entgegenschlug, fing Irma sofort zu stottern an, als sie langatmig beschrieb, wie sie sich am Tage ihrer Ankunft begegnet waren.

Noch während sie nach einer französischen Vokabel suchte, fuhr Laura gelangweilt dazwischen: »Also, ich gehe dann. Bis nachher!«, und ließ sie mitten im Satz stehen.

Einen Moment herrschte betretenes Schweigen. Ciros zusammengekniffene Augen verfolgten seine Tochter, bis sie im Innenhof des Klosters verschwand. Madame Kossionides schickte sich an, ihren Schwiegervater wieder in der bekannten Weise unterzuhaken und langsam mit sich fortzuziehen, und nachdem Ciro sich eine Zigarette entzündet hatte, folgten sie ihnen.

»Machen Sie uns die Freude und essen Sie heute Mittag mit uns«, lud Madame Kossionides sie nach einer Weile ein.

Irma, obwohl verstimmt durch den unverständlichen Affront des Mädchens, nahm an. Eine Absage hätte dieses Paar ohnehin nicht akzeptiert. Auf halber Strecke, das schien der sonntägliche Brauch zu sein, überließ Vanna den Alten ganz Ciro und ging mit weit ausholenden Schritten voran, um etwas Zeit für die Zubereitung des Essens zu gewinnen. Irmas Hilfsangebot lehnte sie freundlich ab.

»Nein, wirklich nicht! Leisten Sie Ciro Gesellschaft, Sie sehen ja selbst ...« Und sie deutete bedauernd auf den schlurfenden Greis neben Ciro.

Als sie weit genug entfernt war, hielt Irma ihren Ärger nicht mehr im Zaum und fragte aufgebracht: »Sag mal, was ist denn los mit eurer Tochter? Das Benehmen vorhin war ja ziemlich unverschämt!«

»Ah, sie meint es nicht so, Irma. Sie ist noch so jung, nimm es ihr nicht übel«, bat er mit liebevoller, väterlicher Nachsicht.

»Doch, ich nehme es übel«, beharrte Irma. »Ist sie immer so unhöflich oder nur zu mir?«

Ciro betrachtete lächelnd ihr gerötetes Profil. »Laura ist auf jede schöne Frau in meiner Nähe eifersüchtig.«

»Dann wird sie wohl ihre Gründe haben!«

Aber Ciros Erklärung für das Verhalten seiner Tochter leuchtete Irma ein, und sie ließ das Thema fallen.

»Hast du übrigens gestern in Porto deinen hübschen Verehrer aus Paris wiedergetroffen?« Und als Irma verneinte, lachte Ciro zufrieden auf. »Was für ein Idiot! Wenn du dich mit mir verabredet hättest, würdest du Porto nie vergessen. Nun, wir werden sehen. – Was kennst du eigentlich inzwischen von Korsika?«

Irma beschrieb mit sich steigernder Begeisterung ihre Ausflüge in die Calanche, und dabei verflog der Zorn auf Laura. Ciro hörte ihr schweigend zu, ab und zu hielt er an, um seinen Vater verschnaufen zu lassen, lüftete dessen Hut und tupfte ihm sorgfältig die Stirn trocken.

»Wie lang bleibst du? Zwei Wochen? Drei? Ich werde dir Korsika zeigen. Willst du?« Es klang ganz sachlich, ohne jenes erotisierende Knistern in seiner Stimme.

Irma blieb trotzdem zurückhaltend. »Das ist sehr freundlich, aber – danke. Danke, nein. Ich brauche wirklich keinen Fremdenführer. Weißt du, ich entdecke gerade, wie schön es ist, allein herumzustreifen.«

»Du wirst sehen, wie wunderbar es zu zweit ist. – Zu zweit mit mir!« Da war er wieder, sein vertrauter Machoton.

»Nein, danke«, wiederholte Irma nachdrücklich.

Den Rest des Anstiegs legten sie schweigend zurück.

Auf der zum Tal gewandten Seite des Kossionides-Hauses stand an der Hauswand, unter einer mit Weinlaub überzogenen Pergola, ein primitiver, langer Holztisch, umgeben von einem Sammelsurium von Gartenstühlen und Hockern aus Holz, Plastik und Metall. Hier hatte sich einmal vor Jahren eine große Familie zu den Mahl-

zeiten versammelt, jetzt sahen die fünf Teller auf dem weißen Leinentuch etwas verloren aus. Der Großvater wurde an der schattigsten Stelle in einen Lehnstuhl gesetzt, Ciro öffnete ihm die oberen Hemdenknöpfe und entfernte die Krawatte. Aus dem Küchenfenster senkten sich köstliche Duftschwaden zu ihnen herab. Ein paar Hühner, leise gackernd, näherten sich in Erwartung der herabfallenden Krümel, und zwei Katzen dösten dicht an der Hauswand träge weiter, nachdem sie Irma ein Weilchen skeptisch, jedoch ohne sich zu rühren, fixiert hatten. Irma stieg wieder die Steintreppe hinauf, die sehr steil und ohne Geländer außen an der Hauswand klebte, um Madame Kossionides erneut ihre Hilfe in der Küche anzubieten, und auch, um eventuell von ihren Kochkünsten zu profitieren. Aber für Erklärungen nahm sich die eilig hin- und herrennende, schwitzende Frau keine Zeit. Stattdessen drückte sie Irma einen weiteren Stapel Teller in die Hand, beschrieb, wo Gläser zu finden seien, und schob ihr noch im Gehen einen Packen Servietten unter den Arm. Irma balancierte alles die Stufen hinunter und deponierte das Porzellan auf Ciros Anweisung hin am ungedeckten Ende der Tafel. Auf ihre verwunderte Frage, für wen das überzählige Geschirr eigentlich gedacht sei, meinte Ciro nur gleichmütig: »Es könnte doch sein, dass noch jemand vorbeikommt. Es ist für alle Fälle.«
Und tatsächlich, im Laufe des frühen Nachmittags fanden sich noch ein Schwager und eine Cousine von Vanna nebst Ehemann und ihrem Enkelkind unter der Pergola ein. Alle versicherten, gut und ausgiebig zu Mittag gegessen zu haben, aber dem nachdrücklichen oder auch schmollenden Drängen von Vanna gaben sie doch nach, probierten ein wenig von ihrer selbsteingelegten Sülze aus Schweinekopffleisch, und auch ein Teller Tianu di cignale, ein Wildschweinragout mit Kartoffeln, Zwiebeln und viel Knoblauch, das in einem schier unergründlichen

Emailletopf auf dem Kohleherd blubberte, war letztendlich zu verkraften.

Aber vor allem kam Laura. Sie rauschte herein, ohne Irma eines Blickes zu würdigen, und ließ sich malerisch, den Rücken fast gänzlich der Fremden zugewandt, am Tisch nieder. Sie dachte gar nicht daran, beim Auf- und Abtragen der Speisen mit anzufassen, bis Ciro sie anfauchte. Mit einer Leichenbittermiene beteiligte sie sich daraufhin an den hausfraulichen Tätigkeiten, stocherte geschmäcklerisch in all den wunderbaren Speisen, die ihre Mutter insgesamt, und für sie besonders, heranschleppte, und bekundete endlich, heute keinen rechten Appetit zu haben. Um ihn zu versöhnen, schmuste sie später ein wenig mit ihrem Vater herum und blätterte dann sehr beschäftigt in einem dicken Aktenordner, der irgendetwas mit ihren Verpflichtungen als Gemeindeschwester zu tun hatte und keinen Aufschub duldete. Sie übersah aber nicht nur Irma, sondern auch die behäbig plaudernden Verwandten.

Obwohl nur sparsam genossen, machte sich der frische, trockene, fast farblose Tischwein bemerkbar. Irma, in der Hand einen der saftigen Pfirsiche, die sie aus einem großen Korb auf dem Tisch angelacht hatten, lehnte den Kopf an die Hauswand hinter sich und schloss etwas benommen die Augen. Genießerisch sog sie diese entspannte Atmosphäre in sich ein – die von Zikadenmusik vibrierende Luft, das halblaute, tröpfelnde Gespräch der Männer, für sie unverständlich auf Korsisch geführt, Geschirrklappern, Schwatzen und Lachen aus der Küche. Ciro, die schwarze, mit kleinen roten Rosen bestickte Samtweste aufgeknöpft, wiegte das weinerliche, gegen den Schlaf ankämpfende Kind auf seinen Knien, und mit seiner Reibeisenstimme summte er ein Kinderlied, wobei sein Blick unter gesenkten Lidern immer wieder zu Irma wanderte, als sänge er für sie. Neben ihm schnarchte der sabbernde Großvater in seinem Lehnstuhl, ohne die Fliegen wahrzunehmen, die über sein Gesicht krochen und von Ciro in unendlicher Geduld verjagt wurden. Die Ziegen hatten sich unter den Olivenbäumen niedergelassen und verdauten, meckerten leise hier und da, und selbst die Hühner scharrten nur noch gelegentlich in der staubigen Erde, die meisten hockten im Schatten ihres Stalls.

»Wie fühlst du dich, Irma?«, forschte Ciro irgendwann halblaut. Der kleine Junge in seinen Armen maunzte, kuschelte sich schlaftrunken wieder zurecht. »Gefällt dir dieses Leben? Unser Leben?«

Auch Laura war zum Geschirrspülen in die Küche beordert worden. Dass Irma mithalf, hatte Ciro nicht erlaubt. Die Männer hatten die Hüte in die Stirn gezogen, die Hände über den Westen gefaltet, die krummen Beine weit ausgestreckt und hielten Siesta. Trotz der Menschen um sie herum schien es, als sei Irma mit Ciro allein in diesem schattigen und doch glühend heißen Garten.

»Ich fühle mich gut, Ciro. Ja ... Ganz wunderbar! Es ist so eine zufriedene, gelöste Stimmung hier«, murmelte Irma träge.

»Aber irgendetwas fehlt, nicht wahr? Was ist es? Kannst du es mir nicht sagen?«

Irma richtete sich, munter werdend, aus ihrer legeren Haltung etwas auf. »Was meinst du denn, Ciro? Ich verstehe nicht ganz. Es ist euer Leben, und es ist alles richtig so, finde ich.«

»Aber ihr Frauen aus der Großstadt, aus Deutschland, was vermisst ihr hier? Was vermisst du bei uns am meisten?«

Er ließ nicht locker. Konzentriert, mit weit vorgerecktem Hals wartete er auf ihre Antwort.

Irma schaute sich um und versuchte, in der Harmonie dieses Nachmittags einen Mangel zu finden. »Nichts, Ciro. Ich vermisse nichts. Ja, vielleicht, wenn ich hier immer leben müsste, würde mir eines Tages das eine oder andere fehlen – aber nein, in diesem Augenblick beneide ich dich.«

Sie sah ihm an, dass er noch immer nicht zufrieden war. Er hob beschwörend eine Hand, unterließ aber weitere Fragen, weil Laura wieder auftauchte, sich über ihre Unterlagen beugte und zu lesen begann.

Irma lehnte sich wieder zurück, schloss die Augen zu einem Spalt, um Laura unauffällig inspizieren zu können. Sie hatte große Kirschaugen mit dem gleichen feuchten Schimmer wie Ciro, schwarze Brauenbalken und Wimpern, ein aufregender Gegensatz zum hellbraunen, schulterlangen Haar, das in großen, starren Wellen um den Kopf stand. Sie bändigte es mit einem schwarzen Stirnband und hielt so ihre schöne Stirn frei. Die Gesichtsform, oval, mit hellem Teint und einem Stupsnäschen, war keinem der Anwesenden, allesamt dunkelhäutig und schwarzhaarig, ähnlich. Die übereinander geschlagenen Beine waren lang und schlank, und die kleinen Füße steckten in modischen braunen Ledersandalen. Der weite bunt bedruckte Rock mit passender grauer Bluse ließen ahnen, dass auch an ihrer Figur nichts auszusetzen war.

Jetzt, da sie eine Erklärung für Lauras ungezogenes Benehmen hatte, fühlte sich Irma ihr überlegen und konnte sie akzeptieren als die unreife Jugendliche, die sie trotz ihrer fünfundzwanzig Jahre anscheinend war. Wer weiß, was sie über die Eskapaden ihres Vaters schon gehört oder sogar miterlebt hatte, sodass ihre demonstrative Kratzbürstigkeit gegenüber einer Frau in der Nähe ihres gut aussehenden Vaters durchaus verständlich war. Um Laura zu besänftigen, ließ Irma die drei Männer betont links liegen und wandte sich ausschließlich den Frauen zu, als auch diese sich nach getaner Arbeit an den Tisch setzten. Eine der Katzen, die es sich daraufhin gleich auf dem Schoß von Madame Kossionides gemütlich machen wollte, wurde aber angewidert von ihr weggescheucht. Unbeeindruckt versuchte die Katze es bei Irma und, als diese stillhielt, melkte sie ein Weile mit den Pfötchen Irmas von den Jeans gut beschützten Schenkel, rollte sich zusammen und schlief schnurrend ein. Ciro beobachtete alles mit einem zweideutigen Lächeln.

Die Frauen unterhielten sich ein Weilchen über Sinn und Zweck von Haustieren, natürlich wollte die Cousine, ungenierter in ihren Fragen als Vanna, ein bisschen mehr über Irma erfahren, und sie gab bereitwillig über sich und ihr Leben in Deutschland Auskunft. Als sie merkte, dass Laura aufgehört hatte, in den Akten zu blättern, erzählte sie viel mehr als nötig über Werner, seinen Beruf und ihre gemeinsamen Hobbys.

»Was ist mit Kindern?«, wollte die Cousine wissen. »Natürlich, Sie sind noch jung, oh ja! Aber irgendwann ist es zu spät dafür, und dann?«

»Ja, ich weiß. Ich habe wohl den Zeitpunkt verpasst«, gestand Irma gequält. Dieses Thema mied sie eigentlich stets wie die Pest.

Dass es zu spät sei, wurde nun wieder heftig bestritten. Mit ihren fünfunddreißig Jahren sei bei Irma noch alles möglich, und es wurden zwei Frauen im Bekanntenkreis zitiert, die erst mit vierzig ihr erstes Kind bekommen hätten. Nun waren auch die Männer verstummt und hörten zu, was Irmas Verlegenheit noch vergrößerte. Der Schwager machte auf Korsisch eine kurze, aber wohl deftige Bemerkung zu Ciro hin, worauf sie in ein anzügliches Gelächter ausbrachen. Laura warf den Kopf zurück und schaute indigniert ins Tal hinunter.

»Werner hat zwei Kinder, er ist geschieden. Die sind alle vier Wochen bei uns. Eigentlich habe ich also doch Kinder«, setzte Irma noch etwas lahm hinzu. Sie erwähnte nicht, dass diese beiden sie ablehnten und ihre Geduld und die Entwicklung von mütterlichen Gefühlen mit kleinen Boshaftigkeiten jeden Monat auf eine harte Probe stellten.

»Sie sind also Musiklehrerin. Und was sagen Sie zu Lauras Orgelspiel? Sehr gut, nicht wahr?«, wollte die Cousine weiter wissen.

»Ja, tatsächlich! Sie müssen einen ausgezeichneten Lehrer gehabt haben, Laura.« Da diese keine Miene verzog, wandte sich Irma an Vanna. »Dass Sie Ihre Tochter das Orgelspielen lernen ließen, Madame, war eine gute Idee, denn…«

»Wieso sprechen Sie meine Mutter mit ›Madame‹ an und meinen Vater mit Ciro und mit ›du‹?«, fuhr Laura messerscharf dazwischen.

Alle erstarrten.

Während Irma konsterniert nach Worten suchte und verzweifelt überlegte, wann und wieso sie dazu übergegangen war, Ciro zu duzen, stand dieser auf und legte das schlafende Kind seiner Großmutter in den Arm.

»Weil ich es so wollte, meine Tochter.« Er blieb vor Laura stehen und umfasste ihr Kinn grob mit einer Hand. »Und wenn deine Mutter will, dass Irma sie anders anreden soll, dann wird sie ihr das sagen. Ist das klar!?«

Das Mädchen blinzelte eingeschüchtert hinauf in das Gesicht ihres Vaters, bis er ihr kurz über die Wange strich und sich wieder aufrichtete.

Madame Kossionides schob mit weit aufgerissenen Augen eine Hand über den Tisch zu Irma und stammelte: »Ja, bitte, sagen Sie doch Vanna zu mir – oder Vannina? Ich hätte schon längst – natürlich können Sie mich duzen, es wäre mir eine große Ehre, ja!«

Und Irma flüsterte wirr: »Aber ja, bitte, Madame, auch Sie, wenn Sie es möchten…«

»Ich mache jetzt Kaffee. Es will doch jeder einen, oder?!« Keiner wagte, Circs Angebot abzulehnen.

Die träge, sinnliche Stimmung des Nachmittags war dahin. Krampfhaft suchte jeder nach einem harmlosen Gesprächsthema, aber es misslang. Es mischten sich wahllos Sätze über die vielen Touristen in Corte mit Informationen über Krankheiten in der Verwandtschaft, politische Entscheidungen in Paris mit Aktionen der Lokalpatrioten in den Bergen, Schweinezucht und Wassermangel, Ferienhäuser, Landkauf durch Fremde und korrumpierte Stadtverwaltungen. Laura schwieg und genoss sichtlich die gestiftete Unruhe.

Ciros Kaffee erlöste sie alle. Er schaffte es mit einer Bemerkung über die Finger, die er sich in der Küche angeblich verbrannt hatte, sie alle zum Lachen zu bringen und zu entspannen, vor allem, dass die verängstigte Maske von seiner Frau abfiel.

Einem dringenden Bedürfnis folgend, stand Irma nach einiger Zeit auf und ging, dem Tipp von Vanna folgend, ins Haus. Nach Benutzung der Toilette machte sie ein paar Schritte zur offenstehenden Eingangstür, blickte ein bisschen sehnsüchtig zu ihrem stillen grauen Haus hinauf. Dann erst warf sie verstohlene, dann forschende Blicke in die beiden Räume links und rechts. Als sie vorhin das Haus der Kossionides betreten hatte, waren ihre Augen höflich über die weit geöffneten Zimmertüren, die demonstrieren sollten, dass dieses Heim nichts zu verbergen habe, hinweggeglitten. Jetzt, allein und unbeobachtet, wagte sie mehr. Obwohl durch die fest geschlossenen Jalousien in ein braunes Licht getaucht, konnte sie feststellen, dass beide Zimmer musterhaft aufgeräumt waren. Rechts neben der Küche befand sich ein Wohnzimmer. Auf dem Fliesenboden, unter einer abgenutzten goldgelben Polstergarnitur, lag ein Dralon-Perserteppich, ihr gegenüber machte sich ein riesiger vorsintflutlicher Fernsehapparat breit, auf dem eine Lampe in Form einer venezianischen Gondel des Abends sicher ein romantisches Licht verbreitete. Dann gab es noch einen rustikalen halbhohen Schrank, auf dem ein künstlicher Rosenstrauch prangte und einige Vasen und Schalen malerisch verteilt waren. Die Wände schmückten ein Kunstdruck der Athener Akropolis und mehrere schöne alte Porzellanteller. Irma wandte sich herum und spähte in das gegenüberliegende Schlafzimmer, das natürlich von dem voluminösen, schwarz gebeizten Bettgestell beherrscht wurde. Wie im Süden üblich, waren nur hellblaue Wolldecken aufgelegt, die Überschlaglaken zierte eine breite Baumwollspitze. Auf dem Vertiko, direkt der Tür gegenüber, waren große und kleine Bilderrähmchen aufgereiht, die sie unwiderstehlich anzogen. Insbesondere das Hochzeitsbild von Vanna und Ciro.

Wie jung sie an diesem Tag gewesen sein mussten! Vanna konnte nicht älter als siebzehn oder achtzehn Jahre sein, hatte Pausbacken, die Kinderaugen unter dem breiten Myrtenkranz und Schleier erwartungsvoll zu dem neben ihr stehenden Ciro aufgeschlagen. Dieser, nicht viel älter, bartlos, die wilden schwarzen Locken mit viel Wasser oder Pomade an den Kopf geklatscht, schaute ernst in die Kamera, sich seiner Wichtigkeit oder der des Hochzeitstages bewusst. Daneben Fotos ihrer Söhne, als Kinder, als junge Männer mit ihren Frauen und ihren Babys, Vannas und Ciros Enkelkindern. Und in eines der Silberrähmchen war seitlich ein sich schon einrollendes altes Foto geklemmt. Es war Helen, im Gras sitzend und ihr Baby auf dem Schoß, und einer der Stiefsöhne, den Kopf zutraulich an ihren Oberarm gelehnt. Hinter der Gruppe hatte sich Ciro, vielleicht fünfundzwanzig Jahre alt, auf ein Knie niedergelassen und lachte frisch und fröhlich in die Kamera. Auf diesem Foto gehörte er dazu.

Beklommen betrachtete Irma noch einmal das Ehebett, dann schlich sie auf Zehenspitzen hinaus, gerade rechtzeitig, denn auf der Außertreppe näherten sich Schritte. Es waren Laura und Vanna, gefolgt von Ciro. Laura müsse leider schon zurück ins Kloster, weil noch sehr viel zu schreiben sei, erklärte er. Das Mädchen ließ sich herab, Irmas ausgestreckte Hand zu ergreifen und sogar zu lispeln, dass sie ihr gelegentlich gern einmal die wenigen Kostbarkeiten im Kloster zeigen würde, damit in ihrem

Urlaub auch das Kulturelle nicht zu kurz käme. Irma nahm das Angebot kühl dankend an.

»Und ich werde mit Irma durch die Spelunca-Schlucht wandern, in den nächsten Tagen einmal«, rief Ciro von der Tür her dazwischen.

»So??«, fragte Laura gedehnt.

Irma stotterte überrumpelt: »Wir alle natürlich – also alle zusammen!«

Aber Vanna wehrte ab. Nein, das könne sie leider nicht, sie sei nicht schwindelfrei.

»Na, dann ist ja bei Ihnen für Abwechslung gesorgt«, meinte Laura spitz und warf Irma einen vernichtenden Blick zu. Sie umarmte ihre Mutter, küsste den Vater empört auf beide Wangen und schoss mit wehendem Rock davon.

»Sie ist ein bisschen schwierig«, murmelte Vanna, nun doch bemüht, die Launen des Mädchens zu entschuldigen.

»Sie braucht einen Mann«, stellte Ciro trocken fest, drückte den Zigarettenstummel mit Daumen und Zeigefinger aus und schleuderte ihn auf die Straße hinaus. »Du hast in dem Alter schon unsere ersten beiden Söhne gehabt!«

Vannas Cousine, die gerade schnaufend die letzten Stufen der Treppe erklomm, mischte sich prompt ein. »Ha, dir ist doch keiner gut genug für deine kluge Tochter, Cicero! Habe ich nicht Recht?« Ciro warf nur den Kopf in den Nacken und starrte in den Vorgarten hinaus. »Schickt sie nach Frankreich, da passt sie besser hin, und da wird sie auch schnell einen Mann finden!«

»Laura bleibt hier und wird einen Korsen heiraten. So will ich es.«

Ciros Stimme klang wie ein anrollendes Gewitter, und die Cousine machte einen eiligen Rückzieher. Sie zog sogar deutlich den Kopf zwischen die molligen Schultern.

»Ja, ja, natürlich. Du hast ja Recht, Cicero. Frankreich, Paris, da gibt's zwar mehr junge Männer als hier, aber ein

Mädchen sollte bei ihren Eltern bleiben bis zur Hoch-zeit.«

»Außerdem sind die Korsen die besten Männer«, setzte Vanna schlicht hinzu. Ciro erwiderte stolz ihr scheues Lächeln.

Der allgemeinen Aufbruchsstimmung schloss sich auch Irma an. Vanna erbot sich, nachher auf einen Sprung hinüberzukommen, um die Nähmaschine zu kontrollie-ren. Als Irma ging, hatte Ciro seinen Arm um die Taille seiner Frau gelegt und lächelte zufrieden.

*E*ine Stunde später kam Vanna Kossionides und steuerte schnurstracks den kleinen Raum am Ende des Flures im zweiten Stock an, den sie ›Salon‹ nannte. Gemeinsam zerrten und schoben sie einiges Gerümpel beiseite, damit Vanna den gewölbten Holzdeckel der Nähmaschine öffnen und die Funktion testen konnte. Aus ihrer Schürzentasche holte sie ein Fläschchen Ma-schinenöl hervor, das sie an bestimmten Öffnungen in das schwarze Metall träufelte, drehte am Rad hin und her und testete den Tretmechanismus.

»Gut, sie funktioniert. Und eine Nadel steckt auch. Sie hat immer ausgezeichnet genäht.« Vanna schaute sich bekümmert um. »Mon Dieu! Das war einmal ein so freundliches Zimmer! Wenn Monsieur Meyerhoff kam, musste der Kleinste hier schlafen. Hélène hat ihn sonst immer bei sich im Ehebett schlafen lassen, aber Monsieur erlaubte das nicht.«

»Sie wissen, was mit diesem Jungen passiert ist?«

»Ja, sicher. Natürlich! Eine schreckliches Unglück damals! Ja, ja«, klagte Vanna mechanisch, ohne ihre kritische Rundschau zu unterbrechen. »Nein, es lohnt sich nicht, wegen der paar Nähte die Nähmaschine hier herauszuho-len, wie Ciro das dachte. Aber einen Stuhl brauche ich.«

Sie verabredeten sich für den kommenden Morgen. Irma begleitete sie nicht zur Tür, sondern fing an, die Abstellkammer ein wenig umzusortieren, damit die Nähmaschine einfacher zu erreichen war. Dabei stieß sie auf die von Ciro vermissten Schellack-Schallplatten. Sie sah ihn wieder auf der Terrasse stehen, hörte ihn ›Casta Diva‹ singen, summen, so sehnsüchtig, erinnerungsschwer ... Aber der alte Plattenspieler blieb, nachdem sie den Stecker in die Steckdose geschoben hatte, stumm. Ab und zu ließ sie die Seiten eines Buches durch die Finger gleiten, blätterte in den von Mäusen zerfressenen Stapeln alter Zeitschriften, aber die heimliche Liebe zwischen Helen und Ciro hatte auch hier keine Spuren hinterlassen. Nur in der Schublade des kleinen Biedermeiertischchens, die klemmte und nur eine Handbreit zu öffnen war, fand sie immer noch duftende Lavendelrispen und zwei Rosen, mit einem Binsengras verknotet. Die Blütenblätter zerfielen, als sie danach griff. Sie mussten einmal rot gewesen sein.

Ernüchtert von diesem Symbol der Vergänglichkeit, richtete sich Irma auf und strich sich das Haar aus der Stirn. So würde sie tatsächlich nicht hinter das Geheimnis dieses Paares kommen. Sie fing an, mit einem Lappen den Staub von der Nähmaschine zu wischen. Dabei stellte sie sich Helens Söhnchen vor, das nicht verstand, warum es aus dem kuscheligen Riesenbett verbannt wurde, wenn der strenge Vater kam, meinte, die Füßchen über den Flur patschen, sein Schluchzen zu hören, und sah die kleine Faust, die schüchtern an die Schlafzimmertür pochte. Im Dachgeschoss vollführten derweil die beiden älteren Kinder eine Kissenschlacht, erzählten sich Geistergeschichten oder stritten darüber, wer von ihnen der beste Freund des mutigen Nachbarjungen mit dem Schießgewehr sei. Vielleicht imitierten sie auch die ungelenken Versuche des Korsen, ihrer Mutter den Hof zu machen und krähten vor Lachen dabei. Und im Schlafzimmer blätterte Helens Mann in einem Buch, auf das der

Schein der glockenblumenförmigen Lampe fiel, während Helen tat, als schliefe sie, und dabei auf Schritte unten auf der Straße horchte von jemandem, der heraufschaute, bis die Lampe gelöscht wurde, und der dann in ohnmächtiger Verzweiflung davonstolperte.

Anderntags, schon gegen neun Uhr morgens, betätigte Madame Kossionides den Türklopfer des Chalet Gris. Irma hatte mit dem frühen Kommen gerechnet und ließ sie ein. Vanna bewegte sich geschmeidig, war gut gelaunt und strömte eine Stimmung aus, die bei Irma, nicht ohne eine gewisse Missgunst, den Verdacht erweckte, dass ihre Besucherin einen befriedigenden Liebesakt hinter sich hatte.

Ausgerüstet mit Schere und Maßband ordnete Vanna an, dass man erst einmal per Hand die Säume heften müsse, ehe die Nähmaschine über die Kanten rattern würde. Eine jede nahm eine Bahn der zugeschnittenen Gardinen, und man ließ sich draußen auf der Terrasse in der Morgenkühle nieder. Zu Beginn war ihre Unterhaltung ausgefüllt mit Vannas Anweisungen für die im Nähen unerfahrene Irma, dann kehrte Stille ein.

»Dieses Haus da,« und Irma deutete mit der Nadel auf das Satteldach, das jenseits der Terrassenbrüstung hinter der Laricio-Kiefer zu sehen war, »Ciro hat gesagt, dass es ihm gehört. Warum ist es denn unbewohnt?«

Vanna schaute nicht auf. »Ja, dieses Haus! Ich habe es nie gemocht. Ciro hat sich damit einen Traum erfüllt, aber mir gefiel es in seinem Elternhaus besser. Tja, allerdings, als die Kinder noch bei uns lebten, war es dort sehr eng. Was für ein Gewusel, damals, oh! Sie schliefen zu viert in zwei Kammern im oberen Stock. Aber es war ein gemütliches Heim.«

»Sie könnten das Haus doch vermieten, Madame«, schlug Irma vor. »Natürlich müsste es erst fertiggestellt werden.« »Daran war Ciro nicht interessiert. Da – da ich nicht einziehen wollte, hat er die Freude daran verloren.« Vanna mied Irmas Augen, hob ihre Stoffbahn an und kontrollierte konzentriert ihre Heftnaht. »Und Mieter? Man würde sie hier für ein so großes Haus kaum finden. Die Menschen gehen alle fort von hier.«

Es war offensichtlich, dass Vanna log, schlecht log. Irma wusste aus Ciros Mund, dass dieses Gebäude Helens Haus war, nicht das seiner Familie. Aber sie hielt es für klüger, sich dumm zu stellen.

»Und Laura? Vielleicht wird sie, wenn sie einmal heiratet und Kinder hat, darin wohnen.«

Vanna hob den Kopf und musterte das brüchige Dach. »Ja, daran habe ich auch schon gedacht. Für sie wäre es das Richtige. Aber ich fürchte, Laura hat alle Anlagen zu einer alten Jungfer.«

Irma widersprach nicht. Ihre Blicke begegneten sich, und sie lächelten sich zu in stillschweigendem Einvernehmen.

Während sie sich die nächste Frage überlegte, begann Irmas Herz schneller zu schlagen. »Man hat mir erzählt«, begann sie zögernd, »man hat mir angedeutet, dass Laura nicht Ihr leibliches Kind ist, sondern dass Sie und Ciro es adoptiert oder als Pflegekind angenommen hätten…«

Vanna lehnte sich in ihrem Stuhl zurück und betrachtete Irma mit ihren großen wachen Augen. »So, hat man das? Redet man also mit Fremden über unsere Familienangelegenheiten?« Sie schwieg eine Weile mit gerunzelter Stirn. »Nun gut. Ja, es stimmt. Laura ist nicht meine Tochter. Ciro hat sie mir ins Haus gebracht.«

»Ins Haus gebracht? Heißt das, Ciro ist Lauras Vater?«

Wieder dauerte es eine ganze Weile, bis Vanna ihre Antwort formulierte. »Ja, Ciro ist Lauras Vater.«

»Und – die Mutter?«, flüsterte Irma, selbst verwundert über ihren Mut zu solchen hartnäckigen Fragen.

Vanna starrte in Irmas Augen, forschend, abwehrend, aber auch mit ein bisschen Ironie.

»Die Mutter?!«, brach es plötzlich verbittert aus ihr heraus. »Ich habe ihn nie danach gefragt. Mon Dieu, wer weiß, wie viele Bälger von Ciro sonst noch auf Korsika herumlaufen! Was für ein Glück, dass er mir nur eins angeschleppt hat! Ich…«

Erschrocken über sich selbst, presste sie die Lippen aufeinander, rückte sich im Sessel zurecht und nahm die Näharbeit dichter an die Augen. »Aber das alles geht Sie wirklich nichts an, entschuldigen Sie. Ciro wäre sehr, sehr böse mit mir, wenn er wüsste, worüber wir reden.« Es klang freundlich, aber unumstößlich. Vannas Mitteilungswille war an seiner Grenze angekommen. »So, ich bin fertig und werde mich an die Nähmaschine setzen. Wenn Sie fertig sind, Irma, bringen Sie mir den Stoff bitte hinauf.«

Irma beobachtete, wie die Frau, ohne Helens Bildnis eines Blickes zu würdigen, die Küche durchquerte und verschwand. Sie selbst sprang auf und trat dicht an das Gemälde heran, dann wieder einige Schritte zurück, kniff die Augen zusammen. Helen – Laura? Außer dem hellen Haar und der schlanken Gestalt gab es keine Ähnlichkeit. Die kurze Nase, die Haltung vielleicht … Aber wie hätte Helen ihre Schwangerschaft verbergen können? Hätte sie ihr Kind, ihr einziges Kind, hier in den korsischen Bergen, bei diesen einfachen Leuten zumal, zurückgelassen? Im Stich gelassen?

Nach einer Viertelstunde folgte sie Vanna nach oben und hörte schon unten im Flur das Rattern der Nähmaschine und dazu Vanna, die einen gängigen Schlager schmetterte. Während Irma die Treppe hinaufstieg, entstand wieder vor ihren Augen ein fiktives Bild der Vergangenheit, von zwei durch Haus und Garten tobenden halbwüchsigen Jungen, von Erholung suchenden, leise plaudernden Onkeln und Tanten auf der schattigen Terrasse. Teetassen klirren, Portwein wird gereicht. Dazwischen Helen, ruhelos in den dämmrigen Räumen umherwandernd. Ihre fiebrigen Augen suchen etwas, streifen das Tal, verfangen sich sehnsüchtig im Haus der Kossionides … und oben im Salon, so wie jetzt, arbeitet Vannina. Bügelnd, nähend, summend und strahlend vor Glück mit ihrem Ciro, der zwar oft mürrisch und unzufrieden ist, Vanna aber immer wieder in stürmische Umarmungen reißt, sodass das dritte Kind schon in ihrem Bauch strampelt ... Konnte es so gewesen sein? War es so?

Zwei Stunden später waren die Gardinen fertig, die Kanten gebügelt, die geputzten Messingringe durch die Schlaufen gesteckt, die blitzende Messingstange durchgeschoben und das Ganze von Irma – auf Tisch und Stuhl balancierend – über dem hohen, schmalen Fenster angebracht. Wunderschön machten sich die kornblumenblauen Rosenbouquets auf weißem Grund in dieser altmodischen Küche, und beide Frauen hatten ihre Freude daran.

»Es macht mich traurig, dass Tante Helen das Haus verkaufen will.« Irma schenkte sich und Vanna Mineralwasser ein. »Ich liebe dieses Haus.«

Vanna schien die Mitteilung des geplanten Verkaufs nicht zu überraschen, sie sagte nichts dazu. »Nein, lieben könnte ich es nicht«, meinte sie nach kurzem Nachdenken. »Früher, ja, als es so voller Leben war mit der Familie, den Verwandten und ihren Freunden. Immer in schönen Kleidern, Parfum, gute Zigarren ... Ja, damals! Heute, wenn ich von dort unten hinaufschaue, wirkt es so – so dunkel und – erbarmungslos. Ach, ich finde nicht das richtige Wort!«

Vanna sackte in sich zusammen und war plötzlich eine schwache, alte Frau. Obwohl Irma darauf brannte, ihr Gegenüber weiter auszuhorchen, siegte ihr aufwallendes Mitleid.

Wenn sie genug Geld hätte, überlegte sie stattdessen laut, sie würde das Chalet Gris kaufen. »Aber Werner würde damit nicht einverstanden sein. Dem wäre es zu einsam hier.«

»Warum sind Sie eigentlich allein hier?«, wollte Vanna wissen, schon wieder gestrafft und jetzt ihrerseits neugierig. »Braucht Ihr Freund keinen Urlaub?«

Irma, natürlich nicht gewillt, die wahren Gründe für ihren Reißaus zu schildern, erzählte Vanna von Werners florierender Rechtsanwaltspraxis, die er gerade in diesem Augenblick, da ein wichtiger Prozess lief, nicht allein seinem Partner überlassen konnte. Zudem zöge er Aktivurlaube, wie z. B. in einem Golfhotel, Skiurlaube, oder Rummelplätze wie den Club Méditerranée vor, die nun wiederum Irma nur begrenzt Freude machten. So ergab es sich immer wieder einmal, dass sie auch getrennt Urlaub machten, aber doch mindestens einmal im Jahr gemeinsam verreisten, wobei einer von ihnen zu einem Kompromiss bereit sein musste.

»Eine sehr moderne Partnerschaft, wie ich sehe.« Es war nicht klar, ob Vanna das kritisierte oder bewunderte.

Irma widersprach nicht laut, aber als moderne Partnerschaft hätte sie ihr Verhältnis mit Werner nicht bezeichnet. Er war sehr ausgeglichen, harmoniebedürftig und stets optimistisch. Seine Wünsche, die er zwar konkret formulierte, setzte er nie eisern durch, sondern hatte das Geschick, bei all ihren auftretenden Problemen so diplomatisch vorzugehen, dass Irma sich selten benachteiligt fühlte, obwohl – im Nachhinein betrachtet – meistens seine Ideen umgesetzt wurden. Irma war ein gebranntes Kind gewesen, ehe sie sich mit Werner einließ. Ihr Jugendfreund hatte sie nach sechs Jahren inniger Liebe, die trotz Trennung während der Bundeswehrzeit und der ersten Studienjahre gehalten hatte, von heute auf morgen verlassen mit der Begründung, er müsse sich selbst finden, sich ›freischwimmen‹. Kurz darauf sah sie ihn mit seiner ›Schwimmlehrerin‹ in der Stadt ... Es fügte sich, dass sie zu dem Zeitpunkt die Chance hatte, für zwei Jahre als Musiklehrerin innerhalb des europäischen Austausches nach Nantes zu gehen, und sie griff zu. Von

Männern hatte Irma nichts mehr wissen wollen, auch nach ihrer Rückkehr nach Kassel nicht, bis Werner sie in den hallenden Gängen des Gerichtsgebäudes ansprach, wo sie als Zeugin in einem Verkehrsprozess auf ihren Aufruf wartete. Sie gingen zögernd aufeinander zu, in jeder Hinsicht, und im Laufe ihrer Beziehung sehr behutsam miteinander um. Werner war vielleicht ein wenig oberflächlich, leicht zufrieden zu stellen und ungewöhnlich geduldig. Durch das Fiasko mit seiner ersten Ehe – seine Frau verließ ihn mit den Kindern – hatte er sich einen Schutzpanzer zugelegt, der nicht viel in die Tiefe seines Herzens hinabsinken ließ, während Irma sich danach sehnte, dass den ihren jemand aufbräche. Ihr Geständnis, dass sie sich in einen anderen Mann verliebt habe, trieb Werner zwar einerseits fassungslose, zornige Tränen in die Augen, hinderte ihn aber nicht, den für eine Stunde später verabredeten Tennistermin mit einem Freund einzuhalten.

»Was ist, Irma, ist Ihnen nicht gut?« Vannas besorgte Stimme holte sie von weit her. »Sie sind plötzlich so blass!« Sie schob Irma zu einem Stuhl. »Trinken Sie etwas, hier.«

»Vanna, wird man nur geliebt, wenn man funktioniert?«, flüsterte Irma, nachdem sie das Glas geleert hatte.

»Ja«, sagte die alte Frau sofort, ohne lang zu überlegen. Dann drehte sie den Kopf zu Helens Bildnis und starrte es von unten her an. »Aber manchmal ...«, schränkte sie ein, leise, kaum verständlich. Sie bückte sich nach ein paar Fäden auf den Fußbodenkacheln, schob ihre Nähutensilien zusammen. Eine Weile war es still zwischen ihnen.

»Vanna, eines möchte ich Ihnen noch sagen: Ich werde keinesfalls mit Ihrem Mann allein wandern. Eine Wanderung in der Spelunca, zu zweit, das kommt natürlich nicht in Frage!«, flüsterte Irma beschwörend mit gesenktem Kopf.

Madame Kossionides stand ein paar Sekunden regungslos da, blickte kurz auf Irmas Scheitel und dann wieder geradeaus. Ihre Haltung war nicht mehr stolz, sondern hochmütig.

»So? Warum nicht? Mein Mann ist ein sehr guter Bergführer. Sie können ihm vertrauen.« Vannas Stimme klang abweisend und kalt, fast angewidert.

Irma biss sich auf die Lippen. Diese Abfuhr hätte sie sich ersparen können. Wieder einmal verwünschte sie ihr ewiges Harmoniebedürfnis.

Sie erhob sich, bedankte sich für Vannas Hilfe und begleitete sie zur Tür. Während sie ihr nachschaute, wurde Irma bewusst, dass sie es beide nicht fertig gebracht hatten, sich zu duzen. Und es wohl auch in Zukunft nicht könnten. Mit wachem Sinn hatten sie einander als Feindin erkannt.

*M*it hängenden Schultern zog sich Irma mit einem Liegestuhl in den hinteren Teil der Terrasse zurück – in Helens Ecke, wie sie sie bei sich nannte –, wo es kühl, fast kalt war, und vergegenwärtigte sich ihren Schwächeanfall in Vannas Beisein.

Nicht die nüchterne Erkenntnis über den realen Zustand ihrer Beziehung zu Werner allein hatte sie derart erschüttert. Die Wirklichkeit hatte sie eingeholt. Nicht Ciros und Helens, ihre eigenen Probleme standen plötzlich glasklar vor ihr, sodass sich ihr Magen zusammenkrampfte und sie aufstöhnte. Sie war hierher gefahren mit der Vorstellung, dass sie sich in der Fremde leichter würde entscheiden können, aber sie hatte sich auf jede sich bietende Ablenkung gestürzt, um diesen Schritt hinauszuzögern. War es diese wohltemperierte Partnerschaft mit Werner, die sie wollte? Reichte sie ihr? Wollte sie allein leben und auf die exzessiven Liebesstunden mit Timo warten, in der

Hoffnung, dass er eines nicht zu fernen Tages sich endlich zu ihrer Liebe bekennen würde? Wieso hatte sie vor einer Woche plötzlich geglaubt, so nicht weiterleben zu können? Jetzt bezweifelte sie, ob es richtig gewesen war, die Flucht zu ergreifen und dann mit einem einsamen Entschluss ihr Leben zu ändern. Eine Aussprache mit Werner, eine klare Forderung an Timo wäre möglicherweise das Gescheitere gewesen.

Eine Weile lief Irma, die Arme vor der Brust verschlungen, auf der Terrasse hin und her. Dann stand ihr Entschluss fest. Sie würde telefonieren – mit Werner, mit Timo. Irgendetwas musste getan werden.

Noch nie war sie so schnell und rücksichtslos mit dem Wagen die Straße hinauf- und hinabgejagt, hinüber nach Viccio. Sie stürmte in die Bar, die mit der gelben Wählscheibe als öffentliche Telefonmöglichkeit gekennzeichnet war, aber der Barkeeper hob bedauernd die Schultern. Leider, das Telefon war seit gestern defekt, nichts zu machen. Und die Poststation sei bis 16 Uhr geschlossen.

Mit hängendem Kopf trödelte sie die Straße hinunter aus dem Dorf hinaus. Auf der Mauer einer Brücke, die über einen ausgetrockneten Bergbach führte, hockte sie sich hin und starrte in die Tiefe. Ihre Beine schaukelten unruhig.

Trübsinnig rechnete sie sich vor, dass ihr Charme, ihr Körper, ihr ganzes Wesen nicht imstande waren, Timo so an sich zu fesseln, dass er sich von seiner Familie getrennt hätte. Sie schloss die Augen und rief sich Werners jungenhaftes Gesicht ins Gedächtnis, die treuherzigen Augen und sein fröhliches Lachen. Ob er wohl inzwischen einen Versuch unternommen hatte, ihren Aufenthaltsort zu erfahren? Verunsichert und mutlos bereute sie ihre Flucht nach Korsika.

Ihre Augen schweiften über das Tal, in der Mittagshitze durchtränkt vom schrillen, rhythmischen Zikadengeräusch, das jetzt so fremd klang, dass Irma plötzlich

Heimweh empfand. Wäre sie nur in Kassel geblieben, es hätte sich schon alles irgendwie eingerenkt. Agnes hatte vielleicht doch Recht. Mussten denn immer geordnete Verhältnisse herrschen?

Irma glitt von der Mauer und wandte sich wieder dem Dorf zu. Der Marktplatz war menschenleer, nicht einmal die alten Männer hockten an der Hauswand. Erneut betrat sie die Bar, krabbelte auf einen der drei Hocker und stützte beide Ellbogen in die Bierpfützen. Sie war der einzige Gast.

»Un panaché et un sandwich, s'il vous plaît.«

Der Kellner, ein hohlwangiger Mann Mitte vierzig, erhob sich wortlos von seinem Stuhl hinter der Theke, wo er eine Suppe gelöffelt hatte, und füllte das Bier und die eiskalte Zitronenlimonade in ein großes Glas. Das Sandwich bog sich schon etwas und der Schinken war trocken, aber Irma war's zufrieden. Der Kellner schlürfte vernehmlich seine Suppe, Irma knackte mit dem Brot herum und verjagte eine lästige Fliege. Der Luftstrom eines kleinen Ventilators streifte regelmäßig ihr Gesicht, und als der Kellner merkte, dass sie jedes Mal die Augen schloss und genüsslich den Kopf in den Nacken legte, rückte er den Windhauch so zurecht, dass er Irma optimal streifte. Nebenbei studierte sie die Etiketten der zahllosen Flaschen an der Rückwand der Bar, horchte hinaus, wenn Hundegebell oder auch mal Schritte zu hören waren, und las die Schlagzeilen einer alten Zeitung neben ihr, die mit braunen und gelben Bier- oder Kaffeeringen verziert war. Der Ort hielt still wie unter einer riesigen Käseglocke.

»Zu dumm mit dem Telefon.« Ihre Finger trommelten auf dem schwarzen Apparat herum. »Ich müsste so dringend zu Hause anrufen.« Sie blickte auf ihre Armbanduhr. Noch fast zwei Stunden, bis die Siesta vorüber war.

»Tut mir wirklich leid, dass das gerade jetzt passieren musste. Es ist so eilig?« Mit dem Kinn deutete er auf das Rathaus. »Aber Sie kennen doch Ciro, nicht wahr? Ciro

Kossionides. Vielleicht lässt er Sie in seinem Büro telefonieren?«

Irma folgte seinem Blick. »Ciro? Ist er denn da? Fährt er nicht mittags heim?«

Er hob beide Hände. »Nicht immer. Schauen Sie doch nach.«

Irma bezahlte ihren Verzehr und trat ins Freie. Die brütende Hitze schwappte ihr entgegen wie flüssiges, heißes Glas, und sie atmete einige Male tief durch. Ohne großen Elan ging sie auf das Rathaus zu. Die Alternative, Ciro um einen Gefallen zu bitten, war auch nicht gerade verlockend.

Durch das Rathaustor betrat man ein Tonnengewölbe, das die ganze Breite des Gebäudes trug und auf der gegenüberliegenden Seite statt des Tores in einem riesigen, mit einem schmiedeeisernen Gitter abgesicherten, unverglasten Bogenfenster endete. Wie erwartet war der Blick von dort, wie eben schon von der Brücke, sagenhaft. Über die sich langsam absenkenden Dächer der tieferliegenden Häuser breitete sich das Tal aus, links bräunlich verbrannte Macchia, auf halber Höhe das Dörfchen Calluna, wo Agnes lebte, im Westen, saftig grün, der Kastanienwald, vor dem die Kuben des Klosters leuchteten. Die majestätischen Bergketten staffelten sich ringsum in unterschiedlichsten Erdtönen und verschwanden im dunstigen Licht.

Einem Hinweisschild folgend, stieg Irma die steinernen Stufen in die nächste Etage hinauf und merkte erleichtert, dass sie hier wohl richtig war. Im Flur standen für Wartende drei Stühle herum, an zwei Türen waren Schilder angebracht, und auf einem entzifferte sie Ciros Namen. Sie klopfte zaghaft, und als sie keine Antwort erhielt, kräftiger.

Ein leises Fluchen war zu hören, ein Rücken und Knacken, dann drehte jemand den Schlüssel herum und öffnete die Tür. Ciro stand vor ihr und musterte sie verblüfft. Er war barfuß, das Haar stand in einem wilden Kranz um seinen Kopf, und sein Hemd hing aufgeknöpft über dem Gürtel. Irma hatte sofort den Verdacht, ihn bei einem Schäferstündchen, vielleicht mit einer Sekretärin, gestört zu haben, aber als er sie wortlos in sein Büro winkte, sah sie, dass er allein und keusch auf einer Feldpritsche sein Mittagsschläfchen gehalten hatte. Auf dem Schreibtisch stand ein Aluminium-Essgeschirr, die Luft war verbraucht und roch nach gebratenem Huhn und Gemüse.

»Verzeih, dass ich störe, Ciro. Ich möchte nach Deutschland telefonieren, aber in der Bar ist das Telefon kaputt, und die Post hat geschlossen. Geht das vielleicht von hier?«

Ciro schlüpfte in seine Slipper, öffnete alle Fensterflügel, ohne die Fensterläden ganz aufzustoßen, und richtete sich vor einem spiegelnden Flügel die Haare. Sie beobachtete, wie er anfing, sein Hemd zuzuknöpfen, es sich dann aber anders überlegte.

»Ist es so eilig?« Nach einem Blick auf seine protzige goldene Uhr am Handgelenk stellte er fest: »Die Post hat doch bald wieder auf.«

Irma winkte ungeduldig ab. »Ja, es ist eilig, es ist mir eilig. Ich kann einfach nicht stundenlang warten! Bitte! Ich will das Gespräch ja auch bezahlen, falls – habt ihr hier im Amt nicht so was wie einen öffentlichen Anschluss?«

Ciro zog die Augenbrauen hoch und lächelte schmal. »Was denkst du, wo du bist? Auf den Champs Elysées? – Natürlich gibt es so was hier nicht. Aber wenn es so dringend ist, bitte, bedien dich.«

Irma starrte den Apparat an. »Ich will dich nicht stören, Ciro. Kann ich nicht – vielleicht in einem anderen Zimmer?«

Ciro schüttelte seinen zerzausten Kopf. »Nein.« Und er machte keine Anstalten, das Büro zu verlassen.

Irma fing an, auf der Unterlippe herumzubeißen. Sollte sie wirklich anrufen? Was würde sich dadurch ändern? Da sie deutsch sprechen würde, brauchte sie wegen Ciros Gegenwart keine Hemmungen zu haben. Sie griff nach dem Hörer, und nachdem ihr Ciro die Vorwahl erklärt hatte, wählte sie Werners Nummer, ihr gemeinsames Heim. Werner schloss seine Kanzlei mittags eine gute Stunde und verbrachte diese Zeit meistens zu Hause. Es bestand also eine Chance, ihn anzutreffen. Aber niemand nahm ab. Damit hatte sie nicht gerechnet. Schnell versuchte sie es mit seiner Kanzleinummer, aber wie üblich war mittags der Anrufbeantworter eingeschaltet. Enttäuscht legte sie auf.

»Darf ich noch mal?«

Ciro, die Beine jetzt auf dem Schreibtisch, tippte mit den Fingerspitzen gegeneinander und kippelte mit dem Stuhl. Er nickte großzügig. Hektisch wählte sie die Nummer ihrer Mutter.

»Irma! Endlich! Wo bist du?«, schrie diese sofort in den Hörer. »Ich mach mir solche Sorgen!«

»Das brauchst du nicht, Mutti, mir geht es gut. Dir hoffentlich auch?«

»Nein, mir geht es nicht gut! Wo bist du! Was ist das für eine Art, einfach zu verreisen und sich nicht zu melden!«

Irma hielt den Hörer etwas von ihrem Ohr ab, um sich vor dem keifenden Ton zu schützen. Ciro unterzog die Zimmerdecke einer genauen Inspektion.

»Versteh doch, Mutti, ich habe unbedingt etwas Abstand gebraucht, Urlaub. Jetzt geht es mir schon viel besser«, log sie.

»Aber wieso weiß denn Werner auch nicht, wo du bist? Was ist los bei euch?! Habt Ihr Streit?«

»Hat er nach mir gefragt?«

»Natürlich hat er nach dir gefragt! Er wollte wissen, ob du dich inzwischen gemeldet hast. Eine Fahrt ins Blaue, hat er gesagt, so ein Unsinn! Er hat mich beruhigt und mir versichert, dass du bald wiederkommst, aber irgendwie finde ich das alles sehr merkwürdig!«

»Mutti, ich …«

»Du solltest mit Werner nicht herumspielen, so ein liebenswürdiger Mensch! Immerhin bist du keine zwanzig mehr! Komm gefälligst nach Hause oder sag mir wenigstens, wo du bist!«

»Hat – hat sonst noch jemand für mich angerufen?«

»Nein, kein Mensch hat für dich angerufen, wer denn!« Einen Moment war es still in der Leitung. »Wenn du schon fragst: Zwei von diesen komischen Anrufen im Geschäft hat es wieder gegeben, wo man sofort auflegt, wenn ich mich melde! Hast du etwa eine Liebschaft!? Du musst mich nicht für dümmer halten, als ich bin!«

Irmas Herz machte einen Freudensprung. Timo! Das konnte nur Timo gewesen sein.

»Irma? Bist du noch da, Irma? Also, wo steckst du?«

»Auf Korsika.«

»Wie bitte?«

»Ja, Korsika. Im Haus von Tante Helen.«

»Tante Helen? Wieso Helen!? Sie steckt da mit drin? Und deine eigene Mutter weiß nicht, wo du deinen Urlaub verbringst?!«

»Weil ich meine Ruhe haben will, verdammt noch mal! – Entschuldige Mutti, aber ich muss jetzt Schluss machen. Du weißt also, es geht mir gut, und ich werde mich in ein paar Tagen wieder melden. Und – und grüß bitte Werner von mir. Ich hab ihn eben leider nicht erreicht. – Auf Wiedersehen, Mutti. Tschüs.«

Irma legte beide Hände über den Apparat und lehnte die Stirn darauf. Bitter resümierte sie, dass ihre Mutter wie immer nur um die Aufrechterhaltung ihrer heilen Welt besorgt war und keine Frage nach Irmas Befinden gestellt hatte. Nur Ausrufungszeichen! Eigentlich war es zu erwarten gewesen, dass Timo und Werner sie vermissten, dennoch zauberte die Bestätigung ein erleichtertes Lächeln in ihr Gesicht. Eine Angel war immerhin ausgelegt ... Wenn Werner sie wirklich finden wollten, müsste es ihm jetzt gelingen. Und Timo?

Ciro stand auf und spähte durch die Ritzen der Fensterläden auf den Marktplatz hinunter. »Du bist also von zu Hause ausgerissen?«

Irma fuhr hoch und legte eine Hand auf ihren Mund. »Du kannst Deutsch?«

»Ein bizken. Nur verstehen, nix spreken«, antwortete er auf Deutsch und lachte leise über ihre Verblüffung. Er verschränkte die Arme vor der Brust und hockte sich auf die Fensterbank.

»Was ist mit dir und diesem – diesem Werner? Probleme?«

Verlegen rekapitulierte Irma das eben geführte Telefongespräch. »Nein, nicht direkt«, antwortete sie schließlich zögernd. »Ich wollte nachdenken, etwas Abstand...«

»Es gibt einen anderen.« Das war keine Frage, sondern eine Feststellung, und Irma blieb stumm.

»Willst du noch mal telefonieren?« Es klang verschwörerisch.

Irma versuchte, in seiner Miene zu lesen. Diese gönnerhafte Haltung verblüffte sie und sie sprach ihre Verwunderung spontan aus. Ciro zog kurz die Mundwinkel nach unten und stand auf.

»Ein Soufflé wird erst gegessen, wenn es ganz aufgegangen ist, nicht wahr?«, warf er hin, und schon an der Tür rief er über die Schulter: »Ich kann warten, chérie!«

Ja, dann warte mal schön, dachte Irma, kramte aufgeregt in ihrer Handtasche nach ihrem Notizbuch, um Timos Nummer nachzuschlagen, die ihr einfach nicht einfallen wollte. Mit zitterndem Finger begann sie zu wählen, ihr Herz klopfte, und die Sehnsucht nach Timos sanfter Stimme drückte ihr die Rippen zusammen. Und da war sie.

»Hallo, Timo! Ich wollte – ich wollte nur mal – was von dir hören. Wie geht es dir?« Sie hörte im Hintergrund seines Büros Stimmen.

»Danke, es geht gut.« Wie so oft war er zurückhaltend, förmlich. »Wie geht das Geschäft?«

Irma schluckte. »Das weiß ich nicht. Ich bin nicht im Geschäft. Hast du dort angerufen?«

»Nein. Ich hatte viel um die Ohren, ein neues Projekt, ein paar Dienstreisen – ich hatte wenig Zeit – und Gelegenheit. Du verstehst schon. Das heißt, einmal habe ich es probiert. Es war aber nur deine Mutter da. Leider!« Irma hörte an seiner Stimme, dass er jetzt allein war und freier sprechen konnte. Sie hatte den Klang angenommen, den sie so liebte.

»Zweimal«, hauchte Irma.

»Nein, einmal«, widersprach Timo. Aber Irma war sicher, dass er schwindelte, denn er lachte dabei.

»Ich bin übrigens nicht in Kassel. Ich – ich bin auf Korsika.«

»Was? Wo bist du?«

»Ja, Korsika. Ich wusste plötzlich nicht mehr weiter, Timo! Ich dachte, wenn ich verreise, dann…«

»Einfach so? Warum hast du nichts gesagt? Bist du allein da, ich meine, allein verreist oder mit – ? So, also allein. Schade, ich wollte nächste Woche mal nach Kassel kommen, Irma. Und wann kommst du wieder?«

Beglückt registrierte Irma, wie enttäuscht er war.

»Bald, Timo, bald! Ich habe so oft Sehnsucht nach dir. Kannst du nicht hierherkommen? Ich wohne im Haus meiner Tante, Helen Meyerhoff, in der Nähe von Evisa, beim Kloster San Agostino«, flüsterte sie, betonte jedes Wort.

Bitte, merk dir diese Namen!, beschwor sie Timo im Stillen. Setzt dich in dein Auto und komm zu mir! Für immer! Ich sitze hier in der Fremde und weiß nicht mehr aus noch ein!

Sie sah Ciro draußen im Flur an der offenen Bürotür vorbeischlendern und hörte Timo sich verlegen räuspern.

»Ja, ja, ich weiß ja, es geht nicht. Aber es wäre schön, nicht wahr, wir beide ... Ich vermisse dich so, Timo.«

»Ich dich auch, Liebes. Du bist immer in meinen Gedanken.«

You're always on my mind, eines ihrer gemeinsamen Lieblingslieder, die er den Kassettenrecorder des Autos oft spielen ließ, nachdem sie sich geliebt hatten und erschöpft auf dem Liegesitz zusammengesunken waren. Irma presste die Schenkel zusammen und senkte die Lider über die brennenden Augen.

»Ach, Timo! – Weißt du, ich dachte, wenn ich Abstand habe, würde es mir leichter fallen, einen Entschluss zu fassen!«

»Einen Entschluss?«

»Ich habe plötzlich nicht mehr die Kraft gehabt, so weiterzumachen, verstehst du? Also ich habe Werner reinen Wein eingeschenkt, Timo. Ehe ich weggefahren bin. Ich wollte weg von allem. Aber – aber es hat nichts gebracht.«

»Du hast ihm alles erzählt? Warum? Und wie hat er reagiert?« Es klang sehr beunruhigt.

Irma suchte verzweifelt nach Worten. Timo räusperte sich erneut.

»Irma, Liebes, also ich muss dir was Wichtiges sagen.« Seine Stimme hatte unvermittelt wieder jenen verhassten distanzierten Klang. Panik breitete sich in ihr aus.

»Irma, ich – also, meine Frau ist wieder schwanger. – Irma?«

Irma rutschte langsam von der Kante des Schreibtisches auf den Stuhl herunter. Abwesend beobachtete sie ihre zitternden Knie. Ihr Name klang noch mehrmals aus dem Hörer in ihrer Linken, fragend, besorgt, bis sie ihn wortlos auf die Gabel legte.

Ciro registrierte draußen in der Wartehalle die Stille und kam zurück. Er trat dicht an sie heran und legte eine Hand auf ihre Schulter.

»Schlechte Nachrichten, chérie?«

Das Haar hatte er sich inzwischen gekämmt, sein zu ihr geneigtes Gesicht und die Hände rochen nach Seife. Seine Augen durchforschten die ihren, und sein Atem streifte ihre Stirn. Ihre Augen wanderten über die durch das aufgeknöpfte Hemd entblößte Brust mit der silbrigschwarzen Behaarung und den Brustwarzen, die sich hart unter dem zerknitterten Stoff abzeichneten, zu dem sehnigen braunen Arm und die Hand, die ihre Schulter umfasste, zurück zu seinem Gürtel und der zerknitterten Hose, dicht vor ihr, und sie glaubte, den Duft seines Geschlechts wahrzunehmen. Wie sooft verharrte er abwartend, seiner Männlichkeit bewusst, Jäger und Tier zugleich.

Irma schob seine Hand mürrisch beiseite und griff nach ihrem aufgeschlagenen Notizbuch auf dem Schreibtisch. Dabei blätterten sich einige Seiten um, und gerade, als sie es zuklappen wollte, fiel ihr Blick auf die dort eingetragene Telefonnummer.

Wie hypnotisiert nahm Irma erneut dem Hörer auf und begann zu wählen. Mit jeder Zahl klopfte ihr Herz härter, wurde ihre Wut, ihre Rachsucht größer. Ciro verfolgte alles stirnrunzelnd. Als sich am anderen Ende endlich die etwas wehleidige Stimme meldete, übergab ihm Irma den Hörer, ohne sich gemeldet zu haben.

»Was soll das?«, fragte Ciro irritiert. »Wer ist das?«

»Helen.«

Ciro erbleichte. Er hielt den Hörer von sich ab, als könne er explodieren, und sein Blick flog zwischen dem Apparat und Irma hin und her.

»Na los, Ciro, sprich schon mit ihr! Willst du nicht ein bisschen deinen Charme verspritzen?! Sie ist doch auch nur eine von den vielen Weibern, die du gebumst und dann im Stich gelassen hast! Hast du etwa Angst vor deiner alten Liebe?«

Mit ätzender Stimme zischte sie ihm die Sätze entgegen, voll Verachtung und Wut über das, was Männer Frauen antun können. Sie sah mit Genugtuung, dass seine trockenen Lippen unter dem Schnurrbart zitterten und auf seinen Schläfen plötzlich Schweißperlen standen. Sogar seine Brust, die er so selbstbewusst für sie zur Schau gestellt hatte, begann vom Schweiß zu glänzen.

»Ja? Hallo? Wer ist denn da? Hallo!«, krächzte es aus dem Hörer.

Irma konnte ein höhnisches Gelächter nicht mehr unterdrücken und kein Auge von dem gequälten Mann wenden. Ciro beugte langsam den ausgestreckten Arm und legte den Hörer unendlich vorsichtig an sein Ohr. Seine Lippen öffneten und schlossen sich, sein Adamsapfel rutschte auf und ab, da er immer wieder schluckte. Er lauschte der fragenden, schließlich ärgerlichen Stimme und hielt den Hörer immer noch in der Hand, als Helen längst aufgelegt hatte. Er hatte kein Wort hervorgebracht.

Irma, die wie in einem Rausch die Schmerzen genossen hatte, die sie Ciro zugefügt hatte, erwachte aus ihrem Rachetaumel. Sekundenlang verhielt auch sie sich regungslos. Das Geschehene rollte immer wieder vor ihren Augen ab wie ein Kurzfilm, irrwitzig und sinnlos, und sie konnte nicht glauben, dass sie der Regisseur gewesen war. Sie stand auf, machte einen Schritt auf ihn zu, da hob Ciro blitzschnell die Rechte, als wollte er ihr den Handrücken ins Gesicht schmettern, aber mit einem tiefen Ausatmen ließ er sie wieder sinken.

»Mach das nie wieder mit mir«, drohte er kaum hörbar und legte den Hörer in die Gabel. »Mach das nie wieder!«

Er griff nach der Flasche Mineralwasser und trank mit geschlossenen Augen. Dann sank er auf seinen Schreibtischstuhl. Mit beiden Händen rieb er seine Augen und knetete sein Gesicht, Irma hantierte mit ihrer Tasche herum. Sie schämte sich zutiefst, dass sie Ciro in diese Situation hineinmanövriert hatte.

»Es tut mir wirklich leid. Verzeih mir, Ciro! Verdammt, ich habe heute einen schlechten Tag«, stammelte sie schließlich.

Ciro stieß ein bellendes, böses Lachen aus. »Das kann man wohl sagen. Einen sehr schlechten Tag!« Er schüttelte, noch immer fassungslos, den Kopf. »Ich brauche dich nicht, um diese Stimme zu hören, Irma. Ich kann selbst telefonieren und habe diese Telefonnummer. Aber ich habe es ein Vierteljahrhundert nicht mehr getan. Wieso mischt du dich ein?«

»Diese ganzen Lügen und Gemeinheiten! Sie haben mich plötzlich verrückt gemacht!«, flüsterte Irma.

»Es sind deine Lügen, die dich verrückt machen, Irma. In meinem Leben gibt es keine. – Aber sag mir, wie kommst du darauf, dass ich Hélène im Stich gelassen habe?«

»Bei einem Casanova, wie du es bist, da kann ich doch eins und eins zusammenzählen!«

Ciro betrachtete sie nachdenklich, sehr lange. »Oh, Irma, Irma! Was braut sich da in deinem hübschen Köpfchen zusammen? Ja, heute, vielleicht, bin ich ein Casanova, aber damals…« Er suchte ihren Blick und hielt ihn fest. »Passt es in dein Bild von mir, dass es eine Zeit gab, wo für mich nur eine Frau existierte: Hélène?«

»Und Vanna!?«

»Vanna! Vanna ist eine wunderbare Ehefrau, die Mutter meiner Söhne. Ich liebe sie. Ja!«

»Ich verstehe dich nicht! Wenn für dich nur Helen existiert hat, wie konntest du da Vanna heiraten?«

Ciro erhob sich und schaute an Irmas Seite auf den Marktplatz hinunter, und nach ein paar Minuten begann er stockend, sehr leise zu erzählen.

»Die ersten Gefühle, die in mir für eine Frau erwachten, galten ihr, Hélène. Ich war ihr verfallen, schon mit fünfzehn Jahren. Und sie? Auch sie liebte mich vom ersten

Augenblick an, ich bin ganz sicher, wenn sie es sich auch lange aus Gründen des Anstandes und der Sitte nicht eingestand. Wir brannten beide lichterloh, wenn sich unsere Augen trafen. Mon Dieu! Es war Himmel und Hölle zugleich. Ich, der dumme Bauernjunge, und sie, die erwachsene Frau, klug, verheiratet, reich, eine Ausländerin...«

Ciro hielt inne, schluckte mehrfach, räusperte sich. »Eine Illusion! Warum hätte ich nicht, als es an der Zeit war, eine Frau nehmen sollen? Welche Hoffnung gab es für Hélène und mich?«

Der Marktplatz hatte sich belebt, und auf dem Flur vor Ciros Büro waren Schritte zu hören. Die Siesta war vorüber. Irma verhielt sich ganz still und betete, dass Ciro weitersprechen möge. Und?, dachte sie. Und weiter?! Nach ihrem rohen Einbruch in seine Vergangenheit wagte sie aber keine Frage mehr. Sie hatte gedacht, sie könnte in diesem Schicksal blättern wie in einem alten Buch, und dabei vergessen, dass die vergilbten Blätter, die sie hatte hin- und herwenden wollen, lebendige Herzen waren.

»Geh jetzt, Irma. Ich habe zu tun.« Es klang müde.

Er begleitete sie zur Treppe hinaus und schlurfte dann grußlos in sein Büro zurück. Blinzelnd trat Irma auf den Markplatz hinaus, schwindlig vom eben Erlebten und der Backofenglut, in die sie eintauchen musste.

Der Kellner lehnte im Türrahmen der Bar und hob lässig eine Hand zum Gruß. »Tout va bien?«

Irma blieb bei ihm stehen. »Ja. Ja, ich konnte telefonieren.« Doch es klang recht matt.

»Es ist doch hoffentlich alles in Ordnung, zu Hause in Deutschland?« Und als Irma bejahte, fügte er hinzu: »Noch etwas Kühles vor der Heimfahrt?« Ihre Schwäche blieb ihm nicht verborgen.

»Merci. Ja, ich trinke noch einen Pastis.«

Irma ließ sich auf den nächsten Stuhl fallen. Am liebsten würde sie sich betrinken, besinnungslos betrinken, nicht nur an einem Pastis nippen! Von ihren Anrufen nach Hause hatte sie sich so viel versprochen, jetzt saß sie vor neuen Scherben. Timo hatte sich noch fester an seine Familie gekettet, indem er ein Kind gezeugt hatte, und ging naiv und ganz selbstverständlich davon aus, dass der Nervenkitzel seiner Affäre mit ihr fortbestehen würde. Und Werner? Es war blanker Unsinn, zu hoffen, dass er ihr hierher folgen würde. Mit einem plötzlichen Sinn für die Realität erkannte Irma, dass Werner einfach abwarten, nicht um sie kämpfen würde. Er hatte sie nie an sich herangelassen. Wenn sie zu ihm zurückkäme, würde er sie erleichtert, ja freudig, aufnehmen und ihre bisher harmonische Partnerschaft wieder zusammenbasteln. Wenn nicht, würde er die Zähne zusammenbeißen und zur Tagesordnung übergehen.

Als sie den Blick hob, entdeckte sie oben an einem Fenster des Rathauses Ciro, der sie beobachtete. Seine gespannte Miene wich einem breiten Lächeln.

»Wie ist es, Irma? Wann gehen wir in die Spelunca?«, brüllte er siegessicher über den Marktplatz.

Der Kellner, der gerade das Glas vor Irma abstellte, erstarrte für Sekunden, verzog dann geringschätzig das Gesicht und ging. Die alten Männer am Nebentisch unterbrachen ihr Geplauder und beäugten Irma mit offenem Mund. Ciro schlug zwar nur eine Wanderung durch eine Gebirgsschlucht vor, aber es war, als habe er soeben in aller Öffentlichkeit Irma gebeten, mit ihm ins Bett zu steigen. Ihr aber sagte die Frage vor allem, dass er ihr verziehen hatte.

»Irgendwann! Wir sprechen noch darüber«, rief sie mit trotzig angehobenem Kinn.

Als sie sich bald darauf vorsichtig auf dem heißen Sitz ihres Autos niederließ, schloss sie für einen Moment die Augen. Was für ein Tag! Das Chalet Gris, düster und kühl, war für sie ein Refugium, in das sie sich für den Rest des Tages zurückzog wie in ein Schneckenhaus.

*D*er nächste Vormittag trieb Irma rastlos durchs Haus. Um dem Labyrinth ihrer Gedanken, die unablässig um Timo und Werner kreisten, dann wieder um Ciro und Helen, zu entkommen, musste sie ihren Körper irgendwie beschäftigen. Sie fing an, auf der Rückseite des Hauses wie besessen das Unkraut aus der Kieselsteinschicht zu rupfen. Im Geräteschuppen fand sie eine ziemlich stumpfe Gartenschere, mit der sie anschließend die Büsche zurückschnitt. Der Freisitz zwischen Haus und Berghang war nach zwei Stunden zwar um gut ein Drittel vergrößert, die alte Gartenbank sichtbar und zu benutzen, aber die romantische Wildnis, in der sie sich versteckt hatte, war dahin. Der Hang sah jetzt aus, als habe sich ein feindliches Heer mit Holzspießen in den Büschen verschanzt. Obwohl sie im Schatten des Hauses herumwerkelte, klebte das T-Shirt bald verschwitzt auf der Haut, und ihre Shorts waren bis weit unter den Bund hinab feucht. Mittags wurden die Stechmücken unerträglich, und sie flüchtete ins Haus. Nach einer lauwarmen Dusche fiel sie aufs Bett und versank in einen wohlverdienten Schlummer.

Sie wurde von Stimmen geweckt, Gelächter, fröhliche Unterhaltung, ganz in der Nähe des Hauses. Lauschend blieb sie eine Weile liegen, huschte dann nackt wie sie war, ans Fenster und stieß so leise wie möglich einen der Holzflügel auf. Tatsächlich waren da unten, Richtung Kapelle, irgendwelche Leute, die laut schwätzten und lachten. Sie schwätzten deutsch! Sehen konnte sie allerdings niemanden, die Hauskante und Bäume versperrten die Sicht. Deutsche – das war eine willkommene Abwechslung! Schnell schlüpfte sie in ein leichtes Baumwollkleid, fuhr mit dem Kamm durchs Haar und verließ das Chalet Gris.

Auf dem Platz vor der Kapelle parkte ein bejahrter Mercedes mit einem Wohnwagen. Die dazugehörige Familie, ein Elternpaar, zwei halbwüchsige Jungs und ein kleines

Mädchen, hatten sich auf dem Brunnenrand und daneben auf der Stützmauer niedergelassen. Die Reste ihrer Vesper waren auf einem rot karierten Geschirrtuch ausgebreitet – Tomaten, Äpfel, Weißbrot, Schinken und Käse und ein Glas saure Gurken.

Irma blieb zögernd stehen. »Guten Tag!« Sie deutete auf das kaum noch lesbare Schild ›Eau non potable‹. »Ich möchte Sie warnen. Das ist kein Trinkwasser!«

Alle nickten, ja, ja, keine Sorge, das habe man gesehen.

»Setz dich doch zu uns! Und sag du! Sind wir nicht Bergkameraden?« Der ältere Mann schwenkte sein Mineralwasser zu einer einladenden Geste. »Bitte sehr, tritt näher und speise mit uns!«

»Gern. – Eine saure Gurke, wenn ich darf?«

Die Frau spießte die größte Gurke aus dem Glas und hielt sie Irma hin.

»Nun sprich: Bist du die gute Fee dieses Tales?«, fabulierte der Mann.

»Dann haben wir drei Wünsche frei!«, behauptete das Mädchen mit piepsiger Stimme. Alle lachten.

Irma setzte sich, und sie machten sich miteinander bekannt. Es war ein Ehepaar aus Nürnberg mit Tochter und Sohn und dessen Freund. Sie umkreisten mit Zelt und Wohnwagen die Insel. Still lächelnd ließ Irma ihren Blick von einem zum anderen gleiten und hörte zu. Die Familie war ein selbstbewusstes, eingespieltes Team: Gekonnt warfen sie sich Stichworte zu, sodass ein jeder mindestens einmal Gelegenheit hatte, sich zu produzieren – Roland, unüberhörbar ein Studienrat, Germanist, glänzte mit Zitaten aus der Literatur, die neunjährige Anja konnte ihre heiße Liebe zu einer bestimmten Popgruppe gestehen, der sie eines Tages als Sängerin angehören wollte. Ihr Bruder Christian, vielleicht sechzehn Jahre alt, konnte einflechten, dass er ein angehender Maler sei. Staunend und amüsiert zugleich verfolgte Irma diese Selbstbeweihräucherung, selbst Mutter Inge gelang es, ihrem ›Nur-Hausfrau‹-Status einen besonderen Stellenwert zu geben. Christians Freund Boris saß wie Irma stumm dabei, manchmal tauschte er mit ihr einen Blick, der wohl sagen sollte: Was willst du machen? So sind die nun mal …

Es war nicht zu vermeiden, dass die Gruppe irgendwann ›Am Brunnen vor dem Tore‹ anstimmte, gerade in dem Moment, als Ciro mit seinem Rad vor seinem Heim vorfuhr. Stirnrunzelnd musterte er die Sänger. Als er Irma unter ihnen erkannte, klappte ihm das Kinn herunter. Vanna erschien am Gartentor, sie wechselten ein paar Sätze, schielten zum Wohnwagen hin und verschwanden diskutierend im Haus.

»Werden wir hier nächtigen können oder gibt das Ärger mit der Nachbarschaft?«, überlegte Roland laut nach einem Blick auf die Uhr und die rote Sonne an der Kante des Gebirges.

»Nein, nicht hier, Roland! Lass uns zum nächsten Campingplatz fahren«, bat Inge, und zu Irma gewandt: »Wegen der sanitären Anlagen, weißt du. Unsere chemische Toilette ist mit fünf Personen etwas überfordert!«

»Ich denke, für eine Nacht könnt ihr hier stehen bleiben. Und ihr könnt meine Toilette benutzen, damit es hier keine – Überschwemmungen gibt«, bot Irma an, obwohl sie nicht ganz sicher war, ob auch die Kossionides diese wilden Camper dulden würden.

»Kann ich mal dein Haus sehen?«, schmeichelte Anja um Irma herum. »Es sieht so toll aus!«

»Tja, bis zum nächsten Campingplatz ist es tatsächlich noch arg weit!« Roland, die Straßenkarte konsultierend, kratzte am Sonnenbrand seiner Hinterkopfglatze und musterte die Umgebung, rechts die verlassene Kapelle, links das graue Haus, gegenüber das bäuerliche Anwesen. Der Standplatz hier unter den Kastanien, direkt neben dem Brunnen, war schon nicht schlecht.

»Du, hör doch mal! Kann ich dein Haus mal sehen?«, drängelte Anja.

»Also, wenn das bei dir geht mit der Toilette, dann bleiben wir die eine Nacht hier.« Inge nahm ihrem Mann die Entscheidung ab. Sie räumte die Reste ihrer Vesper zusammen und brachte sie in den Wohnwagen.

»Wohnst du eigentlich ganz allein in dem riesigen Kasten, Irma?«, wunderte sich Christian, und Boris meinte versonnen: »Den Kasten hätte man auch gut in dem Film ›Psycho‹ als Haus vom Anthony Perkins nehmen können ...«

»Na, dann will ich euch mal das Gruseln lehren!«, lachte Irma, »Kommt! Ich zeig euch das Geisterhaus!«

Die Jugendlichen stürmten sofort los, aber auch Inge und Roland konnten ihre Neugierde nicht mehr verbergen. Natürlich ermunterte Irma auch sie, ihr in die Villa zu folgen.

Die Eingangshalle und das pompös eingerichtete Wohnzimmer wurden von allen ehrfürchtig bestaunt. Anja lupfte die weißen Laken, um die darunter verstecken Möbel zu sehen, fand den ausgestopften Fuchs süß und den mächtigen Kronleuchter irre. Inge nahm andächtig die Brokatvorhänge unter die Lupe, ließ die Fransen der Posamente durch die Finger gleiten. »Nicht übel! Nicht übel! Alter Adel, wie?«, murmelte Roland, beeindruckt vom monströsen Wohnzimmerschrank.

Auf der Terrasse breitete Christian theatralisch die Arme aus. »Was für eine Aussicht! Dieser Blick ins Tal müsste gemalt werden. Moment, ich muss es wenigstens knipsen!« Er rannte davon, um seinen Fotoapparat zu holen.

»Schöne Fee, bist du eine verzauberte Fröschin in diesem Neuschwanstein?!«, wollte Roland wissen. Seine Frau wurde konkreter. Ob Irma denn ganz allein hier lebe, ohne Mann, ohne Kinder ...? Irma kam nicht umhin, kurz und knapp ihren Aufenthalt und die Besitzverhältnisse hier zu erklären.

145

Anja hatte sich im Liegestuhl niedergelassen. Jetzt seufzte sie tief und zufrieden. »Also, was meine drei Wünsche angeht, schöne Fee. Der erste Wunsch: Ich bleibe hier!«

»Gewährt!«

»Der zweite Wunsch: Ich bleibe auch hier!«, meldete sich Boris mit werbendem Augenaufschlag.

»Auch der sei gewährt!«

»Ich erhebe Einspruch gegen die Äußerung eines scheinbar unumgänglichen dritten Wunsches!«, rief Roland mit erhobenem Zeigefinger. »Er könnte womöglich gewährt werden!«

Irmas Blick wanderte nachdenklich von einer lachenden Miene zur anderen. »Auch unausgesprochen sei er gewährt. – Aber mal im Ernst: Ihr könnt tatsächlich hier übernachten, das Haus hat genug Zimmer. Allerdings sind sie unaufgeräumt, staubig und muffig.«

Sie stellte sich schaudernd die Enge des Wohnwagens vor, wo – wie sie gehört hatte – die Eltern mit Anja schliefen, während die jungen Männern in einem Zweimannzelt nächtigten. Irma, die gegen alles, was mit Camping zu tun hatte, eine tiefe Abneigung hegte, hätte die Dachkammern auf jeden Fall vorgezogen.

»Ich brauche kein Zimmer, ich schlafe hier!«, kündete Anja an und wippte heftiger mit dem Liegestuhl.

»Was ich sagen will, ist: Ihr hättet ein Dach über dem Kopf, aber sonst ist alles ziemlich primitiv.«

»Ist doch nicht primitiv hier!«, widersprach Boris. »Ist doch Wahnsinn, dieses Chalet Noir!«

»Gris! Chalet Gris! Na, dann kommt mal mit!«

Als die Gruppe die vier Dachkammern und das winzige WC besichtigt hatten, verstand ein jeder, was Irma gemeint hatte, aber die Lust darauf, so plötzlich in einer alten geheimnisvollen Villa übernachten zu können, schwemmte auch die letzten halbherzigen Bedenken der Eltern weg. Sie waren einverstanden, dass die jungen Leute im Haus schlafen könnten; sie selbst allerdings zogen ihre Klappbetten im Wohnwagen vor. Irma entging der Blick nicht, den das Ehepaar schnell tauschte: Sie freuten sich auf eine ungestörte Nacht zu zweit. Die Gruppe stob davon, um alles Notwendige aus dem Wohnwagen in die Zimmer zu schleppen: Schlafsack, Zahnbürste, Handtuch.

Irma schlenderte auf die Terrasse hinaus und horchte amüsiert auf das ungewohnte Rumoren in der Villa. Nach einer Viertelstunde ließen sich Roland und Inge wieder blicken. Sie besichtigten ausgiebig die Terrasse und auch den Platz hinter dem Haus, wo Irma noch vor ein paar Stunden mit der Gartenschere gewütet hatte. Roland benannte penibel alle Ziersträucher am Hang mit ihrem Namen, tadelte milde den Rückschnitt mitten im Sommer und ließ sich dann auf die alte Gartenbank fallen.

»Nun, schöne Fee, was wird dein Zauberstab uns Weiteres bescheren?« Er rieb sich unternehmungslustig die Hände.

»Eine Party! Eine Party!«, brüllten Boris und Christian, weit aus dem Fenster ihres Zimmers gelehnt.

Anjas zartes Gesicht tauchte hinter den Scheiben im Wohnzimmer auf, den räudigen Fuchs an die Brust gedrückt. Sie nickte heftig und schrie: »Ja, eine Party! Eine Geisterparty!«

»Eine Party?«, seufzte Inge mit schiefem Lächeln und sah Irma fragend an.

Also gut, eine Party. Die Zutaten dafür überschritten allerdings Irmas Vorratswirtschaft. Also fuhr sie mit Inge ins Dorf, diesmal allerdings zum Supermarché, und sie kauften ein: Cola, Bier, ein 5-Liter-Plastikfässchen Vin de Pays, sechs Hähnchen, Baguettes, ein großes Stück Käse, mehrere Tüten Chips, Popcorn, tiefgefrorene Pommes frites und Ketchup. Und einen Restbestand an Christbaumkerzen! Die Rechnung beglich verständlicherweise Inge.

Als sie wieder daheim ihre Tüten auf dem Küchentisch abluden, hatte die untergegangene Sonne den Himmel tiefrot verfärbt, und auf der Terrasse wetteiferte ein grelles Orange mit schwarzen Schatten. Roland schnarchte in einem der Korbstühle und rappelte sich verlegen hoch, die beiden Jungs saßen mit baumelnden Beinen auf der Terrassenmauer, quatschten, flüsterten und lachten. Anja hatte die Kassette mit ihrer angebeteten Boygroup in Irmas Recorder geschoben, und die hämmernden Bässe ließen die Scheiben der Terrassentür leise klirren. Dazu bewegte sie sich ruckartig wie eine aufgezogene Puppe und sang lauthals, in der rechten Hand einen Rührlöffel aus der Küche, der wohl ein Mikrofon darstellen sollte.

Eigentlich hätte Irma gern gebeten, die Musik leiser zu stellen. Aber der Lärm schien nur sie zu stören. Also biss sie sich auf die Lippen. Es ist ja nur diese eine Nacht, beruhigte sie sich selbst mit einem kleinen Seufzer.

Die Hähnchen wurde gewürzt, mit Öl eingepinselt, die Chipstüten draußen auf den Tisch gelegt, Cola- und Bierdosen auf den Terrassenboden gestellt. Inge machte keinen Versuch, das Ganze gefällig zu gestalten, die Partys des Jungvolkes schienen immer so zu laufen. Roland verankerte das Fässchen Landwein mit ein paar Kieselsteinen auf der Mauer, damit man gut zapfen konnte, und bugsierte auch noch die alte Bank auf die Terrasse, damit alle einen Sitzplatz hatten. Allerdings saßen die beiden Jungs trotzdem fast ausschließlich auf der Mauer, in der Nähe des Rotweins.

Nach einer Stunde meldeten Schwaden aus der Küche, dass die Hähnchen knusprig und gar wurden. Irma, die den Tisch rasch mit der ungeliebten Plastikfolie abgedeckt hatte, um die schöne Tischdecke von Agnes zu schonen, wollte Bestecke verteilen, aber Inge winkte ab. Man würde bei so einer Party doch mit den Fingern essen, nicht wahr? Das große Stück Käse wurde im Papier neben den Baguettes in die Mitte des Tisches gelegt und gewürfelt. »Was ist das für ein Bild?«, wollte Inge zwischendurch wissen und deutete auf das Gemälde. Irma erklärte es, aber Inge hörte nur mit halbem Ohr zu.

Die Familie besetzte die Küche. Als so ziemlich alles vertilgt war, die fettigen Finger abgeleckt oder an der Spüle oberflächlich gewaschen waren, zog man wieder auf die Terrasse hinaus.

Anja, Christian und Boris verteilten die Kerzen auf der Mauer, befestigten sie mit Wachstropfen und zündeten sie an. Irma erinnerte sich, dass sie oben im Salon einen Karton mit Papiergirlanden gesehen hatte, und holte ihn. Inge, Irma und Anja drapierten die ziemlich verknitterten bunten Papiergebilde um den Wäschedraht und die angrenzenden Büsche. Anjas Augen leuchteten vor Begeisterung über dieses tolle Fest. Leider wurde sie überstimmt, ihre Musiker ein drittes Mal auftreten zu lassen. Die Jungs suchten einen Radiosender mit Popmusik, den sie allerdings auch bis zum Anschlag aufdrehten. Inge wischte sich mit dem Handrücken über die schweißnasse Stirn und schob ein Blech mit den Pommes frites in den Herd. Dann ließ sie sich nur scheinbar widerstrebend von Roland auf die Terrasse ziehen und musste tanzen. Boris zog Irma aus dem Korbsessel hoch. Eine Weile versuchte er verbissen, ihr die Schrittfolgen seines gerade absolvierten Tanzkurses beizubringen, die aber nach Irmas Meinung überhaupt nicht zu den hektischen Rhythmen passten, die aus dem Radio dröhnten. Anja hörte auf zu schmollen, organisierte sich aus dem Wohnzimmer eines der Bettlaken, die die Möbel verhüllten, und spielte Schlossgespenst: Jaulend hopste sie allein herum, hinein in die Küche, durch die schaurig leere Halle, wieder zurück, und dann begann das Spiel von vorn.

»Mamaa!« Plötzlich kam sie zurückgerannt, als habe sie selbst einen Geist gesehen. »Mama, da ist einer!«

Aber die tanzenden, singenden und lachenden Partygäste hörten sie nicht sofort, deshalb packte sie ihre Mutter am

Rockzipfel, deutete zur Tür und schrie: »Da! Da!« Dann flüchtete sie aufgeregt zu ihrem Vater.

Aus der Finsternis der Halle schälte sich langsam der Umriss eines Mannes heraus. Es war Ciro, in beiden Händen einen riesigen Schlagbohrer, die Spitze etwas gesenkt, wie ein Maschinengewehr. Mit zusammengezogenen Brauen starrte er die Fremden an, dann Irma, die sich aus der feuchten Umklammerung von Boris löste.

»Bonsoir, Messieurs-Dames ... Irma, ich bin gekommen, um das Bild aufzuhängen. Aber ich sehe, du hast Gäste.«

Irma warf den Kopf und den Nacken und lachte schallend. »Was!? Du kommst jetzt, um Mitternacht, um das Bild aufzuhängen?«

Sie funkelte ihn an und hoffte aus tiefstem Herzen, dass er ihre Gedanken lesen konnte: Kontrollieren willst du mich, du scheinheilige Ratte!

»Nun, ich sehe…«

»Ja, du siehst richtig, Ciro, das geht jetzt wirklich nicht. Aber danke für deine gute Absicht!« Sie hoffte, dass ihre Worte höhnisch und abweisend genug klangen und er den Rauswurf verstand.

»Selbstverständlich, nein, das geht jetzt nicht. Entschuldige bitte!«, wich Ciro überraschend sanftmütig aus. »Ich werde dann gehen. Einen schönen Abend Ihnen allen.« Sein Blick blieb an den flackernden Kerzen hängen. »Bitte, das ist sehr leichtsinnig, diese offenen Flammen bei der Trockenheit! Muss das sein? Löschen wir wenigstens diese dort, in der Nähe der Büsche!«

Geschmeidig und schnell umging er die beieinander stehenden Paare, und mit einem mächtigen Pusten blies er eine Reihe Kerzen aus, richtete sich auf und musterte die still gewordene Gesellschaft.

»Ein Nachbar. Monsieur Kossionides.« Irma fühlte sich nun doch gezwungen, seinen merkwürdigen Auftritt ihren Überraschungsgästen zu erklären. »Er kümmert sich um das Haus und so.«

Ciro stieß ein abgehacktes Lachen aus. »Ja, keine Sorge, nur der Hauswart, ich kümmere mich um alles!« Der Schlagbohrer in seiner Rechten pendelte hin und her. »Tut mir leid, wenn ich gestört habe!«

Roland versicherte eilig, dass es gar nichts ausmache, das sei doch keine Störung, Inge reduzierte endlich die Lautstärke des Recorders, während Ciro mit undurchdringlicher Miene über die am Boden verstreuten Chips und Popcorntüten stieg, wie zufällig so an eine Coladose trat, dass sie quer über die Terrasse schoss, Richtung Küchentür.

»Papa, kann der Mann denn nicht bleiben und mit uns die Party feiern?« bettelte das Mädchen. Irma hob abwehrend die Hand und schüttelte den Kopf. Aber die Kleine, ihre Arme um des Vaters Hals geschlungen, fuhr unbeeindruckt fort: »Ach, bitte! Er – er sieht aus wie ein Pirat, nicht wahr? Dann wird es ein Piratenfest! Und ich möchte ihm so gern meine Kassette vorspielen!«

Natürlich richteten sich jetzt alle Augen Zustimmung heischend auf Irma. Nein, wollte sie rufen, nein, er soll verschwinden! Uns, mich in Ruhe lassen!

Ciro hatte sich bei dem Wort ›Pirat‹ langsam umgedreht, musterte stirnrunzelnd das plappernde Kind, den Bohrer wieder etwas angehoben. Breitbeinig stand er da wie ein Soldat, der etwas verteidigen will – sein Haus, seine Festung, seine Barke vielleicht. Eine bedrohliche Silhouette, aber in Ciros Augen fand Irma Trauer, die sie plötzlich verstand. Spontan lief sie zu ihm hin, legte sogar eine Hand auf seinen Unterarm. Wie musste es ihn schmerzen, dieses Haus in einer solch wüsten Unordnung und voll brachtalem Lärm vorzufinden ...

Er schüttelte ihre Hand ab, wollte gehen.

»Ciro, warte bitte! Mir scheint, da hast du eine kleine Verehrerin gefunden, nicht wahr? – Hm, also wenn du möchtest, meinetwegen brauchst du nicht zu gehen. Trink was mit uns.«

Ciros Blick wanderte von einem zum anderen, dann legte er den Bohrer neben die Terrassentür und setzte sich auf die Gartenbank. Roland und Inge rückten die Korbstühle näher heran, um mit dem korsischen Seeräuber etwas Konversation zu treiben, keine einfache Sache, weil ihr Französisch mehr als mangelhaft war. Christian zapfte ein Glas Wein aus dem Fässchen und reichte es gastfreundlich dem Neuankömmling.

Ciro nippte daran, musterte stirnrunzelnd das Fässchen auf der Mauer. »Ah! Un Château Plastique!«, hörte Irma ihn murmeln. Sie verbiss ihr Lachen, aber irgendwie versöhnte sie diese sarkastische Bemerkung mit seinem erneuten Eindringen in ihr Privatleben. Unauffällig schob sie ihm später eine Dose Bier hin.

Anja bekam die Erlaubnis, die Kassette ihrer Popgruppe in den Recorder zu stecken. Während sie ablief, hüpfte die Halbwüchsige herum mit der Grazie eines Lämmchens. Immer wieder lugte sie zu Ciro hinüber, ob er ihren Tanz denn auch bemerkte. Ab und zu nickte er ihr zu oder zog anerkennend eine Augenbraue hoch, was Anja zu immer erstaunlicheren Verrenkungen antrieb.

Die Jungs lockten Irma zu sich auf die Terrassenmauer, schenkten großherzig Rotwein aus und wollten wissen, was sie hier ›so ganz allein als Frau‹ denn unternommen habe und noch vorhabe zu tun.

Die ausgelassene Stimmung wollte aber nicht wieder aufkommen, obwohl Roland auch mit Irma ein Tänzchen wagte und Christian seine Mutter zu einem Rock'n' Roll animierte, scheinbar nicht zum ersten Mal, denn es klappte ausgezeichnet. Anja wurde müde, obwohl sie es standhaft leugnete, Rolands wohlgesetzte Beiträge zur Unterhaltung verloren allmählich ihren Witz, Inge gähnte verstohlen und die Jungs auf der Mauer hatte der viele Rotwein schläfrig und still gemacht. Keiner machte sich mehr die Mühe, Ciro zuliebe französisch zu sprechen. Er hatte beide Arme auf die Rücklehne der Bank gelegt, rauchte und beobachtete verdrossen seine Umgebung.

»So, liebstes Töchterlein, die Stunde des Sandmännchens ist gekommen!«, entschied Vater Roland endlich, als sich Anja wieder einmal auf seinen Schoß setzte. »Genug des Gesanges und des Weines und des Tanzes! Marsch, ab in die Federn!«

Energisch stellte er das Mädchen auf die Füße und bedeutete auch den beiden Jungs, sich nach oben in ihr Zimmer zu begeben. Er begleitete sie, um Anja noch eine Gutenachtgeschichte zu erzählen.

Ciro schickte einen erstaunten Blick zu Irma.

»Ja, sie schlafen oben, in den Dachkammern! Etwas dagegen?«, reagierte sie spitz.

Er hob scheinbar gleichgültig eine Hand und zuckte mit der Schulter. Dann drehte er sich demonstrativ zu Inge herum.

»Schöne Kinder haben Sie, Madame. Aber ist es ein Wunder bei so einer hübschen Mutter?«

Inge kicherte. »Also auch der Vater – le père joue aussi un certain rôle!«

»Eine kleine! Eine sehr kleine!«, wehrte Ciro ab und zeigte seine weißen Zähne. Er wechselte hinüber zum Korbstuhl neben Inge und fuhr mit gesenkter, vibrierender Stimme fort: »Sprechen Sie ruhig deutsch, ich verstehe es, kann es aber nicht sprechen, leider! Und Ihre Stimme hat, wenn Sie deutsch sprechen, einen wunderbaren Klang. Wussten Sie das nicht? – Also ich denke, die Schönheit der Kinder ist Sache der Frau. Ja! Ganz gewiss! Und was ich auch sehen konnte: Sie sind der Mittelpunkt der Familie, nicht wahr?«

»Das – das bleibt nicht aus, wenn man im Gegensatz zum Vater den ganzen Tag für die Kinder da ist.« Irma registrierte, dass sich die praktische, unsentimentale Inge zwar noch schwach gegen Ciros Charme wehrte, aber doch schon in seinen Netzen zappelte.

»Zu wem gehen Ihre Kinder mit ihren Sorgen? Ich bin sicher, zu Ihnen, nicht zu – zu Roland, oder?« Er sprach jetzt so leise, fast intim, dass Irma, die auf der Terrassenmauer saß, ihn kaum verstehen konnte.

»Ja, das stimmt, nicht zu Roland. Wissen Sie, er hört ihnen zu, natürlich, aber dann – zerpflückt er alles, nimmt alles auseinander, sucht umständlich nach Erklärungen, gibt dauernd Ratschläge ...«

Verwundert hörte Irma, dass Inge ihren bis jetzt demonstrativ bewunderten Mann kritisierte, und beobachtete, wie die Frau sich langsam verwandelte. Sie schlug die Beine übereinander, lehnte sich zurück und schob den ansehnlichen Busen vor. Wiederholt zuckte ihre Zunge vor, um den Lippen feuchten Glanz zu geben. Ihre gespreizten Finger fuhren durchs verschwitzte, nach Pommes duftende Haar, um es zu lockern und den Nacken freizulegen.

»Und Sie, Madame?«

»Ich bin der Meinung, Kinder wollen gar keine Ratschläge. Sie wollen nur darüber reden. Es sich von der Seele reden. Das ist genug. Ich höre ihnen zu, mache ›hmhm‹ und ›soso‹, und dann gehen sie wieder und lösen ihre Probleme selbst!«

»Wie klug Sie sind, Madame! Klug und schön, eine seltene Paarung bei einer Frau. Und wie Sie da vorhin getanzt haben, dieses Temperament, als seien Sie nicht die Mutter, sondern die Freundin Ihres Sohnes. Doch, doch! – Aber Sie, Madame, zu wem können Sie gehen mit Ihren großen und kleinen Sorgen?«

Inge lachte geschmeichelt. Sie sah sehr hübsch aus in diesem Moment, und Ciros Augen umfingen sie warm, ließen sie nicht eine Sekunde los. Während sie nach Worten suchte, um sich Ciro gänzlich zu offenbaren, tauchte der soeben getadelte Ehemann wieder auf, vermeldete, dass die ganze Kinderschar in den Betten läge und er nun auch rechtschaffen müde sei. Inge sprang sofort auf.

Entzückt betrachtete Roland ihre geröteten, gelösten Züge, bemerkte den aufgeregten Schimmer in ihren Augen.

»Auch du, meine Liebste, freust dich wohl darauf, dich mit mir in Morpheus' Arme zu begeben. Hab ich Recht?« Er legte einen Arm um ihre Schulter. »Nun denn, allseits gute Nacht!«

»Aber erst muss ich doch noch aufräumen!«, fiel Inge plötzlich ein. »Schau dir dieses Durcheinander an, das wir angerichtet haben!«

Alle vier betrachteten einen Moment lang schweigend die Verwüstung auf der Terrasse, die Chips, Pommes- und Brotreste, leeren Coladosen und Gläser. Nur noch ein paar Kerzenstummel flackerten im Nachtwind.

»Nein«, entschied Irma kategorisch. »Heute nicht mehr! Morgen, bei Tageslicht ist es außerdem einfacher. Also geht nur, und gute Nacht!«

Das Ehepaar war nur zu gern einverstanden, bedankte sich für den schönen Abend und wanderte Arm in Arm zum Wohnwagen.

Ciro machte keine Anstalten zu gehen, im Gegenteil, er zündete sich eine Zigarette an, legte den Kopf in den Nacken und inhalierte. Irma betrachtete ihn mit gemischten Gefühlen. Die jetzt verhangenen Augen, das entspannte Gesicht verrieten weder Erregung noch Enttäuschung.

»Die hast du ja ganz schön angemacht!«, knurrte sie, als das Paar außer Hörweite war. »Du bist wirklich ein unverbesserlicher Casanova!«

Er lachte heiser. »Na und? Dieser – dieser Roland wird sich über meine Vorarbeit freuen!«

»Ciro! Ein geschmackloses Ekel bist du auch!«

Er lachte weiter zufrieden in sich hinein, hob kurz die Lider, und seine Augen funkelten in der Dunkelheit. Eine Weile blieb es still. Irma versuchte, die Länge seiner Zigarette zu erkennen. Wenn sie geraucht ist, schmeiß ich ihn raus, nahm sie sich vor.

»Wie kommst du dazu, diese Leute in das Chalet Gris einzuladen?«, wollte er auf einmal wissen. »Kennst du sie?«

»Nein, das heißt, ich habe sie heute kennen gelernt. Ich fand sie nett und hab ihnen die Zimmer angeboten. Muss ich dich deswegen um Erlaubnis fragen?«

Ciro überhörte den letzten Satz. »Nett! Nett! Lädt man jeden, den man nett findet, ein unter sein Dach? Und diese Musik! Diese Schweinerei hier auf der Terrasse! – Das ist nicht die Art, wie man im Chalet Gris ein Garten-fest feiert!«

»Oho! Habe ich hier etwa einen Tempel entweiht?!«

Mit einer wütenden Bewegung seines Handrückens fegte er eine Popcorntüte vom Tisch, und die Reste flogen wie Hagelkörner herum, sodass Irma sich erschrocken duck-te.

»Und diese beiden Burschen – sie sind scharf auf dich!«

»Also, jetzt hör aber auf!« Irma glitt von der Mauer und fing an, die Girlanden abzunehmen. »Die beiden sind ja noch halbe Kinder! Du hast eine schmutzige Phantasie! – Ja, ich fand die Familie sehr nett, so ausgeglichen und harmonisch.«

»Harmonisch!« Jetzt lachte Ciro schallend. »Alles brüchig, wie überall! Du brauchst nur ein bisschen kratzen und schnurren, schon fällt bei diesen ›netten‹ Familien das Kartenhaus zusammen! Du hast sie doch beobachtet, diese Inge, nicht wahr? Das ewige ›Mein Mann versteht mich nicht‹ lag ihr doch schon ganz vorn auf der Zunge!« Er zwirbelte an einem Ende seines Schnurbartes herum, das Licht der letzten drei Kerzen flackerte über seine verächtliche Miene. »Und in ihren Augen stand schon das ›Nimm mich!‹ geschrieben, ich hab es gelesen.«

Irma konzentrierte sich wieder sich auf das Falten der Girlande. Eigentlich hatte Ciro Recht. Diese perfekte

Familienidylle war zu schön, um wahr zu sein. Ciro war es innerhalb von Minuten gelungen, den Vorhang ein wenig zu heben und hinter die Kulissen zu spähen. Wie lässig, wie leicht er diese Frau aus der Reserve gelockt hat ... So musste er es wohl mit den Frauen in Cargèse machen, von denen Agnes gesprochen hatte.

»Du bist ein Ekel!«, wiederholte Irma, ohne rechte Überzeugung. Als sie die zusammengelegte Girlande wieder in den Karton legen wollte, entdeckte sie darin einen großen Lampion.

»Ach, schade!«, murmelte sie. Sie nahm die Drahtbögen zwischen die Finger und entfaltete den Lampion neugierig. Er war ziemlich groß, kaum gewölbt, sonnengelb, mit einem freundlichen Mondgesicht darauf in Schwarz und Orange.

Irma wandte sich zu Ciro und schwenkte den Lampion hin und her.

»Schau mal! Das haben wir ganz übersehen! Das wär schön gewesen heute Abend bei…«, und verstummte.

Ciro hatte sich gespannt, wie elektrisiert aufgerichtet, stierte auf das Mondgesicht, das Irma verwirrt immer langsamer bewegte, war mit zwei Sätzen bei ihr und riss ihr das Papiergebilde aus der Hand.

»Das nicht!«, keuchte er. »Das nicht!«

Als erwache er aus einer Trance, betrachtete er den zerstörten Lampion in seiner Faust, versuchte ungeschickt, ihn wieder zu entfalten, zu glätten. Es gelang nicht. Mit einem unverständlichen Fluch knäulte er ihn zusammen, stopfte ihn hektisch in den Karton und klappten den Deckel zu.

»Was – was soll das, Ciro!?«, empörte sich Irma, aber recht matt, verstört durch seinen Wutausbruch. »Was ist mit dem Lampion?«

Ciro sackte auf die Terrassenmauer und drückte seinen Zigarettenstummel darauf aus. »Nichts! Gar nichts!«

Irma setzte sich neben ihn. Wenn sie zur Seite blickte, konnte sie sehen, dass seine Hände, die seine Schenkel umfassten, leicht zitterten.

»Es ist Helens Lampion«, stellte sie nach längerem Schweigen so sanft wie möglich fest. »Er hat dich an sie erinnert. Stimmt's?«

Er blieb stumm, die Augen starr auf eine verbogene Bierdose am Boden gerichtet. Noch nie hatte sie ihn so kraftlos erlebt. Sie rückte ein Stück näher und berührte seine Schulter.

»Und es ist auch nicht bei der platonischen Verehrung des korsischen Jungen für die Schöne im Chalet Gris geblieben. So ist es doch, nicht wahr?«

Seine Hände strichen unruhig an seinen Schenkeln auf und ab. Sein Blick blieb stur geradeaus gerichtet. Endlich nickte er, seufzte tief.

»Ja, so war es, Irma. – Fünf Jahre hat es gedauert, bis sie ihre Gefühle zuließ. Fünf Jahre, bis auch ich den Mut hatte, die Hand auszustrecken. Fünf lange Jahre! Dann war sie mein. Von da an habe ich nur von einem Sommer zum nächsten gelebt, bis sie wieder in meinen Armen lag.«

Also war auch Helen diesem Schürzenjäger verfallen. Irma versuchte, sich Ciro in jungen Jahren vorzustellen, mit schwarzen Locken und samtener junger Haut, die Augen ebenso feucht und verführerisch wie heute, das selbstbewusste Lachen ... ein bisschen heller vielleicht, nicht ganz so aufgeraut wie jetzt, als kenne er alle Bars zwischen Calvi und Bonifacio.

»Irmaa? Iiirmaa?«, klang es weinerlich aus der Halle, aus der Küche. Dann stand Anja im blümchenbedruckten Schlafanzug und betrübter Miene vor ihnen, einen Stoffhasen unterm Arm. »Ich kann nicht schlafen, Irma. Ich hab Angst so allein! Es knackt dauernd so ... dein Haus ist ganz doof! Ich will zu Mamma und Papa! Bitte!«

Um Geduld bemüht, versuchte Irma, Anja zu beruhigen, ihr die Dachkammer erneut schmackhaft zu machen – vergebens. Der Wunsch, wieder in dem vertrauten Wohnwagen zu schlafen, war zu groß. Also musste sie wohl oder übel das Mädchen dort abliefern und wahrscheinlich die Eltern um die ungestörte Liebesnacht bringen. Auch Ciro stieß sich von der Mauer ab, blies die letzten Kerzen aus, ergriff seinen Bohrer und folgte ihnen. Bei der Kapelle blieb er am Straßenrand abwartend stehen und sah zu, wie Irma, übertrieben laut redend, mit dem Kind zum Wohnwagen ging und an die Tür klopfte. Aber Inge und Roland schienen ihre Tochter schon erwartet zu haben, waren weder verlegen noch überrascht noch verärgert. Flink wie ein Wiesel schlüpfte das Kind hinein, und vor Erleichterung vergaß es ganz, sich zu verabschieden.

Ciro begleitete Irma schweigend zurück bis zum offenstehenden Gartentor. Nachdem sie den Pfad betreten hatte, hob er das Tor an und klinkte es von außen ein. Durch die Gitterstäbe getrennt schauten sie sich nachdenklich an.

»Und warum hast du dich wegen des Mondgesichts, dieses Lampions, so furchtbar aufgeregt?«, flüsterte sie.

Ciro hob den Blick zur Terrassenmauer, ließ ihn über die Front des Chalet Gris wandern, kehrte zu Irma zurück.

»Dieser Lampion – er war unser Signal. Unser Signal, dass Hélène allein war im Haus. Dass ich willkommen war.« Er machte einen Schritt näher an das Gitter. Irma spürte seine Nähe, roch seinen besonderen Duft und erschauerte unter seinem zornigen Blick.

»Manchen Sommer hing er jeden Abend dort an der Leine! Oh ja! Jeden Abend!«

Irma wich, erschrocken über den wilden, triumphierenden Klang seiner Worte, zurück. Vielleicht stieß sie auch das plötzlich nackte Bild dieser leidenschaftlichen Beziehung ab. Warum nur ist er so wütend, so aggressiv?, fragte sie sich. Kann ich etwas dafür, dass der Lampion dort nicht mehr baumelt und ihn zu einem Stelldichein lockt?! Dass er alt ist und die schönen Zeiten vorbei sind?

Während sie ihn anstarrte, entdeckte sie in seinen verschatteten Zügen wieder Trauer und Pein, und eine neue Welle von Zuneigung überschwemmte sie.

»Ciro, warum sprichst du so mit mir?! Ich bin nicht dein Feind! Ich beneide dich um diese Liebe.«

Er schob eine Hand durch die Gitterstäbe und ergriff die ihre und versuchte, sie so dicht wie möglich an die Stäbe zu ziehen.

»Sie ist vorbei, diese Liebe. Aus und vorbei! Jetzt bist du da, chérie.«

Mit halb gesenkten Lidern über den eben noch feindseligen Augen, das Kinn angehoben und die blitzenden Zähne zwischen den feuchten, zu einem Lächeln geöffneten Lippen, so schaute er sie an, genau so, wie er vor einer Stunde noch Inges Blut zum Pochen gebracht hatte.

Irma befreite ganz ruhig ihre Hand, trat einen Schritt zurück. »Ach, Ciro! Jetzt holst du auch für mich den Casanova aus der Mottenkiste? Diese Show zieht nicht bei mir. Non, merci!«

Sie hörte, wie Ciro Luft zwischen den Zähnen einsog, erwartete eine seiner herabsetzenden Bemerkungen, aber sie blieb aus. Fast lautlos entfernte er sich aus ihrem Blickfeld.

Enttäuscht, etwas traurig tastete sie sich zur Haustür hinauf, durchquerte die Halle und sank in der Küche auf einen Stuhl. Ihre Augen trafen Helens Bild. So war das also mit dir und Ciro, stellte sie beklommen fest. Ein jahrelanges, lebenslanges Verhältnis. Eine große Liebe. War das die Lösung ihres eigenen Dilemmas mit Timo? Ein entsagungsvolles Verhältnis mit einem verheirateten Mann, der seine Frau, seine Kinder und sein Ungeborenes liebt, aber auch seine Geliebte nicht loslassen kann?

Sie trank noch ein Glas Mineralwasser, verschloss die Terrassentür und stieg müde in den ersten Stock hinauf. Gerade wollte sie ihr Schlafzimmer betreten, als vom Ende des Ganges jemand langsam auf sie zukam.

»Hi! Krieg keinen Schreck, ich bin's!«

Sie erkannte Boris, nur mit einer Boxershorts bekleidet.

»Was ist los?«

»Schläfst du mit mir?« Er legte wie ein Torwart beim Elfmeter beide Hände zwischen die Beine und lachte leise.

»Was? Was willst du? Nein, Boris, bitte, geh hinauf in dein Bett. Ich werde nicht mit dir schlafen.«

Verdammt, soll ich nach Ciro rufen? Er lungert bestimmt noch da draußen herum!, überlegte sie hektisch. Er hat gleich erkannt, dass der Jüngling was von mir will.

»Ach, bitte, Irma! Weißt du, ich hab noch nie – also, ich bin nämlich noch Jungfrau! Reizt dich das nicht? Ich finde, es wäre für mich ein tolle Sache. Dieses Haus, eine erfahrene Frau, Korsika!«

Irma starrte den Jungen für einen Moment sprachlos an. Was hatte dieses verdammte graue Haus bloß für eine Ausstrahlung! Es schien alle zu erotisieren, die es betraten. Die Augen in dem weichen, unfertigen Gesicht hingen an ihr in aufgeregter Erwartung. Aber die Entjungferung dieses Jünglings war das Letzte, was ihr bei all ihren Problemen noch fehlte.

»Nein, Boris, nein. Ich finde es – hm, süß, dass du mich für – dafür ausgesucht hast, aber es geht nicht!« Jetzt nur nichts Falsches sagen, damit er nicht zu einer unbedachten Aktion gereizt wird, betete sie insgeheim. »Ich kann so was nicht, wenn ich nicht verliebt bin.«

»Na ja, okay, ich verstehe, du bist 'ne andere Altersklasse, du brauchst die Liebe und den Schmus! Aber das muss doch nicht sein. Sex macht Spaß!«

»Bist du wirklich noch Jungfrau?« Irma musterte ihn skeptisch.

»Ja, wenn ich's doch sage! Aber ich hab natürlich meine Erfahrungen, mit Petting und so. Aber einmal muss es ja auch richtig passieren, finde ich. Und jetzt du, das ganze Drumherum, das wär's doch! Heute ist der Tag! Äh, die Nacht, besser gesagt.«

Wieder betrachtete Irma fasziniert dieses scheinbar naive und doch so abgebrühte Gesicht. So also kann man auch an die Beziehung zwischen Mann und Frau herangehen. So locker, so unkompliziert. Ohne Hemmungen. Und so cool, wie der Junge die Sache anging – da war wohl auch keine Gewalt zu befürchten.

»Nein, heute ist weder der Tag noch die Nacht, Boris. Lass dir gesagt sein: Ich bin dafür nicht die Richtige. Ich hab's tatsächlich mit den Gefühlen. Sex mit dir, das wäre wahrscheinlich nicht schlecht. Aber ich hätte morgen einen fürchterlichen Katzenjammer, glaub mir.« Irma fasst Boris an der Schulter und schob ihn sanft in Richtung Treppe. »Wie auch immer – gerade für das ›erste Mal‹ musst du dir die Partnerin doch sorgfältiger aussuchen. Mein Rat: entweder eine, die total verliebt in dich ist, oder eine, der Sex allein genügt. Bei mir trifft beides nicht zu.«

»Ein bisschen spießig bist du schon, stimmt's?«, stichelte Boris enttäuscht, aber einsichtig. Erleichtert sah sie ihn breitbeinig den Treppenturm hinaufsteigen und verschwinden.

Wie der Blitz huschte Irma in ihr Schlafzimmer, drehte den Schlüssel zweimal herum und auch den vom angrenzenden Bad. Mein Gott, hätte ich nur ein bisschen was von dieser Unverfrorenheit!, ging ihr noch durch den Kopf, ehe der Schlaf sie wie ein Mahlstrom unter sich begrub.

Ganz früh am Morgen schon weckte sie das Kreischen des Gartentores. Sie reagierte nicht gleich, drehte sich noch mal auf die andere Seite. Der Kopf brummte. Aber die ungewohnten Geräusche um das sonst totenstille

Haus trieben sie doch aus den Federn. Sie schlüpfte in ihren Jogginganzug und stieg hinunter. Inge und Roland waren fast fertig mit dem Aufräumen der Terrasse. Wegen der verschlossenen Haustür waren sie durch den Garten und über die Mauer auf die Terrasse geklettert. Anja, erzählten sie, schliefe noch tief und fest. Es sei wohl doch ein bisschen viel gewesen, gestern Abend ... Nun, da Irma die Küchentür zur Terrasse geöffnet hatte, stürzte sich Inge auf die Küche, schrubbte die Backbleche und spülte die Gläser. Roland ging hinauf ins Dachgeschoss und trieb die Jungen aus den Betten. Die Toilettenspülung gurgelte, der Wasserhahn rauschte, als habe eine Armee übernachtet, Gelächter und Gerumpel erfüllten das Haus.

Irma hockte auf einem Stuhl, unfähig einzugreifen und dem Ehepaar, das sich auch beim Aufräumen als eingespieltes Team erwies, irgendwie behilflich zu sein. Um halb sieben Uhr morgens, nach einer Geisterparty, die eine Piratenparty wurde, war sie einfach überfordert.

»Frühstück?«, warf sie mal der Form halber ein, aber beide winkten zu ihrer Erleichterung ab. Nein, drüben am Brunnen stand schon alles bereit, Müsli, Milch und Obst, wie immer. Man war in Eile, denn man wollte für die Weiterfahrt die Morgenkühle nutzen. Die Jungs schlenderten grinsend herein. Boris war völlig unbefangen, das nasse Haar klebte fest am Kopf und ließ ihn noch jünger erscheinen, als er war. Sein Antrag von heute Nacht erschien Irma jetzt im Morgenlicht und angesichts seiner Unreife besonders absurd.

Ruckzuck war alles sauber, an seinem Platz, Roland und Inge überreichten ihr ein großes Glas saure Gurken als Dank, schüttelten ihr überschwänglich die Hand, die beiden Jünglinge verabschiedeten sich weltmännisch mit Wangenküssen à la Française, wobei es Boris schaffte, ihr dabei ganz kurz am Ohr zu lecken. Es zuckte in ihrer Rechten, um ihm eine saftige Ohrfeige zu verpassen, sie unterließ es dann aber. Vielleicht brauchte sein Selbstbewusstsein die kleine erotische Aktion, dieser jungfräuliche Lümmel.

Schon eine Viertelstunde später hörte sie den Motor des Mercedes anspringen, der Wohnwagen wurde auf die Straße dirigiert und rangiert, und sie trat an den Rand der Terrasse, um der Familie zum Abschied nachzuwinken. Auch Ciro war zu sehen mit seinem Fahrrad, gerade im Begriff, zum Rathaus zu strampeln. Er hob den Arm zu einem Gruß, und als das Gefährt hinter den Kastanien verschwunden war, ließ er ihn mit einer erleichterten, abwinkenden Geste schnell fallen.

»Dieu merci! Jetzt kehrt hier wieder Ruhe ein.«

Irma nickte nur und horchte auf das verklingende Motorgeräusch. Ja, diese Stille war himmlisch.

»Ich habe morgen frei, Irma. Machen wir die Wanderung? Die Spelunca, du weißt schon!«

Sie stützte sich auf die Mauer und starrte den Mann da unten an, in sein braunes Piratengesicht. Es war nicht zu erkennen, ob er unter dem Schnurrbart grinste. Du kannst nicht immer ›Nein‹ oder ›Vielleicht‹ sagen, irgendwann musst du mal was riskieren, sagte sie sich.

»Einverstanden, Ciro. Steigen wir endlich in diese verdammte Spelunca!«

»Ja? – Also morgen. Morgen um sechs.«

»Um Himmels willen, nein! Sechs Uhr? Ist es da schon hell?«

Ciro bestieg sein Fahrrad und lachte sein heiseres Lachen.

»Keine Angst, ich werde dich führen. Ciao, Bella, à demain!«

Irma beobachtete, wie seine kurzen, muskulösen Beine mit schnellen, kräftigen Stößen die Pedale bewegten und er langsam, aber gleichmäßig die ansteigende Straße erklomm. Unter dem weißen Hemd zeichneten sich seine Schulterblätter und die tiefe Kerbe seiner Wirbelsäule ab.

*A*m nächsten Morgen fuhr Irma aus einem bedrückenden Traum auf: Helen stand am Rande des Felsens auf der Klostermauer, schwankend wie ein Schilfrohr in einem langen, sich nach hinten bauschenden Gewand, und Ciro wartete auf sie mit ausgebreiteten Armen tief unten in einem Bach und rief ihr immer wieder zu, sie möge doch springen. Aber als sie es tat, wandte Ciro sich ab, als suche er etwas im Bachbett. Aber es war sie, Irma, die den Felsen hinuntersprang, stürzte und stürzte und doch wieder segelte wie ein Bussard. Ihr Körper schlug auf, trieb im Meer, und Boris stand neben ihr auf einem Surfbrett, nackt, seltsam aufgedunsen und von Weinlaub bekränzt wie Bacchus, und zwischen seinen Knien baumelte ein dünner Penis wie ein Schlauch. Er schwamm davon, ein Motorboot jagte auf ihn zu, an dessen Steuer Werner stand mit wehendem Haar und finsterem Blick, und kurz vor dem Zusammenprall mit dem geilen Weingott – oder mit ihr, die sie immer noch hilflos auf den Wellen trieb? – gellte eine durchdringende Alarmglocke. Der Wecker.

Wo war Timo in diesem Traum?, überlegte sie benommen und richtete sich auf. Ohne besondere Freude auf die Wanderung duschte Irma kalt und schlüpfte in die am Abend bereitgelegten Kleider. Ein kleiner Rucksack nahm ihre Verpflegung und eine dünne Nylon-Windjacke auf. Sie würgte eine Schüssel Cornflakes hinunter, dann überquerte sie die Straße und rief am Gartentor halblaut Ciros Namen. Weiter wagte sie sich nicht vor.

Als Ciro, ebenfalls mit einem Rucksack in der Hand, aus der Tür trat, blieb er bei ihrem Anblick wie angewurzelt stehen. Dann begann er herzhaft zu lachen.

»Nein, ihr Deutschen! Was seid Ihr doch für Perfektionisten!«

Hinter Ciros Rücken, wohl vom Gelächter angelockt, tauchte Vanna auf, und ihre zusammengekniffenen Lippen kräuselten sich, sodass Irma vor Verlegenheit fast umkam. Ihre Aufmachung – eine schwarze Kniebundhose aus feinstem Nappaleder, ein blau kariertes Hemd, blaue Socken zu knöchelhohen Wanderschuhen – musste urkomisch wirken, obwohl sie damit im Allgäu oder in Südtirol, wo sie manchmal mit Werner im Herbst wanderte, noch nie Aufsehen erregt hatte. Sie atmete auf, als sie endlich neben Ciro in dessen Renault saß und niemandes Blick mehr ausgesetzt war. Aber es war ihr nicht entgangen, dass Vanna sich ohne Gruß zurückgezogen hatte.

»Mal ehrlich, Ciro: Mit wie vielen Frauen hast du diese Tour schon gemacht?«

Ciro startete in aller Ruhe den Wagen, richtete den Rückspiegel aus. »Ich habe diese Tour schon oft gemacht. Frauen waren nur einmal dabei: Hélène, ihr Schwager und ihre Schwägerin und noch irgendein vierter Verwandter haben mich als Führer durch die Spelunca engagiert. Ich war siebzehn oder achtzehn Jahre alt.«

Irma biss sich auf die Unterlippe. Helen. Das hätte sie sich eigentlich denken können.

Eine lange Strecke legten sie schweigend zurück. Dann begann Ciro zu erzählen, wie er als junger Mann zu den ›Rangern‹ des Nationalen Naturparks gehört und dazu beigetragen hatte, dass Korsika heute von einem weit verzweigten Netz von Wanderwegen überzogen ist. Die Ranger spürten die alten Saum- und Maultierpfade auf, die die Täler der Gebirgszüge einmal miteinander verbunden hatten, Schäfer- und Holzfällerhütten wurden urige Unterkünfte für die Wanderer, die plötzlich die Insel durchzogen, ›tra mare e monti‹ und ›da paese a paese‹. Verfallene, von Gestrüpp überwucherte Kapellen, die kein Korse seit Jahren mehr beachtet hatte, wurden, nicht selten durch die Fremden, etwa als romanische Sehenswürdigkeiten erkannt, Legenden um einen geborstenen Turm oder ein unheimliches Gemäuer wurden neu belebt, aufgeschrieben und verbreitet.

»Als Junge half ich meinem Großvater oft beim Schafhüten. Für schlechtes Wetter hatte ich eine wunderbare Unterstellmöglichkeit unter großen Felsblöcken, die mit viel Geschick aufeinandergeschichtet waren, alles von Myrte überwuchert und auf einer Seite fast ganz im Boden versunken.« Ciro lachte bei der Erinnerung in sich hinein. »Ich war sehr stolz auf meine ›Hütte‹. Als ich sie später einmal…«, er zögerte kurz, und fuhr dann doch fort: »Als ich sie Hélène und ihren Söhnen zeigte, bezeichnete Hélène es als Steinzeitgrab. Ja! Sie war außer sich vor Begeisterung! Ich musste es beim Bürgermeister melden. Das habe ich ihr damals sehr übel genommen. Heute ist der Platz, wo ich geschlafen, ein Feuerchen gemacht habe und – entschuldige – hingepisst habe, ein heiliger Ort, eine Sehenswürdigkeit!«

Ciro hielt an, um die Straße einer Ziegenherde zu überlassen, die ohne Hast und mit halblautem Gemecker von der einen zur anderen Weide wechselte. Schließlich ging die Hochmacchia über in Kastanien- und Pinienwälder. Hier und da tauchten auch Laricio-Kiefern auf, die, wie Ciro erklärte, fast den ganzen Forêt d'Aitone ausmachten, der sich im Norden ihres Zieles ausbreitete, und die zum Teil bis zu zweihundert Jahre alt seien. Als sie Evisa erreichten, herrschte immer noch eine kühle Morgenbrise. Anders als in ›ihren‹ Dörfern war hier nicht zu übersehen, dass der Tourismus tonangebend war. Die Bewohner bemühten sich, durch Blumenschmuck vor den Türen und in den Gärten, durch Reklameschilder und frischen Putz Gäste anzulocken und willkommen zu heißen.

»Alors, es geht los!«

Ciro schien sich auf den Ausflug richtig zu freuen. Hinter Evisa steuerte er einen Parkplatz neben einer kleinen Kapelle an. Sie schulterten ihre Rucksäcke, und Irma folgte Ciro an der Friedhofsmauer entlang zu einem engen Pfad, der in scharfen Kehren durch eine Felsenlandschaft in die Tiefe hinabführte. Anfänglich drehte er sich immer wieder um, bot seine Hand an bei schwierigen Stellen, auf Geröll oder bei umgestürzten Bäumen, aber da er schmunzelnd beobachtete, dass sie geschickt wie ein Eichhörnchen war, unterließ er es bald. Nur wenn Irma anhielt, staunend in der sich verengenden Schlucht umher- oder hinunterblickte zu dem blinkenden, an den Felsnasen schäumenden Aitone, hielt Ciro geduldig an und wartete.

In der Tiefe angelangt, lehnten sie sich an einen der großen in Jahrtausenden vom Wasser glattgeschliffenen Felsen und verschnauften. Ciro kramte eine Feldflasche heraus, und sie tranken beide einen Becher Mineralwasser. Allmählich wurde es heiß, obwohl die Sonne noch nicht im Zenit über der Gorge stand. Neidisch lugte Irma auf Ciros Jeans, ihre Lederhose entwickelte sich im Verlauf des Ausflugs zu einem kleinen Backofen.

Ciro lehnte sich über einen Fels und besprengte sein Gesicht und die Arme mit dem eisigen Bachwasser. »Ah! Früher, als Junge, konnte ich Forellen mit der Hand fangen! Oder Aale!« Er betrachtete sein zitterndes Spiegelbild in den quirligen Wellen. »Aber jetzt? Ich bin alt und zu langsam.«

Er verstummte, wartete auf ihren Einspruch, aber Irma lächelte nur sphinxhaft. Sie war so froh, dass ihr Ausflug bisher ohne seine Anmache verlief. Auf keinen Fall wollte sie ihn mit halbherzigen Komplimenten dazu ermuntern.

»Magst du Forellen, Irma? Oder Aal?« Und als Irma bejahte, beschloss er: »Gut, heute Abend essen wir Fisch.«

Bald weitete sich die Schlucht, und die ganze Wucht der Vormittagshitze traf sie. Irma trabte tapfer hinter Ciro her, der möglichst jeden Schatten spendenden Busch oder Baum auf dem nun breiteren Weg ausnutzte, aber trotzdem klebte Irma das Hemd unter dem Rucksack auf der Haut, und unter der Hose spürte sie kleine Rinnsale in die Kniekehle laufen. Ciro dagegen wirkte frisch. Irmas Augen glitten immer wieder von seinem kräftigen Nacken zu seiner Taille und dem festen Hinterteil unter der verschossenen Jeans. Seine Füße in den alten ausgefransten Turnschuhen fanden mit katzenhafter Sicherheit die richtigen Stellen auf Fels, Geröll oder Wurzeln, nur hier und da streckte er einen Arm aus, um an der steilen Klamm Halt zu suchen. Ich hätte ihm doch ein Kompliment machen sollen, ein kleines wenigstens, dachte Irma.

Am Ende des Tales führte eine Brücke zum anderen Ufer des Aitone Die Felswände wurden wieder steiler und schroffer, der Weg wieder der holprige Maultierpfad, der in unterschiedlicher Höhe oberhalb des Baches an der Felswand entlangführte. Drei junge Leute, beladen mit riesigen Rucksäcken, begegneten ihnen, grüßten freundlich. Später tauchte ein Hund auf, der Ciro und Irma schwanzwedelnd folgte. Aber nach einem Weilchen überlegte er es sich anders, blieb sitzen, jaulte herzerweichend und kehrte um. Außer dem Brausen des Baches in der Tiefe und klagenden Bussardrufen in den Lüften war es still um sie. Wenn Irma den Blick hob und vor sich in der Felswand die schmale Kante ihres Pfades ausmachte, wurde ihr flau im Magen, aber dort angekommen, war die Angst wieder vergessen. Sie sprachen, konzentriert auf den Weg, nur das Nötigste miteinander. Irgendwann schwenkte der Weg in einen Buschwald hinein, und sie standen vor dem schwungvollen Bogen einer alten genuesischen Brücke, die sich über den hier in den Aitone mündenden Tavulello spannte. Was für ein Aufwand in dieser Einsamkeit für einen simplen Maultierpfad!, dachte Irma bewundernd, als sie sie betraten.

»Irma, jetzt schließ die Augen und lass dich führen.«

Sie gehorchte. Ciros fester Griff leitete sie weiter, das Rauschen des Baches wurde intensiver, sie spürte die Sonne und durfte die Augen öffnen.

Eine märchenhafte Kulisse lag vor ihr. Der Bach, der ab hier Porto hieß, hatte sich verbreitert, wand sich zwischen immensen grauen, glattgeschliffenen Felsbrocken, stürzte hier und da in schäumenden Kaskaden über andere hinweg und weitete sich an mehreren Stellen zu grünblauen Bassins. Links und rechts stiegen die braunen Wände der Schlucht empor, bedrohlich und doch gleichzeitig diese Idylle schützend.

Mit Genugtuung registrierte Ciro Irmas Begeisterung. »Komm, hier machen wir Rast.« Zielbewusst kletterte er vor ihr her am Ufer entlang, über große und kleine steinige Hindernisse zu einem dreieckigen Plateau direkt am Wasser, zu beiden Seiten von mächtigen eiförmigen Felsen umrahmt, schattig und doch warm wie in einem Strandkorb. Sie zogen Schuhe und Strümpfe aus und tauchten mit einem genüsslichen »Aaah!« die Füße in den Bach, ließen sich nach hinten sinken und betrachteten den silberblauen Streifen des Himmels über der Gorge.

Nach dieser stummen Erholungspause kramte Ciro seine Vorräte aus dem Rucksack, und Irma folgte seinem Beispiel. Er legte zwei Bierdosen, die halbe Melone und seine Flasche Mineralwasser in eine Plastiktüte und versenkte sie in den Fluten. Das Ende des Bindfadens, mit dem er sie verschlossen hatte, knüpfte er an einem Ast fest. Mit wachsendem Appetit schaute Irma ihm zu, wie er ein Geschirrtuch und darauf ihr Mittagsmahl ausbreitete: kleine Fladenbrote, ein Stück frischer, selbstgemachter Ziegenkäse, ein Bündel Schalotten, eine Fleischpastete und etwas Salami, zwei Pfirsiche aus seinem Garten, schwarze Oliven. Für Irma hatte er sogar einen wie ein Weinglas geformten Plastikbecher mitgeschleppt, er begnügte sich mit dem Deckel der Thermosflasche. Irmas Prosciutto wurde für später, wenn die Melone abgekühlt sei, reserviert, ihren Joghurt schob er verächtlich beiseite. Sie lagerten zu beiden Seiten ihres Picknicks wie alte Römer und fühlten sich auch so. Ciro schnitt mit seinem Taschenmesser kleine Happen zurecht, und Irma fraß ihm im wahrsten Sinne des Wortes aus der Hand. Satt und zufrieden zerrte sie zum Schluss das Hemd, das um die Taille einen dunklen Schweißrand zeigte, aus der Kniebundhose, streckte sich aus und schlief auf der Stelle ein.

Als Irma erwachte, es konnte eine Stunde oder Minuten später gewesen sein, war Ciro verschwunden. Sie setzte sich auf, beugte sich vor und sah sich um. Ciro watete mit hochgekrempelter Jeans und nacktem Oberkörper ein paar Meter entfernt durch flachere Stellen des Baches, den Blick auf die tanzende Oberfläche gerichtet. Ob er damals Helen und die Wandergruppe auch zu dieser lauschigen Höhle geführt hatte, in der sie jetzt saß? Hatte er mit ihnen das Picknick eingenommen, oder musste er als bezahlter Bergführer abseits sitzen? Vielleicht war Helen ins Wasser gestiegen damals, den Rock züchtig um die Hüften geschlungen und festgesteckt, das eisige Wasser hatte sie vielleicht spitz aufschreien lassen. Womöglich war Ciro zufällig neben ihr, wenn ihre weißen Füße auf einem glitschigen Stein ausrutschten, hielt sie im Arm für ein paar selige Sekunden...

Irma schob sich nach vorn an die Kante ihres Plateaus, um das Bachbett ganz überblicken zu können. Ciro hatte sich noch mehr entfernt, stand breitbeinig, vornübergebeugt, die gespreizten Finger vor sich leicht ins Wasser getaucht, zum Sprung bereit wie ein Panther, bewegungslos wie eine Statue, und starrte in das seichte Nass. Gerade wollte sie ihm zurufen, was er da treibe, da zuckten seine Arme nach vorn in das Wasser hinein, es spritzte kaum, und als er sich mit einem heiseren Schrei aufrichtete, zappelte etwas Silbriges zwischen seinen emporgereckten Händen. Doch da verlor er das Gleichgewicht, machte ein paar Schritte rückwärts, fiel, tauchte unter, und als er wieder stand, waren seine Hände leer.

Spontan wich Irma in die Nische zurück. Nach einer Weile hörte sie ihn durch das Wasser heranplatschen, und als er in ihrem Blickfeld auftauchte, tat sie, als erwache sie gerade.

171

»Gut geschlafen?«, fragte er.

»Hmhm. Und du hast gebadet? Ist es nicht zu kalt?«

Sie vermied es, ihm ins Gesicht zu sehen. Er strich mit den Händen die Wassertropfen von den Armen und der Brust und schüttelte das Haar wie ein Hund sein Fell.

»Mir nicht. Es gibt hier Stellen, wo man schwimmen kann.«

Und er zeigte auf eine teichähnliche Verbreiterung, in die das Wasser über eine kleine Felsenkante hineinstürzte. Irma rutschte wieder nach vorn und tauchte einen Fuß ein – eiskalt, aber sehr verlockend.

»Deinen Keuschheitspanzer wirst du aber ablegen müssen!«, spöttelte Ciro mit einem Blick auf die Lederhose.

Irma fuhr mit der Hand über das glatte Leder. Ja, wenn ich den Panzer ablege, ist alles möglich.

»Dreh dich um, Ciro.«

Ciro warf gelangweilt den Kopf in den Nacken, stapfte aber gehorsam in die Richtung zurück, aus der er gekommen war. Irma sah ihm nach und entdeckte dabei am unteren Ende dieses romantischen Naturgartens ein weiteres Paar am Wasser auf einem Stein sitzen. Sie schlüpfte eilig aus ihren Kleidern, schließlich auch aus ihrem Slip, und ließ sich in das Wasser gleiten. Es nahm ihr fast den Atem. Gebückt oder im seichten Wasser kriechend, erreichte sie endlich ein Stück weiter oben das Bassin, und tatsächlich reichte ihr hier das Wasser bis an die Schultern. Sie paddelte und planschte herum, näherte sich den kleinen Wasserfällen, um sich den Strahl auf den Rücken oder ins Gesicht trommeln zu lassen, bis die Haut brannte, und glitt wieder zurück in die ruhigere Mitte.

Ciro war wieder herangewatet. Am Rande des Beckens ließ er sich auf einem Stein nieder und schaute ihr zu. Irma bewegte sich zu ihm hin, immer sorgsam darauf achtend, dass nicht mehr als ihre Schultern aus dem hier nur noch hüfthohen Wasser ragten.

»Es ist schön!«, lockte sie. Aber er schüttelte nur stumm den Kopf und sah sie an.

»Komm, zeig dich mir«, bat er heiser.

Irmas rudernde Bewegungen unter Wasser wurden langsamer. In diesen Sekunden, sie wusste es, fiel eine Entscheidung. Das quirlige Wasser stand ihr bis zum straff gereckten Hals, sie war gut versteckt, und alles konnte eigentlich so bleiben, wie es war. Sie könnte laut und deutlich ›nein‹ sagen. Sie könnte aber auch untertauchen, wegtauchen, sein Verlangen einfach ignorieren. Wenn sie ihm ihren nackten Körper darbot, war alles entschieden.

Ihre Füße ertasteten den Grund. Sie hob die Augen zu den seinen und richtete sich auf. Still wie eine Statue ließ sie seinen Blick fortwandern, hinunter zu ihren Brüsten mit den harten braunen Brustwarzen, über ihren sich hebenden und senkenden Bauch, die weiche Rundung ihrer Hüfte zu dem rotbraunen Dreieck zwischen den Schenkeln, das in der schaukelnden Flut nur zu erahnen war.

»Du hast ja schon Gänsehaut«, murmelte er nach einer Ewigkeit.

Irma merkte, dass sie zitterte.

Ciro erhob sich gelassen wie nach einer Filmverführung, zog die Hosenbeine seiner ohnehin durchgeweichten Jeans etwas hoch und stakste zu ihrem Lagerplatz zurück. Obwohl sie fror, ließ sich Irma seltsam losgelöst und heiter wieder in das tiefere Wasser sinken und tauchte unter, bis ihr fast die Lungen platzten. Vorsichtig auf dem glatten Untergrund balancierend, trat auch sie schließlich den Rückweg an.

Ciro saß mit baumelnden Beinen in ihrem steinernen Strandkorb, beidseitig auf die Hände gestützt, und betrachtete ihren rosigen Körper, das Spiel des Lichts in ihrem tropfenden Haar, bis sie ruhig vor ihm stehen blieb und seinen Blick suchte.

»Es wird nichts geschehen, was du nicht willst, Irma.«

»Ja«, flüsterte sie und hob die Hand. »Aber ich muss noch lernen, was ich will.«

Mit den Fingerspitzen folgte sie den Konturen seiner Lippen unter dem Schnurrbart, seiner Wangenknochen, Brauen. Entschlossen drängte sie sich zwischen seine Knie, glitt mit den Lippen über jene Kuhle zwischen Schulterknochen und Brustmuskel, die sie bei einem Mann so liebte und die sie erregte, streichelte seine Haut, die nicht mehr straff war, ihr Mund suchte den seinen. Ciro genoss ihre Liebkosungen einige Augenblicke mit geschlossenen Lidern, dann umfasste er ungestüm ihre Taille und zog sie zu sich auf den Felsen.

Der Abend war rasch gekommen, und so erreichten sie Ota erst in der Dämmerung. Ciro klopfte bei einem Freund, mit dem er ihren Rücktransport nach Evisa verabredet hatte. »Ich habe der jungen Dame noch eine Forelle versprochen. Du wirst uns also erst in zwei Stunden hinauffahren.«

Begeistert war der Freund von dieser Verschiebung nicht, das sah man ihm an, aber Ciros diktatorischem Stil schienen auch andere nicht gewachsen zu sein. Die gegrillte Forelle mit Macchienkräutern und Gewürzen, die ihnen in dem kleinen Berggasthof serviert wurde, war tatsächlich köstlich. Beide aßen mit dem Appetit von ausgehungerten Wandergesellen, und Irma konnte außerdem noch einen herben Weißwein und ein Gläschen Muscat genießen, die sich Ciro im Hinblick auf die Rückfahrt konsequent versagte. Und während sie in Anwesenheit des Wirtes und dreier Gäste nicht umhinkonnten, verbale Banalitäten auszutauschen, wanderten ihre Augen immer wieder zu seinem Mund, der jetzt so harmlos sprach, und den Händen, die Messer und Gabel führten, und konnten kaum glauben, dass dieselben vor kurzem noch dem anderen unsägliche Lust bereitet hatten.

174

»Das war gut«, lobte Ciro, als die Teller abgeräumt wurden, zufrieden. »Aber schade, früher – früher wäre es eine Forelle gewesen, die ich selbst gefangen hätte.«

Seine Augen wurden melancholisch.

»Für mich ist es, als hättest du sie gefangen, Ciro.«

Und vor ihrem inneren Auge zuckte das Bild auf, wie er im Bach stand und das silberne zappelnde Etwas seinen Händen entschlüpfte.

Die Rückfahrt mit dem brummigen Freund zu ihrem Renault an der Friedhofsmauer schien nicht enden zu wollen, die Fahrt nach Hause in ihr Tal verging wie im Flug. Als Ciro am Straßenrand unter den Kastanien anhielt, blieben sie beide bewegungslos sitzen. Mit der kleinen Häuserzeile und dem Chalet Gris, das mit blitzenden schwarzen Fenstern auf sie herabsah, und dem verfallenen Haus daneben mit seinem Geheimnis war alles wieder da.

»Dann – gute Nacht, Ciro.«

»Weißt du jetzt, was du willst?«, wollte er wissen, und seine Linke fuhr grob zwischen ihre Beine. Für den Bruchteil einer Sekunde glaubte sie, wieder jenes Lauern in seinen Augen zu sehen, aber schon zog er sie an sich, um sie zärtlich zu küssen, seine Hand wurde weich und streichelte sanft ihre Hüfte, glitt unter das Hemd zu ihren Brüsten hinauf. Benommen taumelte Irma schließlich aus dem Wagen. Ciro langte nach hinten und reichte ihr den Rucksack und die Lederhose.

»Sie hat dir nichts genützt«, lachte er leise, und seine Stimme vibrierte. »Ciao, bella.«

Der Wagen rollte die Straße hinab zu seinem Stellplatz bei der Kapelle.

»Ciao, Ciro ...«

*B*enommen schlurfte Irma durch die Eingangshalle der Villa. Für Stunden war sie ein Teil dieses heißblütigen Mannes gewesen, das plötzliche Alleinsein traf sie wie eine Druckwelle. Sie ließ ihren Rucksack in der Küche auf den Boden fallen, und als sie den Kopf hob, sah sie einen geisterhaften Schatten von der Terrasse zu ihr hereinstarren.

»Helen!«, entfuhr es ihr, überwältigt von unklaren Schuldgefühlen. Aber als die Gestalt dichter an die Glastür trat, atmete sie auf. Es war Agnes.

Irma entriegelte die Terrassentür. »Mein Gott, Agnes, hast du mich erschreckt! Und wie siehst du denn bloß aus?!«

Da ihr kalt geworden war, hatte Agnes über ihr geblümtes Sommerkleid Irmas langen weißen Bademantel gezogen, den sie auf der Terrasse gefunden hatte. Auf dem Kopf thronte ein Strohhut, groß wie ein Wagenrad, dessen Krempe an einer Seite weich herabhing, unter dem Hutband steckte ein Strauß aus seidenen Margariten, Rosen und Glockenblumen. Um die Beine hatte sie sich zwei Handtücher gewickelt.

»Na, du siehst auch nicht grad salonfähig aus!«

Irma blickte an sich herab: Ihre Bluse reichte gerade bis zu den Knien, und die Füße steckten in herabgerutschten Socken und ungeschnürten Wanderschuhen, deren bunte Bänder ebenso hinter ihr herschleiften wie die wunderbare Lederhose, die sie noch in der Hand hielt.

Mit fast hysterischem Gelächter fielen sie sich in die Arme, Agnes tippte zwischendurch an ihre verrutschte Kopfbedeckung: »Aus Bastia ... stark, oder?«, und Irma schleuderte die klobigen Schuhe von den Füßen. »Gorges de Spelunca! Den ganzen Tag! Herrlich!«

Nach kurzem Hin und Her wurde beschlossen, dass Agnes bei Irma übernachten würde. Sie bezogen den Raum neben Irmas bisherigem Schlafzimmer, dessen schwarzbraune, wuchtige Möbel sie zwar beide schrecklich fanden, der aber über ein Doppelbett verfügte. Nachdem sie die Lichter gelöscht hatten, rissen sie beide Fenster weit auf, damit die mottenpulvrige Luft entweichen konnte, und warfen sich dann auf die Betten.

»Erzähl, Agnes!«

Irma streckte sich lang aus und verschränkte die Arme hinter dem Kopf. Sie war erleichtert, dass sie in dieser Nacht nun doch nicht allein sein musste. Zwischen ihren Schenkeln pochte es, ihre Lippen und Brüste schmerzten, die Erinnerung an Ciros Körper war übermächtig. Agnes, Bademantel und Kleid lagen am Boden, hatte sich an das Kopfende des Bettes gesetzt und umschlang ihre Beine mit den Armen. Mit dem Hut sah ihr schattenhafter Umriss aus wie ein enormer Fliegenpilz.

»Ich hab ihm eine geschmiert.« Da Irma nur einen tadelnden Grunzlaut von sich gab, fuhr Agnes nach einer Weile fort: »Jawohl, und zwar eine saftige! Das war nicht zu vermeiden. Zuerst, als ich vor ihm stand, hat's ihm natürlich die Sprache verschlagen. Ich, zuckersüß, hab ihm was erzählt von großer Sehnsucht und so, du weißt schon. Ich wollte eben erst mal die Lage sondieren!«

»Er geht also wirklich fremd!«

»Eins nach dem anderen! Also wir, in seiner Mittagspause, rauf in sein Zimmer und ins Bett. Vorher hab ich noch einen Strip hingelegt, der sich gewaschen hatte!« Irma kicherte, und Agnes lächelte zufrieden bei der Erinnerung an ihre Vorführung. »Aber ich hab gleich gemerkt, dass bei ihm der Druck nur halb so groß war wie bei mir. Da hab ich schon die Wut gekriegt, aber ich hab immer noch nichts gesagt.« Sie ließ sich vornüber auf den Bauch sinken und schob das Ungetüm auf ihrem Kopf in den Nacken. »Also in der Spelunca warst du. – Allein?«

Irma nickte, schluckte. »Sozusagen. Allein mit Ciro.«

»Ich hab's ja geahnt!«

Agnes rutschte näher, um das Gesicht der Freundin zu studieren. Es war blass und wirkte weich und zerfließend wie das einer Schwangeren. Die Lippen, die sich um ein unschuldiges Lächeln bemühten, waren rissig und ungewöhnlich voll.

»Er hat dich verführt, der alte Bock.«

Irma drehte den Kopf weg und studierte verlegen die Maserung des Kleiderschrankes. »Ich bin nicht sicher, wer wen verführt hat ... Ich glaube, ich war's.«

»Schau, schau!«, machte Agnes, halb ungläubig, halb bewundernd. Ein paar zotige Kommentare schossen ihr durch den Kopf, aber Irma wirkte so gläsern und zerbrechlich, dass sie sie unterdrückte. »War's schön?«, fragte sie ganz leise, und Irma nickte mit abgewandtem Gesicht. Es sah nicht so aus, als könnte sie so leicht zum Reden gebracht werden.

»Weißt du was? Ich hol uns mal was zum Schnabulieren«, beschloss Agnes nach längerem Schweigen. »Ich hab ja schon eine Stunde auf deinem Balkon gesessen und gewartet. Grad wollte ich gehen!« Sie rumorte eine Ewigkeit unten in der Küche herum. Auf dem Tablett, das sie dann auf der Besucherritze des Ehebettes deponierte, war so ziemlich alles, was sich im Kühlschrank befand, außer Milch.

»Der Dussel Battista hat doch tatsächlich seine Pariser rumliegen lassen«, fuhr Agnes nach einer Weile mit einem zärtlich-nachsichtigen Unterton in ihrem Bericht fort. »Stell dir das vor: Ich geh nach unserem Akt ein bisschen hin und her, er schnarcht süß wie ein Baby auf unserem Lotterbett, und guck aus purer Langeweile ein bisschen hier und da in dem Schränkchen, in seiner Jackentasche, wo man halt so guckt! Und da find ich doch in einer Zigarrenkiste jede Menge Pariser! Neonrosa! Schwarz! Sogar mit Noppen!« Agnes hob die Rotweinflasche an die Lippen und nahm einen langen Zug. »Ich hin ans Bett, hau ihm mit der Kiste auf den Bauch und kipp' die Gummis über seinem Kopp aus und frage: ›Was soll das? Wofür brauchst du die?‹ Er blinzelt mich an, so nach dem

Motto: Träum ich oder wach ich?, und stottert: ›Die gehören einem Freund!‹ Haha! Einem Freund!? Da hab ich ihm eine geschmiert.«

Irma, die durchaus begriff, wie tragisch für Agnes dieser Moment gewesen sein musste, biss die Lippen aufeinander, um nicht loszulachen.

»Wenn ich eins nicht leiden kann, dann sind es Lügen«, fuhr Agnes nach kurzem Schweigen finster fort. »Und das weiß Battista auch. Er hat dann auch alles ganz schnell zugegeben. Natürlich hat das böse Weib ihn verführt! – Das scheint ja neuerdings große Mode zu sein!« Irma traf ein schräger Seitenblick. »Nach einer ordentlichen Standpauke haben wir uns versöhnt, richtig schön ... Er war zum Schluss echt zerknirscht und hat mir aufs Neue ewige Treue geschworen.« Sie zupfte sich ein paar Scheiben Salami vom Tablett, kaute und spülte mit Rotwein nach. »Ja, schön wär's! Jedenfalls ist nicht mehr zu leugnen, dass mein süßer Battista genauso ein schwacher Mann oder so ein verdammter Mistkerl ist wie alle anderen und dass ich unser Leben anders organisieren muss. Bloß wie?«

Irma fröstelte. Sie erhob sich, schloss die Fenster und knipste die beiden glockenblumenförmigen Nachttischlampen an. Das Zimmer wurde in ein warmes Licht getaucht. »Hast du die Frau mal gesehen?«

»Klar, das hab ich mir nicht entgehen lassen. Sie bedient wie er im Hotelrestaurant. Er brauchte sie mir gar nicht zu zeigen, ich hab sofort gewusst, welche es ist. Aber ich, ganz Dame, hab sie mit Verachtung gestraft, obwohl ich sie ja eigentlich vermöbeln wollte.« Agnes wollte das Thema damit bewendet sein lassen, aber Irmas gespannte Miene zwang sie fortzufahren. »Es ist eine ziemlich dürre, aufgetakelte Schwarzhaarige, keinen Busen, keinen Arsch. Beine wie ein Ziege und dazu ein Minirock und Stöckelschuhe! Aber scharf wie eine Haubitze, das sieht jeder. Tja, bisher hat er doch immer von meinen barocken

Formen geschwärmt ... Bin ich jetzt out? Muss ich doch mal eine Diät machen?«

Agnes hockte auf den Knien auf der quietschenden Matratze, sanft bestrahlt vom rosigen Lampenschein. Ein orangefarbener Perlonunterrock – sicher ein unerlässliches Utensil bei ihrem Striptease in Bastia – umspannte ihre Schenkel, die schwarze Spitze am Ausschnitt umschmeichelte den Busen, die hennafarbenen Locken ringelten sich um die molligen Schultern, und alles beschirmte die Krempe ihres Schlapphutes. Darunter lugten ihre Augen hervor, angefüllt mit Selbstzweifel und Angst und aufkeimenden Tränen. Irma kroch zu ihr hinüber und drückte sich an sie.

»Unsinn! Du bist wunderbar, Agnes. Battista weiß das bestimmt auch.«

Sie verharrten eine Weile in freundschaftlicher Umarmung und wiegten einander wie Mütter ihre weinenden Babys.

Agnes beendete schließlich die etwas rührselige Stimmung, riss den Nippel einer Bierdose auf. »Jetzt aber zu dir, Irma! Also du und Ciro? Ihr habt ...? Soso! Ich hab's ja kommen sehen! Und deine anderen Männer?«

Irma krabbelte auf ihre Bettseite zurück, um etwas Zeit zu gewinnen.

»Die soll der Teufel holen!«, entfuhr es ihr barsch. »Bei beiden muss ich dauernd eine Rolle spielen. Für Werner bin ich ein – ein nettes Accessoire seines ausgefüllten Lebens, für Timo bin ich wahrscheinlich bloß ein irrer Nervenkitzel. Warum mach ich das mit? Liebe ich zu viel oder zu wenig?«

»Jedenfalls denkst du zu viel!«, murrte Agnes, mehr zu sich selbst.

Sätze aus ihren Telefonaten flatterten durch Irmas Erinnerung wie Fetzen aus einem Lumpensack. »Vorgestern hätte ich dich gebraucht, Agnes, ich war todunglücklich! Ich hatte nämlich telefoniert, mit meiner Mutter und –

jedenfalls, stell dir vor: Timos Frau erwartet wieder ein Kind!«

»Na und? Hast du etwa geglaubt, dass seine Liebe zu seiner Frau platonisch ist? Hast du denn deinen Werner von der Bettkante gewiesen, seit du einen Liebhaber hast? Na also!«

»Ich habe Gedanken an Timos Ehe immer vermieden, Agnes. Trotzdem hat mich dieser Beweis, dass er mit seiner Frau schläft, umgehauen! Seinetwegen wollte ich doch Werner verlassen.«

»Ach was! Er hat dich aus deinem Wolkenkuckucksheim heruntergeholt. Er hat dir damit knallhart gesagt, was geht und was nicht.«

Irma horchte in sich hinein. Ja, so könnte es sein. Aber wo war ihre zärtliche Zuneigung zu Timo geblieben, das zittrige Sehnen nach seiner Stimme, seiner so seltenen Berührung? Übermächtig erschien wieder Ciros Bild vor ihr, seine Leidenschaft, so erfahren in der Dosierung von Zärtlichkeit und Kraft.

»Und den Ciro hast du heute für deine Rache benutzt, zum Aufpolieren von deinem Dings – äh, deinem Selbstwertgefühl. Stimmt's? Pfui! Kaum bin ich nicht da, baust du Mist!«

»Rache?«, wiederholte Irma nachdenklich. »Ja, vielleicht hat auch Rache eine Rolle gespielt, ich will das gar nicht ausschließen. Jedenfalls – ich wollte einen Schlussstrich ziehen, glaube ich, unter meinem Leben. Wollte Sex erleben, einfach so, ohne dass von großer Liebe die Rede ist! Weißt du, so wie es heute so viele treiben ...«

Ganz kurz tauchte das Bild vor ihr auf, wie Boris halb nackt vor ihr stand, sie um seine Entjungferung bat, als ginge es ums Haareschneiden.

Agnes sah Irma aufmerksam an. »Hat dich da etwa eine gewisse sittenlose Töpferin auf neue Ideen gebracht?! – Du wolltest also Sex ohne Trallala. Und? Ist doch in

Ordnung! Okay! – Oder seh' ich da irgendwie ein ›Aber‹ in der Luft hängen?«

Irma rollte sich auf die Seite und schloss die Augen.

»Aber«, wiederholte sie leise. Was war nur mit ihr passiert auf diesen heißen, glatten Felsen?

»Ich glaube, da in der Spelunca sind alle meine angestauten Sehnsüchte nach einem Mann explodiert. Agnes, es war unbeschreiblich, sich einfach so treiben zu lassen. So was habe ich noch nie getan! Und noch nicht erlebt.«

Agnes betrachtete die vor sich hin Träumende lange, und wenn sie sich auch heimlich über die aus den Fugen geratene Freundin amüsierte, so verkniff sie sich erneut jede Anzüglichkeit.

»Na, hört sich ja alles toll an, man könnte glatt neidisch werden«, lenkte sie schließlich ein. »Aber eins muss dir klar sein: In unseren Platzhirschen darfst du dich auf keinen Fall verlieben!« Sie richtete sich auf, sodass ihr Fliegenpilzschatten drohend bis an die Stuckdecke wuchs, und wackelte mit dem Zeigefinger.

Irma setzte sich ebenfalls auf, zog das Hemd über die angezogenen Knie und schaukelte vor und zurück.

»Ich weiß nicht mehr, was ich darf. – Ich weiß nur, was ich will.«

»Und das ist der Platzhirsch?«

»Ja.«

»Mannomann! Bist du verrückt? Mach dir bloß nichts vor: Das ist ein rücksichtsloser Aufreißer. Der lässt dich fallen wie eine ausgelutschte Kaktusfeige, wenn er genug hat!«

»Ja, ja! Diese Seite von Ciro, die kenne ich auch. Diese Casanovanummer hat er einige Male bei mir abgezogen. Aber heute in der Spelunca – du wirst es nicht glauben, aber er hat mich nicht ein einziges Mal angemacht! Er war richtig nett und kameradschaftlich, ganz normal, hat nicht gegrabscht, nicht gesäuselt und ist nicht herumscharwenzelt oder…«

»Aha! Alles klar! Und das hat dich in deinem Stolz getroffen!«

Verzweifelt suchte Irma nach Worten, wie sie diese Stunden mit Ciro erklären könnte. Nicht nur für Agnes, nein, auch für sich selbst suchte sie danach.

»Was da passiert ist, Agnes, das war mehr. Nicht nur Sex, so wie ich es eigentlich gewollt hatte, nein. Denn ich – ich mag ihn. Je mehr ich über ihn erfahren habe in den letzten Tagen, desto sympathischer ist er mir geworden.«

Sie war nahe daran, vom Lampion zu erzählen, von Helen und Ciro, von den Jahren in diesem grauen Haus, in denen es beherrscht wurde von gefährlichen Heimlichkeiten, den ungestillten und erfüllten Sehnsüchten, der prickelnden Erotik, der hemmungslosen Leidenschaft, der innigen Zuneigung. Sie war versucht, laut über dieses ungleiche Paar zu spekulieren, über den Bruch zwischen ihm vor allem. War Helen zu Ohren gekommen, dass Ciro noch andere Frauen beglückte, und hatte sie deshalb Korsika für immer den Rücken gekehrt? Hatte Vanna eingegriffen und ein Ultimatum gestellt? War dieser heißblütige Mann doch der so viel älteren Helen überdrüssig geworden, des ewigen Wartens? War von alledem nur ein idealisierter Traum in Ciros Phantasie geblieben, Erinnerungen, die ihn so quälten, dass er seinen Frust an x-beliebigen lebeshungrigen Frauen abreagierte, kalt, kalkuliert, barbarisch? Nein. Dieses intime Wissen war etwas nur zwischen ihr und Ciro.

»Er kann wirklich ganz anders sein, Agnes. Ich habe seine Bitterkeit entdeckt, seine Verletzlichkeit. Seine Einsamkeit hinter dieser Schürzenjäger-Fassade. Seine Angst vor der Einsamkeit ... Wir haben das Wort ›Liebe‹ beide nicht in den Mund genommen, aber ich bin ziemlich sicher, dass ich für ihn mehr als ein Abenteuer bin. Er war so liebevoll, da auf dem Felsen, nicht nur ...«

Agnes verdrehte ungläubig die Augen, setzte die Bierdose an, und als sie sie wieder absetzte, hatte sie einen

Schaumbart. Irma starrte sie fasziniert an; denn dort, in ihrer Felsennische, hatte Ciro Bier auf ihren Bauch verschüttet. Der Schaum hatte sich in ihrem Nabel und am Rand ihres üppigen Schamhaares gesammelt, und sie sah Ciros Hinterkopf vor sich und fühlte seine schlürfenden Lippen ... Seinen Körper habe ich schon, seine Begierde, dachte sie und kniff die wunden Lippen zusammen. Seine Liebe, sollte ich sie nicht sowieso schon besitzen, gewinne ich auch noch.

Unterdessen hatte sich Agnes seufzend vom Bett gerollt. Sie trat ans Fenster, nuckelte nachdenklich am Bier und ließ ihre Blicke durchs nächtliche Tal schweifen.

»Du, Irma, komm mal her. Da unten steht einer«, flüsterte sie nach einer Weile.

Irma tapste mit einer gewissen Ahnung heran. Tatsächlich, da stand ein Mann, das weiße Hemd leuchtete im Mondlicht, die Hände in den Hosentaschen, und sah zum Haus hinauf. Sie öffnete rasch das Fenster und beugte sich hinaus.

»Ciro?«

»Irma! Alles in Ordnung bei dir? Probleme? Was bedeutet diese Festbeleuchtung?«, fragte Ciro mit unterdrückter Stimme.

Irma neigte sich weiter vor und sah, dass Agnes sowohl in der Küche wie in der Halle und dem Treppenaufgang alle Lichter hatte brennen lassen. Inzwischen riss Agnes auf ihrer Seite das Fenster auf und schrie, ehe Irma es verhindern konnte, mit fröhlicher Stimme, die Arme breit auf dem Sims aufgestützt, hinunter: »Hi, Ciro, bist du neuerdings ein Spanner? Wie wär's mit einem flotten Dreier?!«

Ciro blieb stumm, ohne die Augen von den schwarzen Konturen an den Fenstern abzuwenden.

»Es ist Agnes«, rief Irma überflüssigerweise. »Hier ist alles in Ordnung, mach dir keine Sorgen, Ciro.«

»Ich dachte nur – Also, gute Nacht, cara mia.«

Agnes schloss vor sich hin brummend das Fenster. »Was geht ihn das an, wenn wir die Lichter alle anhaben?! Muss er etwa die Stromrechnung bezahlen?! So was!«

Irma sah Ciro nach, bis sein weißes Hemd unter dem Laubengang seines Häuschens verschwand. Ihre stille Freude darüber, dass er sich um sie gesorgt hatte, wich einer kratzenden Eifersucht. Hatten ihn nicht doch andere, peinigende Gedanken aus seinem Haus getrieben, als das Chalet Gris plötzlich mit gelben Augen ins Tal stierte, als sich hinter den Fenstern, die er so oft des Nachts betrachtet hatte, Schatten bewegten, so wie damals? Ein Leben stattfand, von dem er ausgeschlossen war? Gleich wieder überschwemmte Irma ein zärtliches Mitgefühl für diesen Mann, Sehnsucht, ihn zu umarmen und seinen Kopf tröstend an ihre Brust zu betten.

»Ich merk schon, das wird 'ne echte Romanze«, murmelte Agnes betreten, als Irma wieder aufs Bett sank und sie ihr in das Gesicht sehen konnte. »Oh, Mannomann! Ich ahne Fürchterliches! – Komm, lass uns schlafen.«

Als sie sich unter den Laken zurechtgekuschelt hatten, fing Agnes nochmals an: »Ich hab übrigens in jeden Pariser mit 'ner Nadel reingepiekst. Nur eine kleine Vorsichtsmaßnahme.«

»Agnes! Wie konntest du!? Und wenn die Frau nun schwanger wird und er sich scheiden lässt?«, gab Irma erschrocken zu bedenken.

»Der ist erzkatholisch. Da gibt's keine Scheidung«, knurrte Agnes erbarmungslos. Gleich darauf war sie mit einem hohen, fiependen Schnarchen eingeschlafen.

Irma horchte hinaus. Das Rauschen der Kastanienblätter drang zu ihr herein, das Klagen eines Käuzchens, und irgendwo in einer fernen Mulde des Tales antwortete ein schläfriger Zikadenchor seinem unermüdlichen Vorsänger. Erinnerungen an die Stunden mit Ciro in der Schlucht tauchten auf, sie rollte sich auf den Bauch und fiel endlich auch in einen tiefen Schlaf.

*G*rollender Donner weckte Irma noch vor dem Morgengrauen. Eine Weile horchte sie hinaus, betrachtete die weiche Wölbung von Agnes' Körper im Nachbarbett, dann stahl sie sich hinaus und machte einen Rundgang durchs Haus, das immer wieder von Blitzen erleuchtet wurde. Die Plastikschüsseln und Konservendosen im Dachgeschoss standen erwartungsvoll auf ihren Plätzen, aber noch fielen die Regentropfen spärlich. An den Fenstern zerrten Windböen. Auf der Terrasse schob Irma die Korbstühle so gut es ging unter den Schutz des Daches. Ein stetes, knarrendes Geräusch lockte sie an die Brüstung. Am verlassenen Nachbarhaus hatte sich ein Fensterladen aus der Befestigung gerissen, und der Wind schlug ihn gegen die Hauswand.

Das verrottete Gebäude weckte erneut Irmas Neugierde. Sie überlegte, wie es wohl innen aussah, ob sie vielleicht dort Antworten auf ihre Fragen erhalten würde, die sie Ciro nicht zu stellen wagte. Und würde sie ihn fragen, so argwöhnte sie, dass dieser Mann ihr zu wenig, widerwillig und nur Bruchstücke seiner Vergangenheit preisgeben würde. Konnte sie vielleicht in diesem Haus selbst herausfinden, wieso er nach einem Vierteljahrhundert von Helen immer noch sprach, als sei sie eine Göttin?

Irma beugte sich vor. Wenn sie hier den kurzen Hang hinuntersteigen würde, wären zwei Fenster erreichbar, falls es ihr gelänge, die Läden davor zu öffnen. Was sie auf jeden Fall brauchte, war eine Taschenlampe. Glücklicherweise lagen in der Küche auch noch ihre Wanderschuhe herum, und sie schlüpfte hinein.

Regen und Wind hatten zugenommen, als Irma sich über die Brüstung der Terrasse schwang und die Böschung auf der Rückseite des Hauses hinunterkletterte. Es war nicht einfach, Brombeerdornen zerkratzten ihre Haut und nasse Äste schlugen ihr ins Gesicht. Als sie es schon fast geschafft hatte, verlor sie auf dem nassen Boden den Halt, rollte und rutschte über Gesträuch und Dreck bis an die Hauswand hinunter, immerhin direkt vor das Fenster, durch das sie einsteigen wollte. Die Fensterläden waren wirklich leicht zu öffnen, da sie nur von außen mit kleinen Riegeln, deren obere Enden hübsch ausgearbeitete Frauenköpfe trugen, befestigt wurden. Ihre Hoffnung, dass die dahinter liegenden Fenster offen oder gar nicht vorhanden sein könnten, traf aber nicht zu. Das Glas war unbeschädigt und die Fensterflügel fest verriegelt.

Unentschlossen blickte Irma den Hang hinauf, der deutlich die Spur ihres Abstiegs und Sturzes trug, wie sie in den in immer kürzeren Abständen aufflammenden Blitzen erkennen konnte. Ihre Terrassentür oben klirrte und schepperte. Irma bückte sich und tastete nach einem Stein, fand einen zerbrochenen Dachziegel und schlug das Fenster ein.

Ihre Augen hatten sich schnell an das Zwielicht gewöhnt. Sie befand sich auf dem ersten Absatz des Treppenaufgangs. Er war unverputzt, die Stufen bestanden nur aus grobem Granit. Ähnlich wie im Rathaus führten sie auf der dem Eingangstor gegenüberliegenden Hausseite hinauf in die anderen Stockwerke. Leise, als könnte sie jemand hören, schlich Irma in das Vestibül hinunter. Aber die vier von dort erreichbaren Räume – Abstellkammern, Ställe oder Vorratskammern vielleicht – waren leer, abgesehen von einer Schubkarre, verschiedenen Handwerksgeräten für Bauarbeiten, Farbtöpfen und Stapeln weißer Marmorfliesen. Es roch nach Kot und Urin und den Markierungsdüften aller Kater der Umgebung.

Irma stieg die Treppe hinauf, einen Ellenbogen vor das Gesicht haltend, denn immer wieder fühlte sie klebrige Spinnweben auf der Haut. Dann wieder zog sie ihr kurzes Schlafshirt enger um sich, nicht nur, weil sie fror, sondern weil immer wieder etwas an ihren Füßen – Ratten, Mäuse? – vorbeihuschte. Trotz des Ekels trieb es sie weiter. Die zwei Zimmer, die man zu beiden Seiten des schmalen Flures erreichte und die Irma an der Tür stehend mit der

Taschenlampe ausleuchtete, waren bis auf zwei Gusseisenöfen leer. Unverputzt auch hier die Wände, helle Holzdielen, an einigen Stellen verzogen durch die Feuchtigkeit.

Einen Stock höher endlich deutlichere Anzeichen von Leben: Am Ende des schmalen Ganges, direkt vor dem Fenster, standen ein runder schwarz lackierter Korbtisch und ein Korbstuhl, die einluden, sich niederzulassen und den Blick ins Tal und über die Berge schweifen zu lassen. Die Kissen darauf waren von Motten zerfressen. Als habe sich eben erst jemand erhoben und sei fortgegangen, waren ein zarte chinesische Teetasse und Teekanne zurückgeblieben, in einer schlanken Vase aus nachgedunkeltem Silber steckten vertrocknete Lavendelzweige. Und über allem wuselten schwarze Ameisen. Die hellen Vorhänge blähten sich leicht in dem entstandenen Luftzug, die auf dem Boden schleifenden Kanten waren vom Ungeziefer angenagt. Der klappernde Fensterladen, der Irma hergelockt hatte, war immer noch nicht zur Ruhe gekommen. Regen prasselte auf das Satteldach, Blitz und Donner folgten einander fast ohne Pause.

Eine der beiden Türen zur Rechten führte zu einem Bad, komplett ausgestattet mit weißen Marmorfliesen, Wanne und Toilette aus weißem Porzellan und goldfarbenen Armaturen im Stil des Chalet Gris. Von der Decke herab waren große Putzfladen und von den Wänden eine ganze Reihe Fliesen gebrochen, und Mörtel und Sand knirschten unter Irmas Schuhen. Die zweite Tür auf dieser Seite des Ganges jedoch war verschlossen und gab auch keinem Druck nach. Irma wandte sich nach links. Hier schien ein Speisezimmer zu sein. Ihr Lichtkegel glitt über eine mächtige zweiteilige Anrichte aus sienarotem Holz, oben offen mit mehreren Regalen, drei Schubladen in der Mitte und drei verglasten Türen im unteren Teil, einem Tisch mit einer grünen Marmorplatte auf schön geschwungenen Eisenbeinen und zwei zierlichen Eisensesseln, deren ledergeflochtene Sitzfläche löchrig war. Die Öffnung eines klassischen Kamins war mit Brettern zugenagelt. An seinem Dom hing das einzige Bild des Raumes. Irma richtete ihre Taschenlampe darauf. Es war ein kleines altes Ölgemälde, das einen sich im Schlafe genüsslich räkelnden nackten Jüngling in einer stimmungsvollen Zypressenlandschaft zeigte.

An der Decke hing ein metallener Kronleuchter, dessen Arme unzähligen feinen Krakenbeinen glichen. Irma betätigte den Lichtschalter, aber nur zwei der vielen kerzenförmigen Birnen flammten auf und beleuchteten ein immenses Netz von Spinnweben. Es war ein mit viel Liebe eingerichteter Raum, bodenständig und doch voll schlichter Eleganz. Ein weißes Speiseservice stapelte sich im Büffet, Weingläser aus Muranoglas, eine Kristallkaraffe mit einem braunen Bodensatz, aber kein Besteck oder Tischwäsche waren vorhanden – eine melancholische Bühne, die auf die Akteure wartete. Hier war auch das Fenster, dessen Lade gegen die Außenwand schlug. Sie beugte sich hinaus, hakte mit kalten Fingern die Fensterläden ineinander. Die plötzliche Ruhe war wohltuend und beunruhigend zugleich.

Die Lust, hier herumzustöbern, war eigentlich vergangen, trotzdem stieg Irma über Mörtelbrocken hinweg noch die Stufen bis zum Dachgeschoss hinauf, das sich als einziger großer Raum entpuppte mit einer zentralen Herdstelle. In der Decke über der Kochstelle gab es eine Luke mit einem Holzlattengrill, und Irma glaubte, oben im Dachstuhl so etwas wie die zusammengeschrumpften Reste von zum Räuchern aufgehängten Schinken und Würsten zu erkennen, als sie den Strahl der Taschenlampe hinaufrichtete. Einziges Mobiliar des Raumes war ein gut zwei Meter langer Tisch aus massiver Eiche. Irma fuhr mit den Fingern über seine staubbedeckte Oberfläche. Sie war ganz glatt. Hier hatte noch kaum jemand Kartoffeln geschält oder Gemüse geputzt. Ihre Taschenlampe beleuchtete die rustikalen, mit einem schlichten blaugelben Zick-zackmuster verzierten Kacheln des fest eingebauten Her-des, hinter dessen Klappe sie Aschereste fand. Es gab Küchengeräte, ein großes Holzbrett und mehrere Messer, ein bauchige blaue Keramikschüssel, die vielleicht einmal Esskastanien, wie sie aus den Überresten schloss, enthal-ten hatte, und ein Weinglas. Ganz ungewöhnlich, die Küche unters Dach zu verlegen, dachte Irma, wahr-scheinlich eine typisch korsische Bauart.

Der Gewittersturm pfiff durch das undichte Dach, in mehrere große Pfützen platschten die Regentropfen. Die Abstände zwischen Blitz und Donner wurden langsam wieder größer.

Also ein Haus mit Ferienwohnungen war das nicht.

Für Helen gebaut ... Nichts erinnerte hier an die verspiel-te Einrichtung ihrer Räume in der Bad Godesberger Villa. Das verbliebene Mobiliar dieser Ruine verriet einen her-ben, selbstbewussten Geschmack, wie man ihn etwa in alten toskanischen Herrensitzen fand. Ciro konnte sich Irma gut darin vorstellen, Tante Helen nicht. Und doch trug diese schlichte Eleganz eine weibliche Handschrift, wohl die einer Helen, die Irma nicht kannte.

Zitternd vor Kälte trat Irma endgültig den Rückzug an. Von der Treppe aus warf sie im Vorbeigehen eher zufäl-lig einen Blick in jenen kleinen Flur mit den Korbmöbeln. Vor dem Fenster an seinem Ende zeichnete sich eine Silhouette ab, etwas wie ein großer schwarzer Zuckerhut. Eine menschliche Gestalt. Irma erstarrte, hielt die Luft an, hoffte auf eine Sinnestäuschung, aber ein aufflam-mender Blitz bewies ihr das Gegenteil, denn die Person drehte sich langsam um.

»Vanna?«

»Was suchen Sie hier!?«

Vannas Stimme klang scharf, wutentbrannt. Irma hob erschrocken die Taschenlampe ein wenig an und leuchte-te hinüber. Vanna, eingehüllt in ein großes schwarzes

Tuch, auf dem Wassertropfen glitzerten, hob eine Hand abwehrend vor die Augen.

»Lassen Sie das!«, fauchte sie.

»Entschuldigen Sie bitte! Ich – ich habe mich nur kurz umgesehen«, stotterte Irma. »Ich wollte eigentlich nur das Fenster – Ich gehe schon!«

»Und? Haben Sie alles gesehen? Sind Sie zufrieden?«, höhnte Vanna.

Irma bemüht sich, ihrer Stimme einen besänftigenden Klang zu geben. »Ja, ja, ich hab alles gesehen. Entschuldigen Sie meine Neugierde!«

Vanna brach in ein meckerndes Gelächter aus. »So? Alles gesehen? Nun, das hier fehlt wohl noch bei der Besichtigung!« Ihre Hand mit einem Schlüsselbund darin fuhr aus dem Umhang hervor. Sie schloss die Zimmertür, an der Irma vorhin vergeblich gerüttelt hatte, auf und trat mit einem Fuß gegen die Tür, sodass sie aufflog und gegen die Wand krachte. »Bitte sehr, das Allerheiligste!«

Irma wagte sich zunächst nicht in Vannas Nähe, sondern richtete nur die Taschenlampe auf den Raum. Wie eine Mondscheibe wanderte der Strahl über ein ausladendes Bett aus verschnörkeltem, filigranem Stahlrohr mit einem Überwurf, auf dem in Weinrot und Grün Pfingstrosen wucherten, ein Stoff, der sich in einer üppigen Fensterdekoration wiederholte, über ein Pendant zu dem Korbstuhl im Flur und ein anderes zu den grazilen Eisenstühlen im Speisezimmer.

Gebannt, ohne einen Blick von diesem Zimmer wenden zu können, trat Irma näher und näher. Es wirkte sinnlich, romantisch trotz seiner spärlichen Möblierung, lud ein zum Tagträumen und zu leidenschaftlichen Nächten, und nur ganz langsam kroch jener Geruch zu Irma heraus, den sie vom Chalet Gris her so gut kannte: Moder, Schimmel und klebrige Feuchtigkeit.

»Nun gehen Sie schon hinein!«

Irma schluckte, fand keine Worte. Der Lichtschein ihrer Taschenlampe fuhr ziellos über die weiß getünchten Wände und die dunklen Balken an der Decke. Sie hörte, dass Vanna hinter sie trat. »Nur zu!«, hörte sie sie keuchen und bekam einen leichten Stoß. Eingeschüchtert, aber auch, um Abstand zwischen ihnen zu schaffen, lief Irma durch das Zimmer, öffnete eines der Fenster, entriegelte die Fensterläden und sog die kalte frische Luft in langen Zügen ein. Vannas aggressives Verhalten und ihre kaum gezügelte Wut schüchterten sie ein. Ungeschickt stieß sie an ein Tischchen, auf dem in einer bauchigen roten Vase ein vertrockneter Rosenstrauß stand, die sie gerade noch auffangen konnte.

Vanna beobachtete sie von der Tür her.

»Sehen Sie sich nur um: Das ist ihr Liebeslager. Und das Bett, in dem Laura zur Welt kam.«

»Laura?«

Vanna machte ein paar Schritte und trat verächtlich gegen einen niedrigen, von einem zarten Tuch bedeckten Gegenstand, den Irma für einen Hocker gehalten hatte. Schwerfällig begann er zu schaukeln. Eine Wiege.

»Also doch«, murmelte Irma.

Vanna lehnte sich an den Bettpfosten und streifte die schwarze Stola vom Kopf. Auch sie starrte auf das wippende Bettchen.

»Ja. Helen, Ciro, Laura. Ganz allein haben die zwei hier das Kind zur Welt gebracht, in einer Nacht fast wie heute. Nur ohne Blitz und Donner, sondern mit Sturm und Schnee und Eis, obwohl es erst November war.«

»Allein? Warum ist keine Hebamme gerufen worden, kein Arzt?«

Vannas hysterisches Gelächter ließ Irma zusammenzucken.

»Warum! Weil es eine Schande war! Eine Schande! Im August war sie plötzlich aufgetaucht, später als sonst und allein. Ich sah ihr Gesicht und wusste Bescheid. Auch

wenn sie sich ihren Leib mit einem Korsett zusammenge-
schnürt hat! Als das nicht mehr ging, sah man sie nicht
mehr vor der Tür. Sie wanderte im Chalet umher, von
Zimmer zu Zimmer. Treppauf, treppab. Nur in der
Dämmerung oder nachts traute sie sich auf die Terrasse.
Und niemand durfte zu ihr, außer Ciro. Sie sei leidend,
wurde verbreitet. Ha!«

»Und Helens Mann? Was wusste der?«

»Der? Der Hahnrei? Wahrscheinlich nichts. – Als sie
nicht wie sonst Ende Oktober abgereist war, gingen mehrere Briefe hin und her. Manche habe ich heimlich gelesen. Ja! Ich schäme mich nicht dafür. Sie schrieb ihrem
Mann, der Herbst sei in diesem Jahr besonders schön auf
Korsika. Sie könne sich nicht trennen. Und sie fühle sich
für die lange Heimreise nicht gesund genug. – Ob er ihr
geglaubt hat? Das weiß der Himmel.« Vanna ließ sich auf
den Korbstuhl sinken und stützte beide Ellbogen auf die
Knie wie ein Kutscher. »Unterschieben konnte sie ihm
das Kuckucksei jedenfalls nicht. Der alte Mann schlief
schon lange nicht mehr mit ihr aus Angst vor einem
zweiten Herzanfall. Das hat sie mir selbst einmal erzählt.
Ob er ahnte, dass ein anderer ihm diese Pflicht längst und
gerne abgenommen hatte?«

Vanna drehte den Kopf zu Irma und betrachtete sie mit
bitter herabgezogenen Mundwinkeln. »Kein Wort in dem
Brief, dass sie schwanger war. Wie hat sie sich das nur
alles vorgestellt?!«

»Und – Ciro?«

»Ja, Ciro, das interessiert Sie! Natürlich!« Vanna lächelte
müde, mit jahrelang geübter Nachsicht. »Im Frühling, im
April, war sie hier gewesen, da muss es passiert sein. Elf
Jahre war sie seine Geliebte gewesen, und nichts war
passiert, soviel ich weiß! Elf Jahre ... Im Mai, sie war
schon wieder fort, fing Ciro plötzlich an, das Haus hier
zu bauen!«

»Aber warum hat er hier gebaut, neben dem Chalet Gris? Warum sind die beiden nicht fortgegangen?«

Vanna riss den Kopf hoch. »Fortgegangen! Fort? Und ich? Und seine Söhne? Seine Familie einfach verlassen? Nein, das brachte er nicht über sich. Er dachte wohl, er könnte uns alle glücklich machen, alle zusammen.« Sie lachte tonlos in sich hinein. »Und wo sollte Ciro dieser verwöhnten Frau ein Haus bauen? Mit welchem Geld? Der Boden hier«, sie umschrieb das Haus und den sie umgebenden Kastanienwald mit einer großen Geste, »der gehört den Kossionides. Ciros Großvater hat den Meyerhoffs damals das Grundstück für das Chalet Gris verkauft. Hier konnte Ciro leicht für Hélène ein Heim errichten.«

Plötzlich schluchzte Vanna auf, Tränen jedoch traten nicht in ihre Augen.

»Diese Frau war sein Ein und Alles. Er hätte die Verachtung des ganzen Tales auf sich genommen. Er hätte sich zu dieser Frau und seinem Kind bekannt und auch gut für seine Söhne und mich gesorgt. Dessen bin ich mir sicher. – Aber er hatte kein Wort für mich. Kein einziges Wort! Er wollte meine Frage erzwingen. Aber nein, ich frage nicht!«

Sie hämmerte mit den Fäusten auf die Lehnen des Sessels, und ihr Blick flog wie irr von einem Gegenstand zum anderen, blieb an dem großen, ovalen Spiegel über der Längsseite des Bettes hängen.

»Aber es hat alles nichts genützt. War alles umsonst. Eines Tages war der schöne Paradiesvogel ausgeflogen!« Sie fletschte die Zähne zu einem Lachen, grimmig, schadenfroh.

Irma drehte sich zum Fenster, um diese aus den Fugen geratene, sonst so würdevolle Frau nicht länger betrachten zu müssen. Immer noch klopfte ihr Herz vor Aufregung und Angst. All die angestauten Demütigungen brodelten in Vanna empor wie in einem eisernen Topf, und

194

sie selbst schien immer wieder voller Schrecken den Deckel über die Enthüllung ihres Martyriums ziehen zu wollen, doch der Druck von innen überwältigte sie mehr und mehr. Ich muss gehen, sagte sich Irma, ahnte eine Gefahr, aber noch immer verstand sie nicht alles. Das, was Vanna enthüllte, war kaum zu begreifen.

»Ausgeflogen? Ohne ihr Kind? Warum?«

»Warum! Warum!«, äffte Vanna sie wieder nach. »Ich war nur Zuschauer, ich weiß es nicht.« Mechanisch strich sie die Bettdecke glatt. »Ende Oktober verließ sie das Chalet Gris, es war schwer zu beheizen. Sie lebte hier in dieser Etage. Jede freie Minute verbrachte Ciro bei ihr, bastelte an dem Haus herum. Es wurde bitter kalt, es schneite tagelang ... Und ich saß allein da unten in meinem Haus mit unseren Söhnen und konnte nur warten. Im Winter, wissen Sie, ist es hier im Tal wie auf einem Friedhof. Und war Ciro bei uns, saß sie hier am Fenster und starrte ins Tal, zu uns hinunter. Auch sie war einsam, ja.«

Vanna war neben Irma ans Fenster getreten. Sie blickten schweigend auf das von der sturmgeschüttelten Laricio-Kiefer mal mehr, mal wenig verdeckte Chalet Gris. Nur noch selten von den Blitzen des abziehenden Gewitters erleuchtet, emporgereckt wie eine Steilwand, übersah es majestätisch seine Umgebung, auch das unter ihm in den Hang gekuschelte, verschachtelte Anwesen von Ciro und Vanna.

»Das Kind kam zu früh, ich sah es später an seinen zarten Gliedern, war aber gesund. Auch sie hat wohl alles gut überstanden.« Eine Zeit lang betrachtete Vanna das rotgrüne Bett. »Ciro war ja bei ihr. Die Männer hier in den Bergen, sie wissen Bescheid, was bei einer Geburt zu tun ist. Er war so glücklich. So glücklich! Seine Augen leuchteten ... Er hatte keinen Zweifel, dass sie bei ihm bleiben würde.«

»Aber sie ist gegangen und hat ihr Kind zurückgelassen,« murmelte Irma ungläubig.

»Ja. Vielleicht gab es einen Streit. Vielleicht war es eine plötzliche Sinnesänderung? Oder war es gar von ihr von Anfang an so geplant?«, überlegte Vanna laut. »Ich hab Hélène beobachtet an dem Tag, von meinem Fenster aus. Ciro war gerade ins Amt gefahren. Da schlich sie aus dem Haus zu ihrem Wagen. Sie hatte nur die Handtasche über dem Arm. Aber ich wusste: Jetzt verlässt sie ihn.«

Vanna riss eine geballte Faust nach oben und gestand mit weit aufgerissenen Augen: »Ich habe sie verflucht! Ich habe ihr gewünscht, sie sollte sich mit dem Wagen auf der vereisten Straße irgendwo in den Bergen zu Tode stürzen! Das wäre ein Schlussstrich gewesen. Ein Ende! Endlich ein Ende! – Aber so? Ab Mittag hat das Kind geschrien, aber ich habe mich nicht gerührt. Später, es war schon dunkel, hörte ich Ciro zurückkommen. Und dann stand er vor mir, das Bündel auf dem Arm, weiß wie die Wand. ›Das ist meine Tochter Laura‹, sagte er. ›Sie wird hier bei uns leben.‹«

Und nach einem langen Schweigen setzte Vanna erschöpft hinzu: »Und so geschah es. Eine Weile wurde sein Nacken bei jedem Auto, das vorbeifuhr, steif. Eine Weile hat er noch hier weitergebaut. Er hoffte wohl, sie würde es sich eines Tages doch noch anders überlegen.«

Irma stand am Fenster und überblickte erneut das Panorama, das sich hier bot, und sie bekam eine leise Ahnung von Helens Gründen. Ciro, Liebster, dachte sie wehmütig, du hast dein Schlafzimmer an die falsche Hausseite gelegt. Deine Helen hat das Symbol all dessen, was sie aufgeben würde, täglich mahnend vor Augen gehabt.

»Ich friere«, flüsterte Irma. Sie war unfähig, diese Geschichte schon jetzt ganz zu erfassen, und Vannas verändertes, exaltiertes Verhalten in dieser Nacht ängstigte sie immer noch. »Ich gehe.«

Auch Vanna rückte ihr Schultertuch zurecht, drehte sich zur Tür, aber neben dem im Zwielicht lockenden rotgrünen Pfingstrosenbett blieb sie, mit dem Rücken zu Irma, stehen.

»Immerhin – Hélène hat Jahre gewartet, bis sie Ciro zu sich ließ. Sie dagegen haben schon nach ein paar Tagen die Schenkel gespreizt.«

Irma blieb getroffen stehen. Der ätzende Tonfall trieb ihr das Blut ins Gesicht, und Schuldgefühle lähmte ihre Zunge.

»Was seid ihr doch alle für Huren! Müsst ihr euch von jedem bespringen lassen?« Vanna drehte den Kopf nach hinten und genoss Irmas Zustand mit herabgezogenen Mundwinkeln.

»Ich lasse mich nicht von jedem – bespringen! Ich nicht!«, stammelte Irma endlich. »Ciro und ich, wir…« Mit verzweifelter Energie setzte sie hinzu: »Ich liebe ihn!«

Vanna drehte sich langsam ganz herum und blickte mit hochgerecktem Kinn und weit aufgerissenen Augen Irma ins Gesicht. »Was war das?«

Tief verletzt von Vannas wüster Beleidigung und überrollt von ihren unausgegorenen Wünschen, warf Irma mit einer kühnen Bewegung den Kopf in den Nacken, wie sie es bei Ciro gesehen hatte.

»Ja! Ja, ich liebe ihn! Wir lieben uns, und wir werden…«

Vannas große Hände fuhren nach vorn, packten Irmas Shirt über dem Busen und rüttelten sie, dass ihr Kopf wie bei einer Stoffpuppe hin- und herflog.

»Nein, mein Kind! Nicht noch einmal! Nicht noch einmal! Du wirst ihn mir nicht wegnehmen! Spreiz die Beine, sooft du willst! Aber du stiehlst mir nicht meinen Mann!«

Sie schleuderte die Rivalin mit bäuerlicher Kraft gegen das Bett. Irma knickten die Beine weg, sie taumelte und fiel neben der Wiege zu Boden. Benommen rappelte sie sich wieder auf, und noch auf allen vieren begann sie verbissen, fast monoton wie ein Gebet zu flüstern: »Ciro gehört mir. Mir! Mir! Mir!«

Sie hatte sich noch nicht ganz aufgerichtet, als sie für den Bruchteil von Sekunden Vanna über sich sah. Sie hatte die Wiege mit dem wehenden Schleier mit beiden Händen über den Kopf emporgerissen, zerfledderte Kissen fielen heraus, Federn, Daunen tanzten herab, Irma konnte noch schützend die Arme hochreißen und etwas ausweichen, da sauste das Fichtenholz auf sie herab, streifte Rippen, Hüfte, Oberschenkel und zerbarst krachend auf dem Marmorboden. Irma schrie auf, schrie und schrie in Todesangst, und versuchte vergeblich zu entkommen, während Vanna packte, was ihr unterkam, den kleinen Lattenrost, Bretter, eine gebogene Kufe, und wie von Sinnen auf die am Boden hierhin und dorthin kriechende, kreischende, sich zusammenkrümmende, winselnde Frau eindrosch. Ciro, hörst du mich nicht?, dachte Irma – oder schrie sie es? –, ehe sie das Bewusstsein verlor.

*A*ber Agnes hörte sie. Wie ein orangefarbenes Riesenweib stand sie plötzlich hinter Vanna, sprang sie an, ihre Faust traf deren Schläfe und ließ die Tobende in die Knie gehen.

Aufgeweckt durch das Unwetter und die scheppernde Terrassentür, schließlich beunruhigt von Irmas langer Abwesenheit, war sie mit halb geschlossenen Augen in die Küche hinuntergewankt. Die Terrasse war leer, und eben wollte sie ärgerlich die schlagende Tür schließen, als gellende Schreie ihr das Blut in den Adern gerinnen ließen. Nach einem unschlüssigen Moment erkannte sie, woher die grauenhaften Geräusche kamen, rannte zur Brüstung und bemerkte Irmas Stolperspur den Hang hinunter. Einem Kugelblitz gleich schoss sie die Böschung hinab, kroch durchs Fenster und zerschnitt sich, ohne es zu fühlen, an den Scherben der eingeschlagenen Fensterscheibe die Füße, stampfte die Stufen hinauf und warf sich endlich über die rasende Frau. Als diese benommen zu Boden sackte, hastete Agnes zu Irma. So vorsichtig es ging, hob sie sie auf das Bett, riss dann die Fensterflügel auseinander und brüllte: »Ciro! Ciro! Hilfe!« Nach einer scheinbaren Ewigkeit ging in dem kleinen Haus am Hang ein Licht an.

Kurz bevor Ciro die Treppen herauf und in das Zimmer gestürmt war, musste Vanna es verlassen und sich versteckt haben. Weder Agnes noch Ciro nahmen die sich davonstehlende Gestalt wahr. Beide hatten nur einen Gedanken: Irmas Schmerzen zu lindern, ihr zu helfen, sie zu trösten. Doch in diesem verrotteten Haus war selbst die erste Hilfe ein Problem. Als Agnes, ohne lang zu überlegen, ihren Unterrock auszog und ihn im Bad unter den Wasserhahn hielt, um damit Irmas Stirn zu kühlen, kam kein Wasser. Als Ciro zu seinem Wagen hastete, um den Arzt zu holen, stellte er fest, dass sein Auto verschwunden war, raste endlich mit quietschenden Reifen auf dem Moped nach Viccio, weil Irmas Wagenschlüssel nicht zu finden war.

Agnes hangelte sich indessen den Hang hinauf, fuhr in ihre Kleider und kehrte mit einem Eimer Wasser und Handtüchern zurück. Da fand sie Irma auf dem Flur, die sich jammernd an der Wand entlang tastete.

»Bring mich weg! Bring mich weg!«, flehte sie. Agnes trug sie zum Bett zurück.

»Irma, Schätzchen, bitte, bleib jetzt ganz still liegen! Gleich kommt der Arzt, und wenn er es erlaubt, bring ich dich höchstpersönlich huckepack rüber ins Chalet Gris. Versprochen!«

Agnes umfing die wie ein Embryo zusammengekauerte Freundin mit beiden Armen, bis sich deren Atem beruhigte. Dann feuchtete sie ein Handtuch an und legte es Irma auf die Stirn. Das Haar auf der linken Kopfseite und die Schulterpartie des Hemdes waren blutdurchtränkt, aber Agnes konnte die Wunde nicht sehen. Irma zuckte bei jeder noch so vorsichtigen Berührung zusammen.

»Wo ist sie?«, flüsterte Irma nach einer Weile mit geschlossenen Augen.

»Sie ist weg, sei ganz ruhig. Wahrscheinlich ist sie mit Ciros Auto getürmt.«

»Und Ciro?«

»Er holt den Arzt. Scht, still. Sei ganz still. So ...« Und Agnes umfing erneut die Freundin und wiegte sie sanft, bis vor dem Haus ein Wagen hielt und Männerstimmen heraufklangen.

Agnes öffnete alle Fenster und Fensterläden. Im Osten leuchtete zwischen den Wolken schwefelgelbes Sonnenlicht, die Luft war frisch und übersättigt von Nässe. Der Arzt, ein Mann in mittleren Jahren, untersuchte Irma wortlos. Er vernähte die breite Platzwunde über dem linken Ohr, nachdem er das Haar direkt an der Kopfhaut abgeschnitten hatte, mit einigen energischen Stichen. Irma ließ alles völlig apathisch mit sich geschehen. Er konnte keine Brüche finden und konstatierte eine leichte Gehirnerschütterung. Natürlich wollte er wissen, wie Irma zu diesen Verletzungen gekommen war.

»Sie ist da oben von der Terrasse den Hang herabgestürzt«, behauptete Agnes sofort kaltblütig.

Irma öffnete den Mund, um zu protestieren, stammelte aber nur: »Ich – ich wollte bloß...«

»Mitten in der Nacht? Das sieht mir eher nach einer Schlägerei aus, entschuldigen Sie«, meinte der Arzt misstrauisch.

»Schlägerei!«, wiederholte Agnes voller Verachtung und stemmte die Fäuste in die ausladenden Hüften. »Sind wir hier in einer Hafenkneipe? Was glauben Sie, wen Sie vor sich haben, dottore? Das hier ist eine erstklassige Musiklehrerin aus Deutschland, sie unterrichtet an einem piekfeinen Kon–Konserven..., jedenfalls schlägt die sich nicht. Nie.«

»Madame? Hat Sie jemand überfallen?« Und, plötzlich erkennend, dass er eine andere, wesentliche Untersuchung nicht vorgenommen hatte, fuhr er leise, ausschließlich an Irma gewandt, fort: »Wurden Sie – vergewaltigt?«

Irma starrte mit aufgerissenen Augen in die des Arztes, dann wanderte ihr Blick zu Ciro hinüber, und sie begriff trotz des Chaos in ihrem Kopf, welcher Verdacht sich da in dem Arzt gegen den berüchtigten Schürzenjäger aufbaute.

»Nein! Oh Gott, nein! Wirklich nicht!« Irma fing wieder zu weinen an.

Ciro verschränkte die Arme vor der Brust und drehte mit nur mühsam gezügelter Empörung den Kopf zur Wand.

»Also bitte, mir kommt das alles nicht ganz geheuer vor. Ich muss es bei der Polizei melden, wenn es irgendwelche Zweifel gibt.« Der Arzt blickte von Irma zu Agnes und wieder zu Ciro. »Also: Sie, Monsieur Kossionides, haben mir im Auto erzählt, dass Sie nicht wüssten, was hier passiert ist. Sie haben gesagt, Agnes hätte Sie gerufen, und als Sie gesehen haben, was hier los war, haben Sie mich geholt.«

»Ja, genau so ist es«, bestätigte Ciro mit schmalen Lippen.

»Und jetzt Sie, Agnes. Was war los?«

»Mannomann, Sie gehen mir vielleicht auf den Keks. Soll das ein Krimi werden? Passiert Ihnen zu wenig in unserer gottverlassenen Gegend? Aber gut, ich erklär's Ihnen für das Protokoll: Irma ist während des Gewitters aufgestanden, weil unsere Terrassentür einen Mordslärm gemacht hat. Irgendein Idiot hat sie offen gelassen – na ja, wahrscheinlich ich. Sie ist aber nicht wiedergekommen. Ich also runter und hab sie gesucht und hör sie schließlich da unten am Hang vor der Hauswand stöhnen. Ich dachte erst, das wär' ein Wildschwein! Aber dann hab ich sie da unten liegen sehen. Was blieb mir übrig, als sie hier in dieses Geisterhaus zu bringen? Ich konnte sie nicht allein den Hang hochhieven, bei aller Liebe. Mehr war nicht los, tut mir leid, dottore!«

»Und das hier?« Der Arzt stieß mit dem Fuß gegen die Trümmer der Wiege.

»Da bin ich drübergeflogen, ehe Sie kamen, dottore. Tja. Muss wohl doch mal eine Diät machen.«

Der Arzt betrachtete, unbeeindruckt von Agnes' Frechheiten, immer noch skeptisch die Frau auf dem Bett, der unaufhörlich Tränen über die Schläfen ins Haar rannen und deren ganzer Körper bebte.

»Können Sie das alles bestätigen, Madame?« Irma nickte mehrmals, ohne den Blick von der Zimmerdecke zu wenden. »Aber bei diesem Unwetter – was haben Sie denn da an der Terrassenbrüstung gesucht?«

Irma befeuchtete mehrmals ihre rissigen Lippen mit der Zunge. »Ein Geräusch – ich wollte nachsehen – bin ausgerutscht – Gleichgewicht verloren.«

Damit gab sich der tüchtige Arzt endlich zufrieden.

Ciro trat neben das Bett, wischte an Irmas Tränen herum und glättete ihr Haar. »Cara mia, ich bringe dich hier weg. Das geht doch, Monsieur, oder?«

»Ja, vorsichtig natürlich. Sie hat offensichtlich einen Schock. Halten Sie sie warm. Sie wird bald schlafen durch die Beruhigungsspritze. Hier ist noch ein Schmerzmittel.«

Der Arzt packte seine Tasche zusammen, strich nochmals über Irmas Arm, drückte ihr seine Visitenkarte in die Hand und verließ den Raum mit einem knappen Gruß. Agnes beobachtete, dass er auf dem Treppenabsatz innehielt, das eingeschlagene Fenster und die Blutspuren auf den Steinen betrachtete und dann mit einem tiefen Seufzer ging.

Ciro schlang die staubige Pfingstrosendecke um Irma und hob sie auf die Arme. Wie ein ängstliches Kind drückte sie ihr Gesicht in seine Halsgrube, um nichts mehr von diesem Haus, dem vor kurzem noch ihr ganzes Interesse gegolten hatte, sehen zu müssen. Agnes eilte voraus, um die Türen zu öffnen und den Umzug zu erleichtern. Nur einmal noch, ehe sie in einen dumpfen Schlaf versank, begehrte Irma auf: Nein, sie wollte nicht in das Meyerhoff'sche Ehebett, sondern auf die andere Seite des Bades, in ›ihr‹ Schlafzimmer.

Es folgten sorgenvolle Stunden. Die relativ harmlosen, wenn auch sehr schmerzhaften Schürfwunden, Blutergüsse und Quetschungen gaben weniger Anlass zur Besorgnis als vielmehr der Schock. Immer wieder fuhr Irma um sich schlagend aus dem Schlaf hoch, sie sah Daunen um sich herumtanzen wie dicke Schneeflocken, schrie auf oder begann zu weinen, während Agnes und Ciro an ihrer Seite wachten, beruhigend auf sie einsprachen und sie in die Arme nahmen.

Der Wind hatte sich gelegt, ein sanfter Dauerregen verhüllte das Tal und trommelte einschläfernd gegen die Scheiben. Nachdem sie endlich acht Stunden hintereinander geschlafen hatte, erwachte Irma gegen Mitternacht, und ihr Kopf war plötzlich klar. Umso deutlich spürte sie alle misshandelten Knochen. Sie war allein.

»Ciro?«, rief sie leise.

Durch die offene Badtür hörte sie die Sprungfedern des Bettes im Elternschlafzimmer quietschen, dann war Agnes bei ihr. »Du bist wach, endlich! Wie geht's dir?«

»Es geht – ganz gut. Wo ist Ciro?«

Agnes deutete mit dem Zeigefinger nach unten. »Er ist unten im Wohnzimmer. Eine Weile hat er an einem alten Plattenspieler rumgebastelt. Aber ich glaube, jetzt schläft er. Soll ich ihn holen?«

Irma schüttelte den Kopf, aber als sie merkte, wie sehr er dadurch schmerzte, vermied sie jede weitere hastige Bewegung. »Nein, lass ihn schlafen.« Sie nahm das von Agnes angebotene Glas Wasser und trank in durstigen Zügen. »Und – und Vanna?«

»Sie hat Ciro einen Zettel hingelegt, dass sie nach Cargèse zu Verwandten fährt.«

Erleichtert ließ sich Irma wieder in die Kissen sinken und schloss die Augen. Sie genoss die Wärme der dicken Wolldecken, in die man sie gewickelt hatte, und fühlte sich endlich absolut sicher. Ciro war im Haus, Agnes nebenan – mit einem Lächeln ließ sie sich wieder in den Schlaf sinken.

Am frühen Morgen tapste Irma langsam, mit weichen Knien, ins Bad. Dabei fiel ihr Blick auf ihr Spiegelbild, und erschrocken fuhr ihre Hand zum Mund. Auf dem linken Wangenknochen war die Haut abgeschürft und leuchtete grellrot vom aufgepinselten Jod, ihr Haar war über dem Ohr blutverkrustet, rabiat kurzgeschnitten, und der Arzt hatte die Platzwunde mit einer Mullkompresse versorgt und mit zwei breiten Streifen Leukoplast über Ohr und Stirn festgeklebt.

Agnes hatte sie gehört, war schnell aufgestanden, lehnte an ihrer Badtür. Sie ließ Irma Zeit, sich mit ihrem ramponierten Äußeren abzufinden. Unglücklich ließ Irma den Blick und die Hände an ihrem nackten Körper hinabgleiten. Es gab mehrere schmerzhafte Stellen, die demnächst wohl alle Farben von Gelb bis Violett annehmen würden, über die rechte Brust zog sich eine breite Kratzspur, ein Knie war verletzt und auch sorgfältig mit Jod verziert. Der Rücken würde wohl ähnlich aussehen.

»Komm, Irma, leg dich wieder hin. Ich mach dir gleich ein schönes Frühstück.«

Agnes legte den Arm um Irmas Taille, drängte sie zum Bett zurück und wickelte sie wieder sorgsam in die Decken. Konzentriert lauschte Irma auf die Geräusche des erwachenden Tages und auf die Wasserspiele, die Agnes nebenan im Bad veranstaltete, bevor sie sich auf dem Weg nach unten und zum Bäcker machte.

Irma brauchte nicht lange zu warten, bis Ciro eintrat. Er war übernächtigt, blass und unrasiert, Hemd und Hose zerknittert. Er setzte sich vorsichtig auf die Bettkante und schaute Irma unverwandt an. Seine schönen Augen waren gerötet vom langen Wachen.

»Cara mia.« Vorsichtig strich seine Hand über die unverletzte Wange und das Haar. »Cara mia.« Es klang traurig und verzweifelt.

»Küss mich«, bat Irma. Er lächelte, und dann küsste er sie, auf den Mund, die Augen, die Nasenspitze, das Jod auf der einen Wange und den Kratzer quer über der Brust.

»Ich liebe dich«, seufzte Irma mit geschlossenen Augen.

»Und es geht dir besser? Keine neuen Schmerzen?«

»Mir tut alles weh, als wäre ich – in einen Mähdrescher geraten. Als wäre alles kaputt.« Wie eine träge Katze gab sie sich der Wärme hin, die seine streichelnden Hände erzeugte. »Ciro, gestern, die Spelunca ...«

»Vorgestern, cara mia, vorgestern«, korrigierte Ciro sanft.

»Es war schön, Ciro.«

Er beugte sich vor und verschloss ihren Mund mit einem langen Kuss. Irma schlang ihre Arme um seinen Hals, und als er sich wieder aufrichtete, ließ sie ihn nicht los, und so konnte sie, nun sitzend, über seine Schulter hinweg auf den Fußboden sehen. Dort lag die Pfingstrosendecke, unverblasst, sinnlich rotgrün flackernd wie ein gefährliches Tier. Ciro spürte, wie der weiche Körper in seinen Armen erstarrte, und folgte ihrem Blick.

»Bring sie weg! Bring sie weg!«, flüsterte Irma hysterisch.

Sie verfolgte, wie Ciro sich zu der Decke beugte, viel zu langsam, sie faltete, viel zu genau für ihren erregten Zustand, und hinaus in den Gang legte. Sie sank erschöpft in die Kissen zurück. Bald darauf sah sie ihn wieder am Bett stehen und spürte seine Hand auf ihrem verklebten Haar.

»Es ist nur eine Decke, Irma. Vergiss es.«

»Es ist ihre Decke.«

»Ja, es ist Helens Decke«, wiederholte Ciro ungerührt. »Reden wir nicht mehr davon. – Ah, ich glaube, Agnes ist zurück. Ich werde nach Hause gehen, mich waschen und umziehen. Und dann frühstücken wir zusammen.«

»Bitte, Ciro, du kannst doch auch hier – ich meine, wasch dich doch nebenan. Bitte, geh nicht fort!«

Er befreite sich freundlich, aber bestimmt aus ihrer Umklammerung und fuhr sich über die dunklen Stoppeln auf seinen Wangen. »Ich muss auch nach meinem Vater sehen. Es dauert nicht lang. Ich brauche mein Rasierzeug und all das. Zu Hause…«

Sie sahen sich in die Augen und merkten, welche Worte sie trennten. Irma gelang mit zitternden Mundwinkeln ein Lächeln, sie drückte schnell seinen behaarten Handrücken an ihre Wange und ermunterte ihn tapfer, zu gehen. Dann lauschte sie apathisch auf die Geräusche in der Küche unter ihr, wo Agnes scheinbar alle Töpfe durcheinander schmiss, Schranktüren herausriss und alles Porzellan zerbrach. Doch als sie strahlend in Irmas Zimmer auftauchte mit einem vollbeladenen Tablett, befanden sich darauf erstaunlicherweise doch zwei unbeschädigte Gedecke. Agnes stellte alles am Fußende des Bettes ab, schleppte aus dem ehemaligen Salon einen Stuhl und das Nähtischchen heran, auf dem sie hingebungsvoll für zwei Personen deckte.

»Und Ciro?«, wagte Irma, nachdem sie die Vorbereitungen aufmerksam beobachtet hatte, einzuwenden.

»Das ist doch für dich und Ciro, Schätzchen. Ich? Irma, ich werde jetzt erst mal heimfahren und dort nach dem Rechten sehen. Das verstehst du doch? Ich werde sicher schon vermisst! Heute Abend bin ich wieder hier. Alles klar?«

»Alles klar«, antwortete Irma tapfer. »Aber nenn mich nicht Schätzchen. Das klingt ja furchtbar!«

»Kaum geht's ihr wieder gut, ist sie schon wieder zickig!« Agnes baute sich vor Irma auf und schüttelte ihre schwarzrote Mähne. »Aber ehe das traute Glück hier frühstückt, will ich mal versuchen, ob ich dich nicht doch ein bisschen waschen kann. Ciro kriegt ja sonst keinen Bissen runter bei deinem Kopf mit den interessanten Steppnähten!«

Mit einem nassen Waschlappen gelang es ihr, auch wenn Irma manches Mal jammerte, das restliche Blut aus den Haarfransen rings um die Kompresse herauszutupfen. Dann erlaubte sie noch, dass Irma sich selbst ein wenig wusch und ihr hübschstes Nachhemd anzog.

»Na, vom Hocker reißen wird es ihn nicht«, konstatierte Agnes dann, wobei sie das lange weiße Baumwollgewand samt niedlicher Spitze an Ausschnitt und Trägern stirnrunzelnd musterte. »Du scheinst eine komische Vorstellung von Reizwäsche zu haben.«

»Ich brauche keine Reizwäsche!«, fauchte Irma beleidigt und kroch ins Bett. »Schließlich bin ich krank.«

Agnes legte zwei der drei Decken, in die Irma bis jetzt eingehüllt gewesen war, beiseite und stopfte die Ecken der verbliebenen unter die Matratze. »Ich bring dir nachher ein Nachthemd von mir mit. Ich hab da so ein schwarzes, durchsichtiges!« Sie schnalzte mit der Zunge. »Mit dem Ding, da hab ich mal…«

»Agnes, lass mich damit zufrieden!« Irma verschloss ihre Ohren mit beiden Händen. »Ich fühle mich mies und habe keine Lust, jemanden zu verführen!«

»Ach? Neuerdings?«

Irma lächelte verschämt, und Agnes grinste unverschämt, da klopfte Ciro an die Tür. Er brachte einige Stiele Lavendel und ein Ästchen weißer Polyantharosen mit, die er Irma mit einem Kuss auf ihr Handgelenk überreichte.

»Ich bring das Ding heute Abend besser doch mit«, brummte Agnes und verschwand, um eine Vase und den Kaffee zu holen.

Irma schnupperte glücklich an dem kleinen Strauß, sortierte dann langsam den blauvioletten Lavendel aus und legte ihn auf den Nachttisch. »Entschuldige, aber den Duft von Lavendel mag ich nicht«, gestand sie leise, ohne

Ciro ansehen zu können, und arrangierte dann liebevoll den regennassen Rosenzweig in dem Marmeladenglas, das Agnes als Vasenersatz gebracht hatte.

»Also, Leute, ich geh dann mal. Ciao, bis heute Abend.« Agnes küsste Irma so herzhaft auf die verletzte Wange, dass diese zusammenzuckte, und auch Ciro bekam nach einem kurzen Zögern die bei Franzosen üblichen Abschiedsküsse.

Mit den überflüssigen Decken im Rücken ließ sich Irma von Ciro mit frischen Croissants, üppig bestrichen mit Frischkäse und Marmelade, verwöhnen und ließ auch gehorsam mehrere Löffel Honig in ihrem Mund zergehen, da er ihr angeblich Kraft geben würde. Wenn Ciros Nähe sie auch glücklich machte und der Umgang mit alltäglichen Dingen ihr half, das Erlebte zu verdrängen, merkte sie doch, dass ihr Zustand äußerst labil war, ihr Kopf auf schnelle Bewegungen mit einem stechenden Schmerz reagierte und ihre misshandelte Haut und alle Knochen sich nach absoluter Ruhe sehnten.

»Ich glaube, jetzt mache ich ein Nickerchen.« Gestärkt und angenehm ermüdet kuschelte sie sich im Bett zurecht. Ciro wischte die Krümel von ihrer Decke und nahm ihr die Kaffeetasse aus der schlaffen Hand. Irma spürte, dass er sich wieder auf der Bettkante niederließ.

»Irma, eines noch. Wir müssen darüber sprechen. Ist es wahr: Es war Vanna, die dir das angetan hat?« Ciro hielt ihren unsteten Blick mit seinem finsteren fest. »Und sag mir – warum?«

»Ja, es war Vanna«, bestätigte Irma. Ihr Magen stülpte sich hoch und sie befürchtete, das schöne Frühstück von sich geben zu müssen. Nach tiefen Atemzügen wurde sie wieder ruhig. Ciros Augen nagelten sie unnachgiebig fest.

»Ich habe ihr gesagt, dass ich dich liebe.«

Ciro wandte den Kopf zum Fenster. Es war ihm nicht anzusehen, wie diese Erklärung auf ihn wirkte.

»Sie wird dich nie hergeben...« Irmas Stimme brach.

Ciro lachte bitter auf. »Hergeben? Hergeben? Nur wer mich besitzt, kann mich hergeben! Und besitzen wird mich keine mehr.«

Er verstummte, plötzlich sehr blass.

Irma tastete nach seiner Hand und umfasste sie fest. »Ciro! Ciro, schau mich an. Vergiss doch endlich! Vanna hat mir alles erzählt. Ich weiß jetzt alles über dich. Über dich und Helen. Und Laura.«

Ciro wandte ihr wieder das Gesicht zu, die gerunzelte Stirn glättete sich und der verkniffene Mund wurde weich. »So, du weißt also alles. Ja, meine Laura ... sie ist mir geblieben. Hélène wusste, ein zweites Mal durfte sie mir nicht ein Kind stehlen.«

Irma versuchte angestrengt, ihre Gedanken zu ordnen, seine Sätze zu verstehen. Ein zweites Mal? »Ich verstehe nicht ...«, murmelte sie, fast abwehrend, denn eine beklemmende Ahnung beschlich sie.

Mit geschürzten Lippen betrachtete Ciro die Frau in den weißen Kissen, als frage er sich, ob es richtig sei, sie noch weiter in sein Leben eindringen zu lassen. »Vanna weiß viel, aber nicht alles«, meinte er versonnen, etwas verächtliche Nachsicht war herauszuhören. Dann hob er entschlossen das Kinn und sah Irma fest in die Augen. »Unser erstes Kind hat mir dieser Meyerhoff gestohlen. Jenes Kind, Thomas, das so grauenvoll starb. Es war meins.« Irma starrte ihn an, gebannt, sprachlos. »Hélène war sich nicht sicher, wer der Vater ist, ihr Mann oder ich. Aber ich sah es. Ich wusste es! Er war mein Sohn.« Er schluckte, Wasser schoss ihm in die Augen.

»Ciro, Liebster!« Irma streckte ihm die Arme entgegen. »Vergiss doch endlich!«

Er schob seine Arme unter ihren Rücken, hob sie an und umarmte sie für eine lange Zeit.

»Ich habe vergessen!«, presste er zwischen den Zähnen hervor. »Du weißt es doch. Ich war glücklich mit dir!«

War?, dachte Irma. War? Doch sie konnte es nicht aussprechen, eine Schwäche übermannte sie. Sie registrierte noch, wie Ciro sie sorgsam zurück auf das Kissen bettete, sie zudeckte. Zwei Stunden später erwachte sie wieder, und jetzt fühlte sie sich sehr viel wohler. Ciro beobachtete mit halb geschlossenen Lidern von seinem Platz aus, wo er bis jetzt seine Zeitung gelesen hatte, wie sie sich vorsichtig auf der anderen Seite aus dem Bett gleiten ließ und ans Fenster trat. Ihre Augen waren konzentriert in die Ferne gerichtet, hinüber nach Calluna und auf die wolkenumsäumten Berghänge. Die kleinen Häuserwürfel rechts unten an der Straße und das Haus auf der linken Seite des Chalet Gris wurden ausgeblendet. Er trat zu ihr und umfing sie von rückwärts mit den Armen.

»Immer noch Regenwetter.« Ciro küsste ihren Nacken.

Irma drehte sich in seinen Armen und schmiegte sich an ihn, legt den Kopf auf seine Brust, an diesen muskulösen, erdigen Körper, genoss den Geruch seiner Haut, die jedes Kleidungsstück durchdrang, den festen Griff, mit dem er sie hielt und ihr Zuversicht gab.

Wie war es möglich gewesen, dass seine starken Gene sich in jenem verunglückten Kind so wenig durchgesetzt hatten, dass Helens Mann keinen Verdacht geschöpft hat? Aber auch bei Laura schimmerte ja nur hier und da das Erbe ihres Vaters durch, dem oberflächlichen Blick blieb die Verwandtschaft verborgen. Nun, da sie die ganze Geschichte von Ciro und Helen kannte, türmte sie sich vor ihr auf als eine Tragödie von fast antikem Ausmaß. Sie sah das Paar vor sich, das sich immer mehr in seiner Leidenschaft verstrickte, sah sie zu ihren geheimen Treffen schleichen, Kühle bewahren in Gesellschaft Dritter, geplagt von Gewissensbissen. Sie malt sich aus, wie sie beschwörende Blicke tauschen beim Anblick des Kindes, der seine stolz, der ihre zweifelnd, und wie sie beide weinen über den Verlust des Söhnchens, hört Ciros Ausbrüche: Wie konnte das geschehen?! Und sieht ihn die Geliebte doch wieder tröstend umarmen. Sie stellt sich vor, wie der Schmerz des Paares mit den Jahren versiegt, ihre brennende, heimliche Liebe sie zusammenschmiedet, bis plötzlich die zweite unerwartete Schwangerschaft Entscheidungen erzwingt … Sie waren so nahe dran, so nah am Glück, und schafften es doch nicht, ihre Fesseln abzustreifen.

Seufzend löste sie sich aus Ciros Umarmung und zog sich ins Bad zurück. Die Tür zu dem großen Schlafzimmer, in dem Agnes geschlafen hatte, stand noch offen, und ehe Irma sie schloss, ließ sie ihren Blick durch den Raum gleiten. Es wirkte so gediegen und ernst mit seinen behäbigen Möbeln und den scheckigen blauen Samtvorhängen, nur der Strohhut mit dem bunten Blumenbukett, den Agnes auf dem Pfosten am Kopfende vergessen hatte, gab ihm vorübergehend einen heiteren Anstrich.

Wieder bei Ciro, hockte sie sich auf das Bett.

Ciro schloss die Zeitung. Seine Brauen zogen sich zusammen, und sein Unterkiefer ließ die Muskeln unter den Wangenknochen hervortreten.

»Oder hier?«

Irmas Augen schweiften in dem freundlichen, weiß möblierten Raum umher auf der Suche nach Spuren der Vergangenheit. Ciro klopfte mit der inzwischen fest zusammengerollten Zeitung in seine freie Handfläche.

»Ciro, sag doch: Habt ihr hier…?«

»Überall«, stieß er widerwillig und doch mit brutalem Trotz hervor. »Überall, Irma. Nur nicht in diesem Schlafzimmer nebenan. – Sonst noch Fragen?«

Er sprang auf und wollte zur Tür hinaus, aber mit der Türklinke in der Hand wandte er sich wieder zu Irma um. Da saß sie mit hängenden Schultern auf der Bettkante, ein Träger des kindlichen Batistnachthemds war von der schmalen Schulter mit dem violetten Fleck gerutscht und entblößte die Striemen auf dem Busen, das Kopfhaar auf der einen Seite strähnig verschwitzt und auf der anderen stümperhaft gestutzt und überklebt von einer großen Mullkompresse. Das blasse Gesicht war zur Seite geneigt, und unter gesenkten Lidern betrachtete sie das Bett, auf dem sie saß.

Beschämt ließ Ciro die Klinke wieder los. »Irma, was tust du uns an? Erwarte nicht, dass ich dich belüge. Ich werde es nicht tun.«

Er lehnte sich an den Türrahmen und betrachtete nachdenklich die Frau in ihrem unglücklichen, elenden Zustand. Dann fasste er einen Entschluss.

»Ich muss für zwei oder drei Stunden ins Amt. Es gibt vieles zu erledigen. Niemand weiß, wo ich bleibe, verstehst du? Vielleicht kann ich auch etwas für uns tun, wir werden sehen.« Er trat zu ihr und drückte ihren Kopf zärtlich an seine Brust. »Brauchst du etwas? Hier sind Kekse, Mineralwasser – ich habe dir auch einen Pfirsich aufgeschnitten, sieh. Möchtest du lesen? Nebenan im Salon gibt es noch alte Modejournale und Bücher von…« Er brach ab und presste die Lippen zusammen.

Irma hob beide Hände und berührte seine Wangen und Schläfen. »Nein, bring mir nur meinen Kassettenrecorder aus der Küche und alle Kassetten. Da liegt auch ein Buch herum. Das bring mir. Hast du einen Schlüssel? Gut, schließ mich ein und dann kannst du gehen.«

Als das Geknatter von Ciros Moped verklungen war, schob Irma eine Kassette in ihren Recorder, aß die Pfirsichschnitzen und ein paar Kekse dazu und vertiefte sich dann in ihren Roman. Manchmal hörte sie Geräusche im Haus, ein Knacken oder Rascheln, aber ihr Hals blieb starr, und sie bewegte die Augen keinen Zentimeter über die Kante ihres Buches, obwohl ihr Herzschlag dumpfer wurde. Sie sagte sich immer wieder, dass Vanna viele Kilometer weit geflohen war und ihr von dieser Frau zumindest heute keine Gefahr mehr drohte. Trotzdem war sie unbeschreiblich erleichtert, als sie Agnes von der Straße her rufen hörte.

Irma schlüpfte in ihren Bademantel und stieg bedächtig, mit steifem Nacken, die Stufen ins Vestibül hinunter, um die Tür aufzuschließen. Agnes, in der einen Hand eine Plastiktüte und einen Korb in der anderen, strahlte sie fröhlich an.

»Wie schön, dass du wieder auf den Beinen bist! Kannst du mir gleich das Päckchen unter dem Arm abnehmen?«

Der Inhalt des Gepäcks entpuppte sich in der Küche als komplettes Abendessen: Eine Hühnersuppe in einem kleinen Töpfchen (»Von meiner Schwiegermutter!«), Tomaten und Salat (»Meine Nachbarin hat einen prima Gemüsegarten!«), eine Auflaufform mit Cannelloni (»Schöne Grüße von Pasquale!«), eine Mousse au Chocolat (»Von mir, also genauer, von Dr. Oetker«). Irma, die sich so gesetzt hatte, dass Helens Porträt in ihrem Rücken stand, zog die Beine unter den Bademantel an ihre Brust und umschlang sie mit den Armen. Es war amüsant, der geschäftigen Freundin zuzusehen.

»Ah, und was hat das liebe Rotkäppchen hier?« Agnes zog mit einem Ruck zuletzt noch ein schwarzes, hauchdünnes Etwas mit viel Rüschen, Boafedern und Spitzen aus der Tüte hervor wie ein Zauberer das weiße Kaninchen aus dem Zylinder. »O weh! Da ist ein bisschen Hühnerbrühe draufgelaufen.«

Sie schüttelte den schwarzen Traum kräftig, dass die Suppentropfen und Nudeln durch die Küche sprühten, und warf ihn zum Trocknen über Helens Porträt. Dann entkorkte sie ein Flasche Wein und füllte zwei Gläser mit einem dunklen herben Wein.

»Ein Nielluciu, eigener Anbau!« Agnes hielt das Glas gegen das Licht. »Den hab ich meinem Schwiegervater aus dem Keller geklaut. Na und? Der hat einen kleinen Weinberg und hütet jede Flasche wie ein Kettenhund. Aber für wen will er sie aufheben, wenn nicht für uns?« Und sie prosteten sich lachend zu.

Agnes ließ sich auf einen Küchenstuhl fallen und nahm sich Zeit, Irma genauer zu inspizieren. »Möchtest du darüber reden, ich meine die Sache mit Vanna? Die Psychopathen, oder wie die Typen heißen, sagen ja, man kommt dann besser über so ein Erlebnis weg.«

Irma hob die Schultern. »Was soll ich sagen? Es war einfach schrecklich.«

»Als ich dich hier im Haus nicht gefunden hatte, hab ich gedacht, du und Ciro – auf dem Rücksitz vom Auto oder so was. Tu nicht so, als wäre das so weit hergeholt! Was hast du bloß in dieser Bruchbude gesucht?«

»Dieses Haus hat Ciro für meine Tante Helen gebaut.«

Agnes musterte das Gemälde hinter Irma, schön dekoriert mit dem Gespinst des Nachthemdes.

»Ciro hat das Haus für die da gebaut? Wieso?«

»Sie hatten über zehn Jahre lang ein Verhältnis miteinander. Und Laura – sie ist die Tochter von Ciro und meiner Tante Helen.«

»Und da baut er ein Haus für sie direkt neben seinem und Vanna samt Kinderschar mittendrin? Was für eine Schnapsidee!«

Wo Ciro wohl überall herumgefahren ist, um das Haus einzurichten, fragte sich Irma und starrte ebenfalls das Gemälde an. Nach Ajaccio in die feinsten Geschäfte, nach Bastia, vielleicht sogar nach Piombino und Florenz, um Helen den Himmel auf Erden zu bereiten, sie hier festzubinden, anzunageln. Wer weiß, wie sehr er sich verschuldet hat. Und Vanna stolzierte indessen herum und belog die Fragenden, wenn sie etwas von dem neuen Haus am Hang wissen wollten.

»Er wusste es wohl nicht besser … Ich vermute, sein Verantwortungsgefühl für alle hat ihn zu dieser abstrusen Lösung greifen lassen.« Das verträumte, puppenhafte Lächeln des Mädchens auf dem Gemälde half bei den Grübeleien nicht weiter. »Niemand in meiner Verwandtschaft hat eine Ahnung, weder von dem Verhältnis noch von dem Kind, da bin ich sicher! Schau sie dir an, Agnes: ein unschuldiger Engel! – Ich dachte, wenn ich mich mal in dem Haus umsehe, würde ich hinter ihre Geheimnisse kommen.«

»Mitten in der Nacht? Du hast dir in der Spelunca einen Sonnenstich geholt!«

Irma wandte den Kopf zur Terrasse. Die nassen Platten glänzten, und Mondlicht spiegelte sich in den Pfützen. Sie fand keine plausible Erklärung, warum sie dem Wunsch, in das Haus einzudringen, so zwanghaft nachgegeben hatte.

»Ich wollte es wissen. Wollte endlich alles wissen! Vanna muss von unten gesehen haben, dass jemand in dem Haus Licht gemacht hat. Sie war plötzlich da und hat mir alles über Ciro und Helen und Laura erzählt. Sie – sie war so schrecklich verändert, wie eine Hexe!«

»Und warum habt Ihr euch gekloppt?«

»Gekloppt! Sie wollte mich umbringen! Totschlagen! Ermorden! Einfach so!«

Agnes blieb stumm und schaute Irma nur skeptisch in die Augen, die diese schließlich doch senken musste.

»Ja. Also gut! Ich – ich habe Vanna wohl dazu gereizt, weil ich ihr gesagt habe, dass Ciro und ich uns lieben.«

Agnes' Blick wurde weich und mitfühlend. »Was bist du doch für ein dummes Schaf!«

»Es ist aber so, Agnes. Ich war in meinem Leben noch nie so – so glücklich wie mit Ciro, da in der Spelunca.« Irma senkte die Stirn auf die Knie. Es war Lust und Zärtlichkeit bei beiden, Scheu und Schamlosigkeit, Geborgenheit und Fremdheit, fährt sie in Gedanken fort.

»Mannomann, das geht mir echt an die Nieren!«, murmelte Agnes und rückte ihren Stuhl dichter an Irma heran. Sie legte beide Arme um die kauernde Gestalt. »Aber, Irma, könnte es nicht doch sein, dass das, was du Liebe nennst, vielleicht nur der legendäre Superf...«

Irmas ruckartig hochgerissenes Kinn und ihre hochgezogenen Brauen schafften es, dass Agnes den Mund mit einem ›Plopp!‹ zuklappte. Aber dann musste sie doch noch ein aufsässiges »Püh!« nachreichen.

»Liebe …«, flüsterte Irma wehmütig, erinnerungsschwer, und nach einem längeren Schweigen fuhr sie leise fort: »Der ganze Tag mit Ciro war harmonisch, nicht erst, als wir uns umarmt haben, Agnes. Ich höre ihm gerne zu, wenn er aus seinem Leben erzählt, diese kleinen dummen Geschichten, wenn er dabei heiser lacht oder nur lächelt. Sein bäuerlicher Geruch, seine Hände, seine trockene Wärme …« Sie erinnerte sich an jeden Zoll seiner welken Haut, an jeden Wirbel in den grauen Haaren auf seinem Bauch, den er so eitel einzog. Sie mochte sogar seine herrische Art, weil sie erlebt hatte, wie demütig er sein konnte.

Sie hob den Kopf und schaute Agnes fest in die Augen. »Ich bin auch nicht sicher, ob das Liebe ist, Agnes. Aber so sollte die Liebe sein.«

»Also wieder eine große Liebe im grauen Haus auf Korsika? Na, Schätzchen, ich drück dir die Daumen! Ob Ciro begreift, was er da angerichtet hat?« Agnes bewegte zweifelnd den Kopf hin und her. »Jedenfalls – ein bisschen müssen wir dich aufmöbeln, damit der Mann deiner Träume nicht jetzt schon die Lust verliert!«

Irma musste in ihren rosaroten Jogginganzug schlüpfen, und Agnes knüpfte ihr aus einem grünen Tuch einen Turban, der ihren übel zugerichteten Kopf gnädig versteckte. In der Küche trafen sie gemeinsam die letzten Vorbereitungen für das Abendessen, wuschen den Salat, rührten die Salatsoße an und deckten den Tisch.

Als Ciro schließlich eintraf, überschaute er wohlgefällig, im Türrahmen stehend, die sich bietende Szene der eifrig werkelnden Frauen, durchquerte dann die Küche, stellte sich mit auf dem Rücken verschränkten Händen vor die Terrassentür und betrachtete die tropfenden Blätter. Irma trat zu ihm, und er legte ihr einen Arm fest um die Schulter. Agnes rührte indessen fröhlich summend in der Suppe, und bald drehten Ciro und Irma schnuppernd die Köpfe herum.

Da stieß Ciro einen heiseren Schrei aus und fuhr so entsetzt zurück, dass er hinaus auf die Terrasse taumelte. »Was ist das?!«

Seine Augen quollen förmlich aus ihren Höhlen, stierten auf Helens Porträt, über dessen linker Seite ein schwarzer Trauerflor drapiert war.

»Was bedeutet das!?«

»Was? Was meinst du denn? – Ach, Ciro! Ciro, es ist doch nur das Nachthemd von Agnes! Mit Helen ist nichts – nichts passiert!«

Ciro löste langsam seinen Blick von dem Gemälde und fixierte Irma aus schmalen Augenschlitzen. »Ist das wieder so ein Scherz von dir?«

Seine Stimme schnappte über vor Zorn. Mit großen Schritten durchquerte er die Küche, um zu gehen, aber Irma gelang es, sich an seinen Arm zu klammern.

»Bleib! Ich bitte dich! Wir haben uns nichts dabei gedacht, Ciro. Das Nachthemd war nass und sollte trocknen. Wie kannst du nur glauben, dass ich so einen geschmacklosen Scherz mache?!«

Sie drückte ihren Mund an seinen Oberarm und streichelte seine Brust, seinen starren Hals. Nach einer langen Zeit endlich senkte Ciro sein Gesicht zu ihr, der Schnurrbart kitzelte über ihre Wange, berührte die Stirn mit dem Leukoplaststreifen mit seinen warmen Lippen. Sein schwerer Atem regulierte sich.

Agnes indessen verlor langsam die Geduld. »Was hat der bloß? Hat der noch nie ein schickes schwarzes Nachthemd gesehen?«, meckerte sie auf Deutsch vor sich hin. Sie nahm den schwarzen Traum vom Bilderrahmen, knüllte ihn verärgert zusammen und schob ihn auf dem Fensterbrett hinter die Gardine.

Die Mahlzeit verlief still und einsilbig. Agnes überlegte sich jedes Wort gut, um das Paar nicht erneut zu irritieren, und Ciro unternahm nichts, um eine lockere Stimmung aufkommen zu lassen. Irma hockte innerlich zerrissen zwischen beiden und versuchte durch belanglose Bemerkungen eine Entspannung herbeizuführen. Nachdem die Teller geleert und Ciro nach ein paar Löffeln Dr.-Oetker-Mousse das Schälchen missbilligend zurückgeschoben und die Küche verlassen hatte, um auf der Terrasse zu rauchen, wuschen die beiden Frauen das Geschirr ab. Dabei begegneten sich ihre Blicke, und bald zwinkerten sie sich verschwörerisch zu.

»Geh nur zu ihm, wenn du möchtest. Ich mache den Rest schon allein«, schlug Agnes gutmütig vor, der nicht entging, dass Irmas Augen immer wieder zu Ciro wanderten, der in Gedanken versunken im Dämmerlicht auf und ab ging. Feuchte Nachtluft breitete sich in der Küche aus. Irma folgte dem Vorschlag. Aber auf der Schwelle der Terrassentür blieb sie wie angewurzelt stehen. Die Erinnerung an das Erlebte schoss beim Anblick der Balustrade und des Daches des Nachbarhauses in ihr hoch und drückte ihr den Hals zu.

»Ciro, komm zu mir!«, rief sie erstickt und wandte sich schwankend ab, wedelte mit den Händen, um die vermeintlichen wirbelnden Bettfedern zu vertreiben. »Ich kann nicht – ich kann nicht!«

Agnes war sofort bei ihr und drückte sie auf den nächsten Stuhl. Ciro kniete neben ihr nieder und streichelte die bleichen Wangen. Gehorsam nahm sie ein paar Schlucke Mineralwasser.

»Verdammt noch mal, was machen wir bloß mit ihr?«, sorgte sich Agnes. »Das hier ist die Hölle für sie.«

»Cara mia, geht es wieder? Komm zu mir, ja, so ...« Ciro drückte ihren Kopf in seine Halsgrube. »Morgen kommt noch mal der Arzt, und dann, wenn er mit dir zufrieden ist, fahren wir beide fort, mit einem kleinen Boot, das ein

218

Freund mir leiht. Wir beide machen einen wunderbaren Ausflug. Nur wir beide, du und ich.«

»Hab ich was gesagt, dass ich mit will?«, fragte Agnes pikiert.

Irma konnte ihre Freude nur zeigen, indem sie sich noch fester an ihn drängte.

»So, cara mia, jetzt muss ich aber gehen. Morgen Mittag brechen wir auf.«

Wieder flatterte Irma hoch wie ein verletzter Vogel. »Wo willst du denn hin, Ciro?«

»Ich muss noch meinen Vater bei Verwandten unterbringen.«

»Und was ist mit Laura?«, mischte Agnes sich ein. »Kann die nicht ihren Opa betreuen?«

»Mein Vater konnte Laura nie leiden«, gab Ciro unfreundlich zurück. »Das muss ich also noch regeln. Morgen sind wir wieder zusammen, Irma. Agnes wird bei dir bleiben.« Er küsste Irma auf die Stirn, nickte Agnes zu und ging.

»Fragen tut der wohl nie!«, empörte sich Agnes, nachdem sie sich von ihrer Verblüffung erholt hatte. »Klar, ich kann gern hier übernachten, mein Schätzchen! Aber ich dachte, wo ihr euch jetzt gefunden habt, da nutzt ihr jede gemeinsame Nacht. Aber womöglich kriegt er ihn nur auf der grünen Wiese hoch? Es gibt ja so komische Typen! Ich kannte mal einen, der wollte...« Irma hob nur schweigend beide Hände an die Ohren und hielt sie sich zu. »Püh! Dann eben nicht! Von schwarzer Spitzenwäsche scheint dein Ciro jedenfalls nichts zu verstehen!«

»Ach, Agnes, wie soll ich dir das nur alles erklären? In diesem Haus ist so viel geschehen, da ist kein Platz für Ciro und mich. Ich weiß, warum er flüchtet.« Sie stemmte sich aus dem Stuhl hoch. »Lass uns hinaufgehen.«

Agnes blieb an Irmas Bett sitzen, bis die beiden Schmerztabletten Wirkung zeigten.

»Agnes, du hast doch schon so viel erlebt, wollte dich – wollte dich schon mal wer umbringen?« Die Gefragte schüttelte stumm, fast bedauernd, den Kopf. »Siehst du, eine Erfahrung jedenfalls habe ich dir voraus ...«, hauchte Irma noch, dann schlief sie ein. Agnes löschte das Licht und öffnete die Fenster.

Ganz gleich, was der Arzt sagen würde, Irma war eisern entschlossen, mit Ciro den Bootsausflug zu unternehmen. Nur wenn sie aus dieser Umgebung herauskäme, würde sie die Chance haben, diese schreckliche Nacht zu vergessen und Ciros und ihre Gefühle der Erinnerungslast im Chalet Gris entziehen zu können. Deshalb packte sie schon früh am Morgen ihre Reisetasche mit dem Nötigsten und saß dann nervös zappelnd wie ein Schulkind in der Küche. Endlich kam der Arzt, an dessen Aussehen sich Irma kaum erinnerte. Er war ein gut aussehender, gepflegter Mann, der eher in eine Stadt als in diese Bergregion gepasst hätte. Er untersuchte alle Hämatome, Striemen und Kratzer, ließ sie verschiedene Bewegungen ausführen und entfernte die Kompresse.

»Das heilt ja sehr schön, keine Entzündung. Alles bestens«, stellte er zufrieden fest.

»Ein bisschen schönere Stiche hätten Sie schon machen können, dottore! Sie ist doch kein Pferd!« Als sie Irmas erschrockene Augen bemerkte, wiegelte Agnes aber gleich liebevoll ab: »Keine Sorge, es sieht echt niedlich aus! Wie eine richtige Punkerin! Es fehlen bloß die Sicherheitsnadeln und die grüne Haarfarbe.«

»Machen Sie sich keine Sorgen, Madame. Wenn das Haar nachgewachsen ist, wird man nichts mehr von der Narbe sehen.« Der Arzt warf Agnes einen warnenden Blick zu, versorgte die Verletzung neu, diesmal nur mit einem breiten Pflaster, und schaute Irma dann forschend an. »Wie fühlen Sie sich, Madame? Schwindelanfälle? Übelkeit?«

»Nein, nichts dergleichen! Es geht mir wirklich ganz großartig!«

»Na, na, na!«, brummte Agnes.

Der Arzt hatte prinzipiell nichts gegen einen Bootsausflug einzuwenden, wenn Irma sich dazu imstande fühle,
nur bei der Erwähnung von Ciro als Reisebegleiter verzog
er missbilligend das Gesicht. Er legte noch eine Salbe auf
den Tisch zur Behandlung der Blutergüsse und eine weitere Packung Schmerztabletten, und Irma bezahlte seine
Dienste. Seine Skepsis hinsichtlich des Unfallverlaufs
schien sich gelegt zu haben, jedenfalls stellte er keine
Fragen mehr. Irmas Augen strahlten, und ihr Kreislauf
war so beschwingt, dass Zweifel an ihrer psychischen
Stabilität völlig unangebracht schienen.

Endlich, in der Mittagszeit, meldete Mopedgeknatter
Ciros Rückkehr aus dem Amt. Kurz darauf stürmte er mit
einer Segeltuchtasche, die er anscheinend schon vorher
gepackt hatte, herein und schloss Irma in die Arme. »Bist
du bereit?«

Irma nickte, sprachlos vor Glück.

»Seit gestern Abend ist sie bereit, du Schafskopp«, grum-
melte Agnes auf Deutsch und ergriff Irmas Reisetasche.

Gerade als sie das kreischende Gartentor zugezogen hatten und das Vorhängeschloss der Kette zugeschnappt
war, hielt am Straßenrand ein silbergrauer Rover mit eng-
lischem Kennzeichen. Eine stark geschminkte Frau und
ein Mann mit den tiefen Falten eines Magenkranken um
den Mund reckten die Köpfe aus dem Schiebedach und
schauten sich suchend um. Aus dem Fond des Wagens
sprang ein junger Mann, der sofort auf Irma zueilte.

»Ah, Madame, Sie erinnern sich? Agence Doré aus Porto,
Sie waren bei uns wegen des Verkaufs eines Hauses!« Mit
flinken kleinen Mausaugen hatte er die umliegenden Häuser abgehakt, und jetzt saugten sie sich an der Front des
Chalet Gris fest. »Ah, ich sehe, das muss es sein nach
Ihrer Beschreibung! Wunderbar, wunderbar, wenn auch –
nun, über den Preis müssen wir noch mal reden! Diese
Herrschaften – unter uns: sehr vermögend! – interessie-
ren sich für so ein Haus.« Während er redete, riss er die

Sofortbildkamera, die an seiner Brust baumelte, hoch und schoss ein Bild. Irma, Ciro und Agnes starrten ihn verdattert an.

»Wollen Sie etwa gerade weg? Wie bedauerlich! Ich beschwöre Sie: Sie sollten den Herrschaften das Haus – wie hieß es?« Er riss ein Notizbuch vor seine kurzsichtigen Augen. »Ah, Chalet Gris! also das Chalet Gris vorführen! Eine erstklassige Chance, unter uns!«

»Is this the right one, Monsieur?«, schrie die Engländerin. Sie und der Mann stiegen aus und vereinnahmten die Villa mit Kennerblick.

»Bitte, Sie sollten sich die Zeit nehmen!«, mahnte der Makler mit unterdrückter Stimme.

Irma öffnete mehrmals den Mund und schloss ihn wieder. Sie war unfähig zu reagieren. Mit einer raschen Bewegung entriss Ciro das sich langsam entwickelnde Foto dem Makler, umfasste mit der freien Hand Irmas Oberarm und zwang sie, mit ihm die Straße hinunter auf ihren Wagen zuzugehen und den Mann stehen zu lassen. Agnes folgte ihnen.

»Nein, das ist ein Irrtum! Das Chalet Gris ist nicht zu verkaufen«, rief Ciro dem Makler über die Schulter zu. »Das graue Haus rechts daneben, das steht zum Verkauf.«

*I*rma lag bäuchlings auf den Planken des Motorbootes in der Nachmittagssonne. Das fast regungslose Meer schimmerte tintenblau, oberhalb von Sandbänken in einem leuchtenden Türkis. Wenn sie über ihre Armbeuge hinwegblinzelte, schaute sie in den Golf von Girolata. Eine Handvoll Häuser reihten sich in die Uferböschung, zur Linken überragt von dem genuesischen Fort. Hinter der weichen Hügelkette rings um die Bucht ragten jäh gelbgraue, felsige Gebirgswände auf. Nur wenige Boote hatten im Hafen, den auch sie am Abend wieder anlaufen würden, festgemacht. Die regelmäßig vorbeirauschenden Ausflugsboote mit ihren Glasbäuchen voller Touristen, die auf ihren Rundfahrten die ziegelrote Felsküste mit ihren schmalen Einschnitten, die Höhlen und die Unterwasserlandschaft bestaunten, nahm Irma gar nicht mehr wahr. Bald, wenn die Sonne tief über dem Wasser stand, würde man hier wieder ganz unter sich sein. Das einzige Geräusch würde das Krächzen der anhänglichen Möwen und das Schmatzen des Wassers an der Bordkante sein. Hierher gelangte man nur mit dem Boot oder durch die Berge über schmale Pfade, ein idealer Ort, um allein zu sein.

Ciro saß am Bug und beobachtete geduldig den Schwimmer seiner primitiven Angel. Er trug nur seine alte Jeans mit aufgerollten Beinen. Sein Rücken hatte in den paar Tagen die Farbe von poliertem Kupfer angenommen. Er spürte ihren Blick, wandte den Kopf und schaute ihr lächelnd in die Augen.

»Hat denn immer noch nichts angebissen, Ciro? Mein Magen knurrt!«

»Heißt es nicht, dass Verliebte von Luft und Liebe leben können?«, gab er zurück, schüttelte dann aber bedauernd den Kopf. »Nein noch nichts, ich habe heute kein Glück.«

Irma rollte sich träge auf den Rücken. Die Aussicht, in einem Restaurant in Girolata zu Abend zu essen, war nicht besonders verlockend. Mit Sicherheit würden sie dort oder auf dem Hin- oder Rückweg jemanden aus Ciros großem Bekanntenkreis treffen. Es waren meistens ältere oder alte Männer, ungepflegt und mit schlechtem Gebiss, die Ciro in für Irma unverständliche Geschwätze verwickelten, sie dabei mit flinken Seitenblicken taxierten und sie dennoch nicht zur Kenntnis nahmen. Ciro machte auch keine Anstalten, sie miteinander bekannt zu machen. Über ihren leicht gekränkten Hinweis auf diese Unterlassungssünde hatte er gelacht.

»Irma, wozu das? Auch wenn sie deinen Namen wüssten, würden sie sich nicht anders verhalten.« Er hatte den Männern amüsiert nachgeschaut. »Sie sind neidisch, aber auch empört über mich, dass ich mich mit meiner Geliebten offen zeige.«

»Du könntest ihnen sagen, dass – dass wir wirklich zusammengehören oder so etwas. Dann würden sie mich schon respektieren«, hatte sie sehr vorsichtig zu bedenken gegeben. Ciro warf seinen Zigarettenstummel auf die Straße und trat ihn aus.

»Ich bin es nicht gewohnt, anderen Leuten Erklärungen abzugeben.« Er legte den Arm um ihre Schultern, und sie waren stumm in der hellen Mondnacht zu ihrem Boot zurückgewandert.

»Ich vermute, ich bin nicht die erste Fremde, mit der du dich hier zeigst?«, hatte Irma noch mit einem Anflug von Eifersucht gemurmelt.

»Nein, das bist du nicht«, bestätigte er nach kurzem Zögern sachlich. Er unternahm nichts, um ihr die Bewältigung seiner bewegten Vergangenheit zu erleichtern.

Während Irma einigen sich im Aufwind mit starren Flügeln wiegenden Möwen zusah, erinnerte sie sich an die Stunden, in denen ihr Boot vor dem zipfelförmigen Naturreservat gelegen hatte und sie Sturmtaucher beobachtet und den Nistplatz eines Fischadlers mit Ciros Feldstecher entdeckt hatten. Sie waren lange völlig allein gewesen auf der See vor dieser immergrünen menschenleeren Landschaft. Hier hatte Ciro auch erstmals wieder ihren zerschundenen Körper umarmt, voll Zartheit und Scheu zu Beginn, aber als er Irmas Leidenschaft entfacht sah, gab auch er seine Zurückhaltung auf. Nie konfrontierte er sie mit seinem starken sexuellen Drang. Als erfahrener Verführer hatte er die Geduld, durch scheinbar absichtslose Zärtlichkeiten oder verbale erotische Andeutungen ihre Lust anzustacheln, sodass sie anfänglich sprachlos und oft beschämt über ihre eigene scheinbar unersättliche

Aktivität war, bis sie seine Taktik durchschaute und sich ihr dennoch nicht entziehen konnte.

Ihre Kopfverletzung war inzwischen gut geheilt, und Ciro selbst hatte die Fäden gezogen. Sie gab nur Acht, dass beim Schwimmen die frische Narbe nicht nass wurde, denn das Salzwasser reizte sie doch noch gehörig. Wie erwartet zeigten sich jetzt an verschiedenen Stellen des Körpers handgroße violette Blutergüsse, die sich an den Rändern allmählich gelb verfärbten. Obwohl Ciro jeden Abend die ihr vom Arzt überlassene Salbe einmassierte, würde es noch lange dauern, bis ihre goldene, sommersprossige Haut wieder makellos sein würde. Von Vanna hatten sie nie mehr gesprochen.

Wie schon in der Spelunca erzählte Ciro oft und gern aus seiner Zeit als Hirte oder später als Bergranger, die für ihn mit einem wahren Glorienschein umgeben war. Wenn Irma ihn dabei hingerissen ansah, in seine leuchtenden Augen, die Begeisterung in seinem schnauzbärtigen Banditengesicht registrierte, wurde ihr bewusst, dass er von den Jahren sprach, da er noch unverheiratet, ein Jüngling von sechzehn oder siebzehn Jahren war oder ein junger Mann, der gerade eine Familie gegründet hatte, noch unbelastet von den Existenzsorgen, mit denen er später für seine sechsköpfige Familie zu kämpfen hatte und die ihn schließlich zwangen, eine reizlose Schreibtischarbeit anzunehmen. Und dass er von Zeiten schwärmte, in denen sein Herz Helen gehörte.

Mehrmals hatte sich Irma vorsichtig wie eine Katze an das Thema einer gemeinsamen Zukunft herangepirscht. Sie waren bis Galéria hinaufgetuckert, wo sich auf orangefarbenen Felsen eine gewaltige Ruine erhob, das Chateau de la Torre Mozza, durch dessen leere Fensterhöhlen der gleißend stahlblaue Himmel zu sehen war. Von Ciro erfuhr sie, dass dies die Fluchtburg eines berühmten Paares gewesen sei, von Prinz Pierre Bonaparte, dem Neffen des großen Napoleon, und Nina. Gebannt lauschte Irma seiner Erzählung von dem Prinzen, einem ruhelos Getriebenen zwischen Italien, New York, Südamerika, England und wo nicht noch alles, einem Feuerkopf, der mehrfach in gefährliche Händel und Duelle, in Paris sogar in einen Mordprozess verwickelt war und sich für mehrere Jahre auf die Insel nach Calenzana zurückgezogen hatte. Er lebte ohne höfischen Aufwand, bescheiden wie die Hirten und Jäger, frönte seiner Jagdbesessenheit, immer begleitet von Nina, der schönen Tochter eines Kupferschmieds, die er heimlich geheiratet hatte, beide geliebt und verehrt vom einfachen Volk. Sogar mit Serafino, dem berüchtigten Banditen, so erzählt man, hätten sie freundschaftlich verkehrt.

Wehmütig hatte Irma immer wieder den Feldstecher auf dieses Liebesnest gerichtet. Natürlich, so einen imposanten Zufluchtsort brauchten sie und Ciro nicht. Ein kleines Haus, eine kleine Wohnung oder fürs Erste nur ein Zimmer, irgendwo ... Seufzend hatte sie den Feldstecher auf den Hocker gelegt und war die drei Sprossen der kleinen Leiter hinuntergeklettert, um ein paar Stöße zu schwimmen und diese deprimierenden Gedanken zu vertreiben.

Irma erinnerte sich, dass sie sich, tropfnass und eiskalt, wie sie danach war, lachend auf den dösenden, dann gutmütig schimpfenden Ciro fallen gelassen hatte. Sie umschlangen sich sofort mit der Selbstverständlichkeit von Liebenden, und seine sonnendurchglühte Haut erwärmte sie rasch. Er hatte sich nur schwer daran gewöhnt, dass sie ständig halbnackt herumlief, und mit zusammengezogenen Brauen jedes sich nähernde Boot und jeden fernglasbewaffneten Strandbenutzer fixiert, aber in solchen Momenten schätzte er ihr paradiesisches Leben sehr. Irmas Kopf kuschelte sich an Ciros Brust, die Nase in dem kribbelnden Gestrüpp seiner Behaarung vergraben. Mit geschlossenen Augen hatten sie den an

der schroffen Felskante sich brechenden Wellen ge-
lauscht.

»Warst du schon mal in Deutschland, Ciro?« Er brummte
eine Verneinung. »Könntest du dir vorstellen, mit mir in
Kassel zu leben?«

»Vorstellen kann ich mir so vieles mit dir, cara mia.« Er
flüsterte rau, voll erwachendem Verlangen, an dem ei-
gentlichen Thema völlig desinteressiert. Sein Daumen
umspielte ihre Brustwarze.

»In Kassel findest du bestimmt Arbeit. Das ist eine
Großstadt! Ich bin ganz sicher.«

»So?«, hatte Ciro gedehnt gefragt, und seine Hand glitt
von der Brust hinunter zur Taille. »Und was für Arbeit?
Bei der Müllabfuhr? Als Kellner in einer Pizzeria?«

Irma bis sich auf die Lippe. Nach einer Weile begann sie
von Neuem. »Ich denke, du könntest in meinem Musik-
geschäft arbeiten, die Buchhaltung machen. Oder als – als
Verkäufer.«

»Und du bist mein strenger Chef?«

»Ich würde nicht sehr streng sein ...«

»Ich verstehe nichts von Geigen und nichts von Noten.
Bin ich nicht ein etwas alter Lehrling? Ich wäre gerade gut
genug, deinen Laden zu fegen.« Da hatte seine Stimme
schon recht grimmig geklungen, und Irma hatte den
Mund zusammengepresst und ihr Gesicht an seine Brust
gedrückt. »Na gut, komm. Erzähl mir etwas von diesem –
diesem Kassel«, hatte er nach einer Weile eingelenkt, und
Irma war nur zu gern dieser Aufforderung gefolgt, unter
sorgfältiger Umgehung aller Anspielungen auf ein gemeinsames Leben in dieser fernen deutschen Stadt. Aber
sie vermied sie nicht immer, scheiterte jedoch jedes Mal
an Ciros Realitätssinn.

Als Irma in einem solchen Moment zudem klar wurde,
dass sie wieder in ihr altes Verhaltensmuster verfallen
war, aus Rücksicht auf die Psyche eines geliebten Mannes
ihre eigenen Wünsche ignorierte, schrie sie plötzlich ver-

zweifelt und empört auf: »Aber wie stellst du dir denn unsere Zukunft vor!?«

»Zukunft! Zukunft! Immer sprichst du von dem, was nicht ist!«, hatte er unerwartet heftig reagiert, und Irma zuckte zusammen. Er verlor so selten die Beherrschung. »Jetzt sind wir zusammen und glücklich, Irma. Was ist die Zukunft schon im Vergleich zur Gegenwart? Du bist hier, bei mir, heute, jetzt, in dieser Stunde, in dieser Sekunde fühle ich dich. Das ist mir genug. Warum nicht dir?«

Solche Verstimmungen währten aber immer nur kurz. Spätestens nach dem hier so frühen Sonnenuntergang umschlangen sie einander unter dem Laken, ihre Körper rückten sich zurecht, fanden ohne Hast jene Mulden und Hügel, in denen sie sich zu Hause fühlten, und schliefen ein wie zwei von einem missratenen Spiel erschöpfte Katzen.

»Aaah!«, rief Ciro vorn an Steuerbord und riss Irma aus ihren Erinnerungen und Grübeleien. Er schwang seine Angel empor, an der ein beachtlicher Fisch, eine Rotbrasse, zappelte, die er auf den Planken mit einem wuchtigen Schlag tötete. Noch einmal warf er die Angel aus.

Kochen konnte Ciro nicht, weigerte sich auch hartnäckig, selbst etwas zuzubereiten, anstatt Irma skeptisch und manchmal auch nörgelnd zu beobachten. Er hatte aber ein erstaunliches Gedächtnis für aromatische Zutaten und Gewürze, für gegrillte oder gebratene Fische oder zum Braten jenes halben Zickleins, das sie vorgestern auf einem Dorfmarkt neben Tomaten, Zwiebeln und Zitronen erworben hatten. Sie waren in einer menschenleeren Bucht an Land gegangen, Ciro hatte geschickt aus Ästen einen Drehspieß gebastelt, auf dem bald das zarte, magere Fleisch röstete. Nachdem eine Flasche Wein, Brot und Käse vertilgt, alle fettigen Finger abgeleckt waren und sie sich träge auf den schwarzen Kieselsteinen geliebt hatten, holte Ciro ihre Schlafsäcke aus dem Boot, und sie schliefen dort am Strand, unter den blinkenden Sternen und dem abnehmenden Mond, bis ein kalter Wind sie noch vor Sonnenaufgang weckte. Sie wateten durch das seichte Wasser zum Boot zurück zu ihrer engen, aber warmen Kajüte und waren nochmals für einige Stunden eingeschlafen.

Irma stieg in die Kombüse hinunter, schlüpfte in T-Shirt und Shorts und überprüfte ihre Vorräte. In einem roten verbeulten Emailletopf duftete frische Minze und Basilikum, ein dicker Strauß Rosmarin, Majoran und Thymian baumelte zum Trocknen unter der Decke. Ciro hatte ihn neulich bei einem Landausflug gesammelt, bei dem sie über einen von Macchia umsäumten Pfad die Steilküste erklommen hatten. Ciro zeigte ihr, dass dieser undurchdringliche, scheinbar einförmig grüne Teppich sich in Wirklichkeit aus vielen Sorten genügsamer Sträucher zusammensetzte – der oft mannshohen Baumheide mit ihren weißen Glöckchenblüten, den Zistrosen, Wacholder- und Buchsbäumen, Farnkräutern von vorzeitlicher Größe, dem Erdbeerstrauch, Rosmarin, Geißblatt und dem schopfigen Lavendel. Er beschrieb den Anblick dieser Hänge im Frühling, wenn sie und die Täler noch das saftige Grün der regenreichen Jahreszeit trugen, der leuchtend gelbe Ginster sich in weiten Wellen gegen das Blau des Himmels und des Meeres abhöbe und die Zistrosen sich in weiße und rosafarbene Riesenpolster verwandelten. Ein Weile verschwand er zwischen den hartlaubigen Büschen und kehrte nach kurzem Suchen mit einen Myrtenzweig zurück, als Symbol der Liebe der Göttin Aphrodite geweiht, den er Irma galant überreichte. Immer höher und höher hatte sich ihr Weg hinaufgeschraubt, bis sich ihnen die grandiose, zerklüftete Küste mit den ockerfarbenen, ins Meer hineinkrallenden Kaps in voller Länge dargeboten hatte.

Es gab noch Wein und Käse, und das Brot unter dem Holzdeckel in der Keramikschüssel reichte ebenfalls.

Irma atmete auf. Sie würden an Bord bleiben können. Leise summend schnupperte sie an dem Myrtenzweig, der in einem kleinen an der Wand befestigten Väschen steckte, und sofort war die Erinnerung an all diese ätherischen Öle, die in der sengenden Sonne der Macchia entstiegen waren, wieder da. Verträumt lächelnd schnitt sie die restlichen Tomaten und die halbe Avocado auf und vermengte sie mit reichlich Basilikum, Zitronensaft, Olivenöl und diversen Gewürzen. Mit halbem Ohr konnte sie verfolgen, dass Ciro ein zweites Mal mit seiner Angel erfolgreich war. Nachdem er die Fische ausgenommen und die Innereien den wartenden Möwen zugeworfen hatte, die diese zu seiner kindlichen Freude in der Luft auffingen, reichte er ihr den Fang herein, der rasch gesalzen, mit Zitronensaft beträufelt, in ein wenig Mehl gewendet und in heißem Olivenöl gebraten wurde. Indessen deckte Ciro den winzigen Tisch an Deck mit ihren beiden einfachen Tellern, Besteck und den Wassergläsern. Dann entkorkte er eine Flasche, prüfte die Güte des Weines und harrte nach Kapitänsart der Dinge, die der Smutje aus der Kombüse heraufreichte.

Kaum war die Sonne hinter den Bergzacken versunken, breitete sich die Dämmerung aus. Am Ufer blinkten die ersten Laternen. Irma rückte ihren Stuhl näher zu Ciro, dessen Arm auf der Reling lag, und lehnte ihre Wange an seine warme Haut. Gemeinsam beobachteten sie das geruhsame Treiben bei den Jachten und Motorbooten im Hafen. Ciro spielte mit Irmas Haar, das in winzigen Wellen auf der ungeschorenen Seite ihren Kopf umgab. Aus dem Kofferradio in der Kombüse klang seltsam verzerrt ein Blues zu ihnen heraus, es schien Joe Cocker zu sein.

Plötzlich überfiel Irma Beklommenheit, Unruhe und Angst.

»Ciro – wann müssen wir zurück?«

»Morgen, cara mia.«

Die ruhig, leise gesprochenen Worte, bei denen er fortfuhr, in ihren Locken zu wühlen, trafen sie, als seien sie auf ein Riff gelaufen.

»Nein, nein!«, stammelte sie. »Nein, Ciro. Doch nicht morgen! Übermorgen. Oder besser noch…«

»Morgen, Irma. Meine Nichte heiratet. Ich muss nach Cargèse.«

Irma sprang auf und stieß dabei fast den wackeligen Campingtisch um. Ihre Hände umklammerten die Reling, und nach Worten suchend starrte sie auf das schwärzliche Meer. Nach einer Weile erhob sich auch Ciro und legte besänftigend den Arm um ihre Schulter.

»Tu mir das nicht an, Ciro. Ich bitte dich. Fahr nicht nach Cargèse!«, stieß sie endlich heiser hervor. »Du hast mit — mit diesen Leuten nichts mehr zu tun.«

Der Druck seines Armes ließ nach. »Diese Leute, wie du sagst, sind meine Familie. Linda ist die Tochter meines verstorbenen Bruders. Deshalb bin ich Lindas Brautführer. Ich habe es versprochen.«

»Ich bin deine Familie! Ich!«

»Meine Familie ist groß«, knurrte Ciro und ließ sie stehen. Er lichtete den Anker, warf den Motor an und tuckerte zum Anlegesteg im Hafen von Girolata. Das Besteck klapperte auf den Tellern, ein Glas kullerte vom Tisch und zerbrach an einer Schraube. Irma rührte sich nicht.

Die letzte Nacht auf ihrer Arche. Irma hatte sich demonstrativ in einer der beiden Kojen zum Schlaf zusammengerollt und ignorierte die breite Luftmatratze, mit der sie zu Beginn ihrer Reise den Boden zwischen den beiden engen Schlafgelegenheiten ausgepolstert hatten. Dort hatten sie fast jede Nacht Seite an Seite verbracht, nur wenn es innen zu heiß oder stickig geworden war, wurde die Luftmatratze an Deck geschleppt, in der Morgenkühle wieder hinuntergezerrt. Aber nie war einer ohne die Nähe des anderen eingeschlafen. Ciro hatte beim Herabsteigen auf der Leiter innegehalten, betrachtete Irma lange stirnrunzelnd und mit der Hoffnung, sie würde sich herumdrehen und die Arme nach ihm ausstrecken. Schließlich packte er seinen Schlafsack und legte sich auf Deck hin.

Irma, die nur ab und zu in einen Dämmerzustand verfiel, hörte ihn hin- und hergehen, und Zigarettenrauch wehte zu ihr herunter. Auch er fand keinen Schlaf. Kaum röteten sich die Gebirgsspitzen, warf er den Motor an und nahm Kurs nach Süden. Irma schenkte der langsam vorbeiziehenden bizarren Küste, die sie bei ihrer Anreise mit strahlenden Augen bewundert hatte, nicht einen Blick. Sie suchte die wenigen Kleidungsstücke, die sie getragen hatte, zusammen und stopfte sie zu den unbenutzten in die Reisetasche, schob die Antenne des Radios zusammen und legte es mit einem ungelesenen Buch obenauf. Als sie die Toilettensachen einsammelte, bekam Ciros rote Zahnbürste einen wütenden Schubs, sodass sie auf dem Boden landete, aber sie bückte sich nicht. Zuletzt fiel ihr Blick auf den Myrtenzweig. Ganz automatisch griff sie danach, wollte dieses Symbol nicht zurücklassen. Doch dann brach sie den Zweig in mehre Stücke und warf sie fort.

Irma wuchtete die pralle Tasche nach oben und lehnte sich an die Reling, das Gesicht auf das dunstige Meer gerichtet.

»Was ist, Irma? Gibt es keinen Kaffee heute?« Ciro stand am Steuer und betrachtete sie breit lächelnd, um Versöhnung werbend. Die Reisetasche ignorierte er. Tausend Falten umkränzten seine zusammengekniffenen Augen. Es gelang Irma nicht, seinem Blick standzuhalten.

»Nein, kein Kaffee heute. Bitte, setz mich in Porto ab«, konnte sie nur hervorwürgen, denn schon wieder liefen Tränen über ihre Wangen, und sie wandte ihm schnell den Rücken zu. Ihre Gedanken kreisten wie besessen nur um das eine: dass er dieses verdammte Steuer losließe, zu ihr käme, sie umarmte und küsste und alles zu tun versprach, was sie wollte.

Aber er tat nichts dergleichen. Er blieb stumm, bis sie in Porto anlegten.

Irmas Wut und Enttäuschung war inzwischen kaum noch zu beherrschen. Das Boot war noch nicht fest vertäut, als sie schon auf den Steg kletterte. Sie warf sich ihre Tasche mit einem so zornigen Schwung über den Rücken, dass ihr die Beine einknickten und sie taumelte. Ciro war mit zwei Sprüngen bei ihr und richtete sie auf, aber sie entriss sich zornig seiner Fürsorge.

»Irma, ich bitte dich, begleite mich doch. Hast du überhaupt schon mal eine Hochzeit in einer griechisch-orthodoxen Kirche erlebt?« Seine vibrierende Stimme, voll geduldiger Zuneigung, ließ Irmas Knie erneut weich werden, aber sie schüttelte den Kopf, den Rücken mit der Reisetasche ihm zugewandt.

»Das kann ich nicht! Verstehst du das nicht? Das bringe ich nicht fertig!«, flüsterte Irma mit brüchiger Stimme. Dann fuhr sie plötzlich herum. »Und als was willst du mich denn deinen Verwandten präsentieren? Als die neueste Errungenschaft im Kranz der sexhungrigen Damen, die du schon alle gevögelt hast?!«

Ciro funkelte sie nun ebenfalls zornig an. »Den Blumen aus diesem Kranz hätte ich nie dieses Angebot gemacht.« Er hob sein Kinn an und kniff die Augen zusammen. »Lauf nicht davon, Irma. Komm mit.«

Es klang wie ein Ultimatum.

Aber Irma schüttelte den Kopf. »Nein.«

Sie wandte sich ab und trottete langsam davon. Ihre Tränen waren versiegt, sie war wie versteinert. Sie spürte lange Ciros Blick im Nacken, wandte sich jedoch nicht mehr um. Sie hörte das ihr nun seit Tagen vertraute Motorgeräusch des Bootes wieder einsetzen und langsam verklingen.

Bei dem ersten in dieser frühen Stunde geöffneten Straßencafé ließ Irma die Tasche von der Schulter auf den Boden plumpsen und sank auf einen Stuhl. Sie bestellte bei dem unausgeschlafenen Kellner einen Grand Café und rührte dann minutenlang in der schwarzen Brühe.

Aus der Traum.

Konnte das sein? Was für sie die Liebe ihres Lebens war, diese wahrhaft atemberaubende Harmonie von Körper und Seele – für Ciro war es scheinbar nur eine Urlaubswoche mit einer idealen Sexpartnerin. Er ließ sie stehen wie einen lästigen, schwanzwedelnden Hund. – Oder? Er liebt mich doch, jeden Tag hab ich es gespürt, er liebt mich!

Warum tut er mir das an?

Wie ein bockiges Kind, das mit den Füßen aufstampft, beteuerte sie vor sich selbst ihre vermeintlichen Ansprüche. Nach einer Stunde schleppte sie sich zu dem Parkplatz, auf dem ihr verstaubter Wagen wartete. Mit wachsender Panik setzte sich die Vorstellung in ihr fest, dass sie einen Fehler gemacht hatte. Als in Porto die Kreuzung auftauchte, wo sie sich zwischen der Straße in die Berge und der nach Cargèse entscheiden musste, wurde sie so langsam, dass der Autofahrer hinter ihr ärgerlich auf die Hupe drückte. Endlich gab sie Gas und riss das Lenkrad herum. Irma nahm den Weg nach Cargèse.

*I*n einem kleinen vierstöckigen Hotel fand Irma ein Zimmer mit winzigem Balkon, allerdings direkt über der verkehrsreichen Uferstraße, aber mit grandioser Sicht über den Golf von Sagone. Am Morgen duschte sie ausgiebig, wusch alle Salzreste aus ihrem Lockenkopf, sodass das trockene Haar wieder in allen Schattierungen eines Feuers leuchtete, und pflegte ihre strapazierte Haut. Das einzige Kleid, das sie auf diesen Bootsausflug mitgenommen hatte, war ein wadenlanges himmelblaues Leinenkleid, ärmellos, schlicht, mit einer Knopfreihe vorn. Obwohl sie es eine Weile auf den Balkon gehängt hatte,

war es immer noch zerknittert, auch die weißen Leinen-
schuhe hatten auf dem Schiff gelitten. Der dunstbeschla-
gene Spiegel in dem winzigen Bad zeigte ihr ein golden
gebräuntes, sommersprossiges, etwas aufgeregtes Gesicht
mit unruhigen graublauen Augen unter blonden Wimpern
und Brauen, einer asymmetrischen, aber durchaus aparten
Frisur, und mit Lippenstift und Wimperntusche setzte sie
noch rasch Akzente. In dem großzügigen Dekolleté
schimmerten die Kugeln der rosaroten Korallenkette.
Was sie sah, gefiel ihr. Doch, sie würde sich stellen.

Sie erkundigte sich beim Portier nach der Adresse des
Hauses Kossionides, wo sie zur Hochzeit eingeladen sei.
Der Mann beschrieb ihr zuvorkommend den Weg, unterbrach sich dann aber und schaute zweifelnd auf seine
Armbanduhr. »Vielleicht gehen Sie besser gleich zur Kirche, Madame. Die Trauung muss jeden Moment beginnen!«

Irma trat ins Freie und eilte auf der anderen Straßenseite
zu der Senke, auf deren einen Seite blendend weiß der
Glockenturm der katholischen Kirche leuchtete. Direkt
gegenüber, jenseits der kleinen Schlucht, stand das graue,
wehrhaft wirkende griechisch-orthodoxe Gotteshaus.
Seine Glocken dröhnten, und während Irma fast im
Laufschritt den Pfaden durch die Gärten zwischen den
sich selbstbewusst anstarrenden Kirchen folgte, sah sie,
dass auf dem Vorplatz, unter einem mächtigen Schatten
spendenden Ombu-Baum, sich bereits viele Leute aufhielten. Sie alle beobachteten eine feierliche Prozession,
die eben am Ende eines aus dem Dorf herabführenden
Weges auftauchte. Irmas Herz begann zu klopfen. Wie
eine Schlange wand sich der Zug zwischen den blühen-
den Gärten herab, vorbei an einer einzelnen, sich sanft
wiegenden, alle Häuschen überragenden Palme, immer
näher, und endlich erkannte Irma den Brautführer.

Ciro trug seinen schwarzen Anzug, ein weißes Hemd
unter der rosenbestickten Weste und einen breitkrempi-

gen schwarzen Hut, der sein Gesicht tief beschattete. Alles hatte tagelang in der Kajüte auf einem Drahtbügel hin- und hergeschaukelt, und Irma hatte sich manches Mal belustigt gefragt, wozu er eigentlich seinen Sonntagsstaat mit aufs Boot und in die Einöde genommen hatte. Nun wusste sie es. Die Braut an seinem Arm war ganz offensichtlich schwanger, trug aber mit fröhlichem Lachen ein voluminöses weißes Brautkleid, einen Orangenblütenkranz im schwarzen Haar und einen mehrere Meter langen Schleier, dessen Ränder von vier in rosa und hellblauer Spitze gekleideten Brautjungfern zierlich angehoben wurde. Eine von ihnen war Laura. Während Ciro ganz darauf konzentriert war, seine Rolle gut zu spielen und durch die begeistert klatschenden Gäste feierlich hindurchsah, wurde Irma von Laura sofort entdeckt. Sie fixierten sich für den Bruchteil einer Sekunde, ohne die Mienen zu verziehen, dann war sie vorüber. Als Irma unter den folgenden Frauen und Männern Vanna ausmachte, zog sie sich schnell hinter den Rücken ihres Vordermannes zurück.

Die Kirche war mit Gästen rasch gefüllt, die Neugierigen drängten nach, Irma unter ihnen, aber fürs Erste schaffte sie es nur bis zu den Steinstufen des Portals. Sie lauschte dem Gesang des Popen und den Responsorien der Hochzeitsgesellschaft, und allmählich gelang es Irma, ein paar Schritte in das Innere vorzudringen, da bei den Anwesenden ohne Sitzplatz ein ungeniertes Kommen und Gehen herrschte. Viele hielten, wie Irma jetzt erst sah, kleine Sträuße aus Minze und Basilikum in den Händen, die das Gotteshaus mit ihrem starken Aroma erfüllten, aber zusammen mit den Ausdünstungen der vielen Menschen und dem schweren Parfum mancher Frau auch Beklemmung verursachten. Sie konnte über den Köpfen den oberen Rand der von Messingleuchten angestrahlten goldenen Ikonostase sehen, riesige Kronleuchter erleuchteten die weiße Marmorapsis und dicke Schwaden von

Weihrauch quollen über die Häupter der Hochzeitsgäste empor. Trotz recken und strecken konnte sie das Brautpaar nur hier und da sehen, Ciro gar nicht ausfindig machen. Enttäuscht verließ sie die Kirche und setzte sich auf die Mauer, dem Portal direkt gegenüber.

Nach einer Stunde endlich kam Bewegung in die Wartenden. Sie fluteten zurück und verteilten sich im Halbkreis um die Kirchentür, und Irma war wieder verdeckt. Kurz entschlossen schwang sie die Beine auf die Mauer, obwohl hinter ihr ein Abgrund von einigen Metern gähnte, und richtete sich auf. Das Brautpaar schritt gerade lachend den Mittelgang auf den Ausgang zu, und als sie ins grelle Mittagslicht traten, brach ein Höllenlärm aus. Alle Umstehenden lachten, brüllten, kreischten und klatschten in die Hände, Sektkorken knallten, Handsirenen heulten los und ein Gewitterregen von Reiskörnern prasselte auf das aneinander Schutz suchende Brautpaar herab. Man fiel sich in die Arme, küsste jeden, ob er dazugehörte oder nicht, und tat, als sei eine wahrhaft weltbewegende Tat vollbracht.

Irma allein stand regungslos über diesem Hin- und Herwogen von Freude und Begeisterung, die Augen unverwandt auf das Portal gerichtet, bis endlich Ciro, zusammen mit Vanna, ins Licht trat. Vanna beschattete kurz ihre Augen mit der Hand, Ciro zog den Hut etwas tiefer in die Stirn, und beider Blicke fielen dann gleichzeitig auf die rothaarige Frau im blauen Kleid auf der Kirchhofsmauer. Sehr langsam, ohne sich anzusehen oder Irma ein Zeichen des Erkennens zu geben, schritten sie die letzten Stufen herunter und gingen zu der Traube von Menschen, die das Brautpaar umgab, um zu gratulieren. Irma holte tief Luft, kletterte von der Mauer und setzte sich. Gelassen beobachtete sie, wie sich Vanna und Ciro an das Hochzeitspaar herankämpften und ihre Glückwünsche aussprachen. Laura stand in ihrem albernen Brautjungfernkleid seitlich bei dem Popen und schien konfessionelle Probleme größter Wichtigkeit zu besprechen. Keiner der jungen Männer interessierte sich für sie. Irmas Augen wanderten wieder zu Ciro zurück. Er scherzte mit der Braut und klopfte ihr väterlich auf das Bäuchlein. Schließlich wurde er von anderen Gratulanten abgedrängt, er wandte sich um, suchte Irma mit den Augen und kam endlich langsam, gefolgt von Vanna, auf sie zu. Er beugte sich zu ihr hinab und küsste sie förmlich links und rechts auf die Wangen.

»Ich freue mich sehr, dass du doch gekommen bist«, bekannte er laut, und Irma fühlte, wie ihr Herz zu hämmern begann. Vanna blieb hinter Ciros Rücken abwartend stehen und betrachtete mit freundlichem Interesse das Treiben auf dem Kirchplatz. »Hat es dir gefallen?«

»Ich habe nicht viel gesehen, zu viele Menschen«, würgte Irma hervor und erhob sich. Dabei fixierte sie mit gesenkten Lidern die kleinen Rosen auf seiner Samtweste. Ciro machte einen Schritt zur Seite, sodass sie plötzlich Vanna gegenüberstand, aber sie brachte es nicht fertig, ihr ins Gesicht zu sehen.

Ciro legte einen Arm um Irmas Taille und gab auch Vanna einen leichten Schubs. »Kommt, sehen wir zu, dass wir noch etwas vom Champagner bekommen!«

Die Gesellschaft hatte sich in Bewegung gesetzt, und wieder schlängelte sich der farbenprächtige Lindwurm den kleinen Hang hinauf. Stumm und trotzig lächelnd ließ sich Irma mittreiben. Ciro und Vanna wurden immer wieder in Gespräche verwickelt, tauschten mit dem einen oder anderen scherzhafte Zurufe aus und schienen Irmas Schweigen nicht zu bemerken. Am Ende der Gärten, wo sich quer zu ihrem Aufstieg über der Senke die erste Häuserreihe an einer schmalen Dorfstraße entlangzog, waren vor einem Restaurant lange, weiß gedeckte Tische, Bänke und Stühle aufgestellt, einfach auf der an diesem Tage für andere nicht mehr passierbaren Gasse. Schatten spendeten drei große, zwischen den Häusern aufgespannte helle Segeltücher. Junge Männer mit Bistroschürzen eilten hin und her mit vollbeladenen Tabletts und boten Champagner an. Ein Akkordeonspieler untermalte mit Valses musettes, sehnsüchtigen Tangos und feurigen Javas die fröhliche Atmosphäre.

Die Eltern des Bräutigams trafen auf Ciro und Vanna, man prostete sich zu, und Vanna schob besitzergreifend ihren Arm unter Ciros.

Mit der anderen Hand zog Ciro Irma etwas näher an den Kreis. »Darf ich euch miteinander bekannt machen? Das ist Irma, meine große Liebe!«

Das Ehepaar stutzte, lachte dann gutmütig wie über einen alten Witz, und die Frau meinte neckend zu Vanna: »Ja, dein Ciro, der kann's nicht lassen!«

Und wieder lachten alle, nur Irma nicht. Nach einer Weile löste sie sich von der Gruppe und schlenderte mit stolz erhobenem Kopf zwischen all den Menschen herum. Man akzeptierte sie anfangs wie irgendeine Verwandte, von der man bisher nichts gewusst hatte, oder vielleicht als Freundin eines Gastes, die sie ja war. Allmählich jedoch hatte sich die ältere Generation untereinander durch eine Kopfbewegung, eine gezischelte Bemerkung oder einen vielsagenden Blick darüber verständigt, dass sie zu Ciro gehörte – man weiß schon wie! –, und es bildete sich um Irma ein eisiges Vakuum. Isoliert in dem lustigen Treiben fragten höchstens die Kellner danach, ob das Champagnerglas nachgefüllt werden könnte oder ob sie nochmals bei den köstlich variierten Bruschetti zugreifen wollte. Ohne wirkliches Interesse beobachtete sie die mit Organza, Spitze und Samt herausgeputzten Kinder, die die Katzen und Tauben jagten, stolperten und über das schmutzige Pflaster rutschten, sich zankten und vertrugen und weitertollten.

Als sie einmal eine Kehrtwendung machte, stand sie unvermutet wieder vor dem Vater des Bräutigams.

»Tout va bien, Mademoiselle?«, fragte er, sah schnell zu Ciro hinüber und zwinkerte ihr dann vielsagend zu.

»Oui, merci! Ach, Monsieur? Sie scheinen es nicht zu glauben, aber ich bin wirklich Ciros große Liebe«, sagte Irma mit ernstem Trotz.

Das anzügliche Grinsen auf dem runzligen Gesicht verschwand. Sein Blick huschte über die Umstehenden, dann neigte er sich näher zu ihr, dass sein schlechter Atem sie traf, und raunte: »Was auch immer Sie sind – heute sind Sie nur ein ungebetener Gast. Verhalten Sie sich entsprechend.«

Er wollte gehen, aber Irma erwischte ihn am Ärmel.

»Sie irren sich, Monsieur«, widersprach sie sehr laut. »Ich bin eingeladen, und zwar von Ciro.«

»Ja, wirklich! Hast du das nicht gewusst?« Vanna stand plötzlich neben ihnen und mischte sich mit sanfter Stimme ein. »Das tut uns leid. Man hätte es euch sagen müssen, dass wir einen Gast mitbringen!«

Der Mann wechselte einen verunsicherten Blick mit ihr, entschuldigte sich und hatte es plötzlich eilig, wegzukommen.

»Ich brauche Ihre Hilfe nicht!«, zischte Irma und brachte es fertig, Vanna in die Augen zu sehen.

»Ich helfe nicht Ihnen, Mademoiselle, ich helfe Ciro«, flüsterte Vanna verächtlich zurück. Sie sammelte ein paar leere auf der Bank abgestellte Gläser ein und brachte sie ins Haus.

Irma drängte sich zwischen den Tischen nach vorn an die Sandsteinmauer. Einige Meter unter ihr lagen kleine Gärten mit Gemüsebeeten, Stangenbohnen und Tomatenstauden, Dahlien, Gladiolen, Bougainvillea und Oleander setzten muntere Farbtupfer. Am Ende der jäh abfallenden kleinen Schlucht, beidseitig eingerahmt von den zwei Kirchen, erstreckte sich glatt und besonnt das Meer. Irma ließ sich auf dem nächstbesten Stuhl nieder, und ihre Augen suchten wieder den Geliebten.

Dort drüben stand er in einer größeren Männergruppe. Die meisten schwatzenden Hochzeitsgäste hatten sich zwanglos an den Tischen niedergelassen. Die Kellner schleppten inzwischen Platten mit Meeresfrüchten heran und verteilten sie auf den Tischen, begleitet von den Bravorufen der inzwischen hungrigen Gäste. Die älteren und alten Männer, mit denen Ciro sich unterhielt, sahen einander merkwürdig ähnlich, die kantigen Gesichter verwittert und erdbraun gebrannt, sie trugen alle weiße, jetzt am Kragen leicht geöffnete Hemden und gelockerte schwarze Krawatten, schwarze verbeulte Anzüge, schwarze verschossene, schweißige Hüte und schoben kalte Zigarrenstummel oder verbogene Zigaretten von einem Mundwinkel in den anderen. Ciro hatte sein Jackett ausgezogen, es lässig über eine Schulter geworfen und den Hut in den Nacken geschoben. Ab und zu klang sein kehliges Lachen zu ihr, und Irma starrte gebannt auf die tiefe Einbuchtung zwischen seinen Schulterblättern, in der sein Hemd bereits etwas dunkel war vom Schweiß, und erinnerte sich der Küsse, mit denen sie dort die Haut bedeckt hatte.

Laura kam auf sie zu und verstellte den Blick auf die debattierenden Männer. »Ciao! Sie sind ja richtig braun geworden. Waren Sie am Meer?«

Das rosarote, verspielte Brautjungfernkleid passte überhaupt nicht zu ihrem herben Typ, die Farbe jedoch unterstrich vorteilhaft den warmen Haselnusston ihres Haars. Dessen Struktur zumindest hatte sie eindeutig von ihrem Vater geerbt, stellte Irma fest. Ohne das straffe Haarband, das Laura neulich getragen hatte, stand es heute in großzügigen Wellen, starr und wie elektrisch geladen, vom Kopf ab. Nur an den Schläfen bändigte je ein kleines Blumengesteck das Haar.

Irma zögerte. Die Frage klang ganz unbefangen, als wüsste das Mädchen nicht, dass Irma mit seinem Vater tagelang auf einem Boot zusammen war.

»Ja, ich war am Meer«, bestätigte sie schließlich.

Laura setzte sich. »Sehr vernünftig. So allein im Chalet Gris, oben in den Bergen – ich kann mir denken, dass das ein langweiliger Urlaub wird, wenn man nicht gerade ein fanatischer Wanderer oder Eremit ist.« Sie schlug die Beine übereinander und lehnte sich zurück. »Schade, dass das Haus leer steht und verkommt. Man könnte so viel damit machen.«

»Ja? – Was denn zum Beispiel?«

Laura strich ein Weilchen mit den sorgfältig manikürten Fingern auf der Tischdecke herum. »Also, ich finde, man könnte daraus zum Beispiel ein Kinderheim machen. Oder ein Altenpflegeheim.«

»Ein Heim für gefallene Mädchen vielleicht?«

Laura hörte Irmas Anzüglichkeit nicht, sie nickte nur eifrig. »Ja, auch das wäre denkbar.«

»Ich könnte ja mal mit meiner Tante darüber reden ...«

Lauras Augen leuchteten auf, und ihre Geziertheit fiel von ihr ab. Sie beugte sich vor, um Irmas Gesichtsaus-druck genauer studieren zu können, und befeuchtete mehrmals mit der Zungenspitze ihre Lippen.

»Ja? Würden Sie das tun? Oh, ich wäre Ihnen unbe-schreiblich dankbar! Es wäre eine große Aufgabe für mich, sagen Sie das Ihrer Tante. Das Finanzielle müsste natürlich mit dem Kloster geregelt werden, sie soll das Chalet Gris ja nicht verschenken! Aber ich würde die Organisation, die Leitung übernehmen. Wie oft habe ich das schon in Gedanken durchgespielt!« Langsam stieg eine tiefe Röte in die Wangen des Mädchens, und Irma sah, dass unter der zarten Haut ihres Halses der Puls heftig klopfte. Auf der Oberlippe bildeten sich feine Schweißperlen, die das Mädchen mit den Fingerspitzen abtupfte.

»Ich plädiere für ein Altersheim! Die umliegenden Ge-meinden würden die Einrichtung sehr begrüßen. Sie wis-sen ja, die jungen Leute gehen weg in die Städte, viele sogar nach Italien oder Frankreich, und die Alten bleiben zurück, wursteln tapfer weiter in ihren Hütten und Höfen, aber irgendwann geht es nicht mehr! Dann brauchen sie Hilfe. Erzählen Sie Ihrer Tante von mir, dass ich Sozialarbeiterin bin und schon viel Erfahrung habe ... Ich kann das!« Sie verstummte, plötzlich verlegen ob ihrer Selbstanpreisung, und fuhr mit gespreizten Fingern durch ihre Mähne.

Während sie der temperamentvollen Ansprache lauschte, stellte Irma überrascht fest, dass Laura ihrer Mutter doch ähnlich sah. Dasselbe Mienenspiel zeigte Helen, wenn sie sich über irgendein Thema ereiferte. Du sprichst von deiner Mutter!, möchte sie am liebsten rufen. Von einem Haus, auf das du einen gewissen Anspruch hast! Ob Laura wohl jemals die Wahrheit erfahren wird?

»Irma? – Werden Sie mir helfen, Irma?«

Die drängende Frage holte Irma aus ihren Überlegungen, und sie beantwortete Lauras Flehen mit mehrmaligem Nicken. »Ja. Bestimmt! Ich finde, das wäre eine wirklich sinnvolle Verwendung. Ja, ich werde daran denken, Laura. Ich rede mit – mit ihr.«

Sie rutschte ein wenig zur Seite, um wieder freie Sicht auf Ciro zu haben. Einen Moment lang fiel es ihr schwer, in dieser uniformierten Männergesellschaft das geliebte Gesicht mit dem verwegenen Schnurrbart auszumachen. Gleichzeitig erschrak sie tief über die Tatsache, dass sie Schwierigkeiten hatte, ihn zwischen diesen alten Männern herauszufinden. Ciro gehörte nicht zu ihnen. Hier war sein Platz, an ihrer Seite, seine männliche Ausstrahlung, sein Witz, sein Lachen waren verschwendet unter diesen salbadernden, vorzeitig gealterten Freunden.

»Warum tun Sie sich das an?«, hörte sie plötzlich Laura leise neben sich fragen.

Irma wandte ihr das Gesicht zu, überrascht von der Wärme in der Stimme des sonst, wenn es um ihren Vater ging, so feindseligen Mädchens. Laura folgte Irmas Blick hinüber zu den diskutierenden Männern.

»Machen Sie sich keine falschen Hoffnungen, Irma.«

Irma stemmte sich langsam hinter der Tafel hoch und lächelte Laura beschämt an. Wie erbärmlich musste ihr Auftritt hier sein, wenn sogar das Mädchen Mitleid mit ihr hatte.

»Ja, warum tue ich mir das an ...«

Sie nickte Laura noch mal, fast dankbar, zu und erhob sich. Während der Vater des Bräutigams mit rudernden Armen die noch nicht sitzenden Gäste an die Tische scheuchte, um endlich das Menü beginnen zu lassen, bahnte Irma sich mit gesenktem Kopf einen Weg zwischen den sich herandrängenden alten Männern, und mit der stockenden, immer undeutlicher werdenden Hochzeitsansprache des Brautführers im Ohr ließ sie die Gesellschaft endlich hinter sich.

Auf der belebten Hauptstraße, zwischen fröhlichen Urlaubern, knatternden Motorrollern, bunten Boutiquen, wurde Irma bewusst, wie erstarrt und hölzern sie sich fühlte, unfähig, einen Entschluss zu fassen. Sie ließ sich von den Passanten vorantreiben, wich hupenden Autos aus und betrachtete an einem Souvenirladen in sich versunken das Muster eines wehenden Seidentuches. Plötzlich hörte sie, dass jemand ihren Namen rief, und ihr Herz machte einen Sprung, sie fuhr herum und – sah sich Jean-Pierre, der Rotnase, gegenüber. Er umarmte sie herzlich und redete unentwegt, ohne dass Irma gleich begriff, wovon. Er schlenkerte eine große Kühltasche, war auf dem Weg zum Strand, wo die anderen auf ihn warteten. Er überredete sie, ihr Badezeug aus dem Hotelzimmer zu holen. Wie eine Marionette tapste sie neben Jean-Pierre zum mäßig besuchten Strand, gleich neben dem winzigen Hafen, hinunter, wo seine Freunde sie herzlich begrüßten. Die nächsten Stunden durchlebte Irma, als habe sie einen Fernseher eingeschaltet und sei mitten in eine Serie geraten, von der sie nur die Hälfte verstand.

Sie war da und doch fest verstrickt in ihre Gedanken, die unaufhörlich um Ciro kreisten. Die Sonne stand schon sehr tief, tönte die Haut der Badegäste in sattes Orange und machte aus den Schrunden der Bucht schwarze Höhlen. Erinnerungen jagten vorbei wie ein zu schnell laufender Film – an den Golf von Girolata, an Ciros Hände, die, wenn in der Stunde zwischen Nacht und Morgen kalte Nebel über das Boot strichen, behutsam den Reißverschluss ihres Schlafsackes weiter schlossen, und seine Stimme, die ein paar beruhigende Worte flüsterte, sodass sie sich wieder wohlig in den Schlaf zurücksinken ließ… Erinnerungen an die Stille, als sie aneinander gelehnt in einer warmen Kuhle hoch oben am Bocca Bassa zwischen der struppigen Macchia saßen und ihre Blicke hinab auf das Meer und die Krallen der Küste schweifen ließen, an Lachen, Lust und Frieden.

Irgendwann fand sich Irma in einem über der Steilküste gelegenen Restaurant wieder, gleich neben der katholischen Kirche, wo sie mit den Franzosen zu Abend aß. Sie fröstelte, denn es wurde schnell kühl auf der Terrasse, hoch oben über dem Hafen. Die gelben Windlichter auf den Tischen flackerten unruhig. Katzen lungerten unter den Tischen und auf der Granitbrüstung herum. Dann ein Spaziergang durch den Ort, die stiller gewordene kurvige Hauptstraße entlang. In der Gasse, wo die Hochzeit gefeiert wurde, ging es immer noch lebhaft zu. Es waren nicht mehr alle Tische besetzt, und mit einem schnellen Blick stellte Irma fest, dass überwiegend ältere Leute sich dort unter den bunten Lampions aufhielten. Der Akkordeonspieler, zu dem sich ein Bassist und ein Schlagzeuger gesellt hatten, griff temperamentvoll in die Tasten, und einige Paare tanzten auf eine altmodische, seltsam ruckartige Weise auf der Straße, und in einer Schrecksekunde meinte Irma, Ciro unter den Tänzern zu erkennen, Vanna eng an sich gepresst über das Pflaster schiebend. »Ah! Das ist der ›Tango de nos 20 ans‹! Hört Ihr?«, meinte Paul fachmännisch und wippte unternehmungslustig mit den Schultern. Irma wandte sich ab und betrachtete die Auslage eines Fotogeschäftes. Alle Zuversicht sackte aus ihrem Herzen.

Angeregt von der Tanzmusik strebte die kleine Gruppe zur Diskothek eines Gartenrestaurants. Irma ließ sich einfach mitziehen. Ketten von unzähligen bunte Glühbirnen schaukelten in den Bäumen, über den Tischen und der kleinen hölzernen Tanzfläche, auf der Mädchen und junge Männer, unter denen Irma auch einige jugendliche Gäste der Hochzeit wiedererkannte, zu den Klängen hämmernder Diskomusik mit schlenkernden Köpfen voreinander herumstampften. Sie tranken, lachten, tanzten, auch Irma trank, lachte, tanzte, und während sie mit geschlossenen Augen ihren Körper zu den aufreizenden Discorhythmen bewegte, beherrschte sie nur ein Gedanke: Nur nicht aufwachen. Einmal schien zwischen den Tischen, wo ein dauerndes Kommen und Gehen herrschte, Ciro zu stehen und die Tanzenden zu beobachten, aber es konnte ebenso gut einer dieser alten Männern im schwarzen Anzug und weißen Hemd sein. Irma lachte in sich hinein und merkte, dass sie betrunken war.

Trotzdem gelang es ihr, Jean-Pierre an der Rezeption ihres Hotels eindeutig einen Korb zu geben, obwohl sie nur zu gerne in dieser Nacht einen Menschen neben sich gefühlt oder einem durchaus vorhandenen Rachegelüst nachgegeben hätte. Schwankend stieg sie in ihr Zimmer hinauf, entkleidete sich und fiel aufs Bett. Noch lange lauschte sie hinaus auf die tief unter ihrem Fenster in den Golf hineinströmenden Wellen, und ihr war, als hörte sie eine vorüberrauschende, endlose Eisenbahn, die sie mit-, die sie fortziehen wollte.

*N*ach dem Frühstück trat Irma die Rückreise an, die kein Ende nehmen wollte. Sie fuhr immer langsamer und kostete jede Ablenkung aus, denn ihre Abneigung gegen dieses lastende graue Haus oben in den Bergen wuchs umso mehr, je näher sie ihm kam.

Wie sollte es weitergehen? Das Leben mit Ciro erschien ihr immer noch als die Erfüllung all ihrer Träume von Liebe und Glück, aber die Hoffnung, sie verwirklichen zu können, wurde durch die Realität erdrückt. Lockend schoben sich, wie schon seit Tagen nicht mehr, Werner und Timo in ihre Überlegungen, diese beiden Beziehungen, die sie doch eigentlich als erledigt betrachtet hatte. Würde sie es fertigbringen, nach Ciro mit diesen Leichtgewichten glücklich zu sein? Der dritte Weg wäre, alle Bindungen zu kappen, sich erneut auf eigene Beine zu stellen, wie sie es vor Jahren schon einmal getan hatte und nach Nantes geflohen war. Aber jene Monate in der Fremde, in denen sie sich in die Arbeit gestürzt, Männer gemieden hatte und sogar Frauenfreundschaften abgeneigt war, waren eine bedrückende Erinnerung. Verzweifelt erkannte sie, während sie in einem Café in dem längst geschmolzenen Eis rührte, dass ihre Angst vor dem Alleinsein übermächtig war.

Als sie aber endlich doch in den Bergen auf den kleinen Weiler zurollte, den das Chalet Gris und das verlassene Gebäude zur Linken – so schien es Irma jetzt auf einmal – in seltsamer, einander zugeneigter Vertraulichkeit beschirmten, trat sie nicht auf die Bremse, sondern auf das Gas und schoss hinab ins Tal und die Serpentinen hinauf zu Agnes.

Der Vorhang zwischen dem Verkaufs- und dem Nebenraum war hochgeschlagen, ein schabendes, surrendes Geräusch erfüllte das Häuschen. Am Fenster des kleinen Raumes saß Agnes an der Drehscheibe inmitten eines unglaublichen Durcheinanders von Werkzeugen, Tongeschirr, Lumpen und Farbtöpfen und formte eine große, fettig glänzende Schale. Der Rock des bräunlich verkrusteten Arbeitskittels war weit hochgeschoben, und die bloßen Füße bewegten monoton das antreibende Pedal. Ihr Haar war zu einem kunstlosen Knoten zusammengerafft. Sie hob ihren Blick nur kurz.

»Setz dich irgendwo! Bin gleich fertig!« Mit großem Ernst verfolgten ihre Augen, was unter ihren Händen entstand, ab und zu lugte ihre Zunge zwischen den angespannten Lippen hervor. Endlich schien sie mit dem Ergebnis zufrieden zu sein.

»Das ist ja ein Anblick wie – wie ein Bild von Picasso, wie du da gesessen hast. Mutter Erde persönlich ...«, murmelte Irma, während Agnes sie mit vorgerecktem Kopf auf beide Wangen küsste, die Arme weit abgespreizt und den ausladenden Po nach hinten gereckt, um Irma nicht mit ihrem lehmstarrenden Bauch in Berührung kommen zu lassen.

»Ich hoffe, das soll ein Kompliment sein, Schätzchen!« Irmas Gesicht mit den verlegen blinzelnden Augen wurde kritisch betrachtet und nur bedingt für gut befunden. »Erholt hast du dich ja ...« Sie zog einen Hocker, von dem sie mit einer einzigen Handbewegung die darauf liegenden Lappen hinunterschleuderte, in Irmas Nähe und setzte sich.

»Ja, es geht mir gut. Wirklich! Schau, die Narbe sieht man kaum noch.« Und Irma drehte den Kopf so, dass Agnes die unter den kurzen Haarstoppeln verborgene Naht betrachten konnte. Da Agnes diese erstaunliche Tatsache aber leider gar nicht kommentieren wollte, sondern sie nur stumm ansah, war Irma gezwungen, fortzufahren. »Es war schön, Agnes. Wunderschön! Es war, als gäbe es nur Ciro und mich auf der ganzen verdammten Insel.«

»Soso. Und jetzt hat der Alltag dich wieder eingeholt?«

»Ja, gewissermaßen. – Wie soll es bloß weitergehen!?«

Agnes ging zum Waschbecken und rieb unter dem scharfen Wasserstrahl die Lehmkruste von den Händen.

»Muss es denn weitergehen?«

»Ja!« Irma schrie verzweifelt auf. Eine Zeit lang beobachtete sie die mit dem Wasser planschende Agnes, dann seufzte sie. »Am besten erzähl ich dir erst mal, was los ist.«

Und sie bemühte sich um einen möglichst sachlichen Bericht über das verunglückte Ende der glücklichen Zeit mit Ciro auf dem Motorboot und ihren Auftritt in Cargèse.

»Ich wollte den Kampf aufnehmen, aber ich habe mich überschätzt. Dieser Familienclan, der sich wer weiß was drauf einbildet, dass er griechische Urahnen hat, diese Blicke, sogar von dieser vorzeitig geschwängerten Braut! Pah! Und Ciro – er hat mir nicht geholfen. So zu tun, als wäre ich nur eine nette Bekannte! Dabei haben wir noch gestern davon gesprochen, dass wir zusammenbleiben wollen.«

Agnes trocknete sich die Hände an einem Lumpen ab und betrachtete die Freundin liebevoll. »Und das hättest du am liebsten der ganzen Blase ins Gesicht geschrien, nicht wahr?«

Irma nickte mehrmals mit großem Nachdruck und schnäuzte sich ausgiebig.

»Wie stellt ihr euch denn eure Zukunft vor?«

»Das ist es ja!« Irma sprang auf. »Ich habe schon alles Mögliche vorgeschlagen, aber Ciro geht ja nicht darauf ein.« Sie trat ans Fenster, ließ ihre Blicke über die benachbarten Häuser schweifen, ohne etwas wahrzunehmen, seufzte und fuhr kleinlaut fort: »Eigentlich, Agnes, eigentlich bin ich es nur, die von einer gemeinsamen Zukunft spricht. Er hält sich ziemlich bedeckt. Aber er liebt mich! Ich weiß, dass er mich liebt! Warum lässt er mich so zappeln?«

Agnes knöpfte ihren Kittel auf, hängte ihn an einen Nagel an der Wand. Ihre immensen nackten Brüste verschlugen Irma wieder einmal die Sprache, und sie sah diskret in eine andere Ecke, bis Agnes dieses pralle Fleisch in ein Hemd gezwängt und die Hüften, die ein Spitzenhöschen umspannten, in einem Baumwollrock verschwunden waren. Mit einer Kopfbewegung bedeutete sie Irma, ihr nach draußen zu folgen, und sie ließen sich vor der Tür auf den brüchigen Plastikstühlen nieder.

»Warum sagst du denn nichts, Agnes?« Die ungewöhnliche Zurückhaltung ihrer Freundin machte Irma immer aggressiver. »Natürlich findest du mich lächerlich! Sag es trotzdem!«

»Lächerlich? – Nein, das ist es nicht. Dich hat es ganz fürchterlich erwischt, Irma. Und ich weiß aus Erfahrung, an so Leute kommt man nicht ran«, bekannte sie. »Nicht mal diese bittere Erfahrung in Cargèse bringt dich zur Vernunft ...«

»Ciro konnte eben nicht anders«, entschuldigte Irma ihn halbherzig, ohne die Augen zu heben.

Agnes zog die Augenbrauen hoch. »Er konnte schon, Irma, aber er wollte nicht.«

Das nüchterne Fazit wirkte auf Irma wie ein Faustschlag. Sie erstarrte.

»Du bist also ganz sicher, dass Ciro dich liebt?«, begann Agnes schließlich wieder von Neuem.

»Ja«, flüsterte Irma. Dieser Sache war sie sich ganz sicher.

»Und du meinst, diese große Liebe auf Korsika muss unbedingt eine Fortsetzung haben?« Agnes legte den Kopf schief, und ihre Miene verriet, wie sie selbst darüber dachte.

»Ja! Warum soll ich auf meine große Liebe verzichten, Agnes? Denn das ist sie. Ich fühle mich bei ihm unbeschreiblich wohl. Geborgen. Ich höre ihm so gern zu, und er schaut mir so gern zu. Wir waren in diesen Tagen wie zwei Kumpel, aber doch wieder unglaublich – erotisiert. Ich bin rundherum glücklich mit ihm!«

Agnes zog zwei Spangen aus ihrem Haarknoten und schüttelte den Kopf, damit die Locken sich wieder um

Hals und Schulter ringeln konnten. »Und wie war's mit – also im Bett mit deinen anderen Männern, wenn ich mal fragen darf?«

Irma dachte einen Moment nach. »Ehrlich gesagt, Agnes, ich habe bisher keine großen Ansprüche gestellt. Ich war mit dem zufrieden, was mir geboten wurde. Es war mir einfach nicht so wichtig! – Werner, der hat nie irgendwelche Zweifel am Erfolg seiner unkomplizierten Potenz aufkommen lassen. Und Timo? Der hat die Sache mit einem kalten Feuer hinter sich gebracht, zornig auf sich, zornig auf mich. Er hat uns wohl beide dabei verachtet.«

»Also, wenn ich das richtig sehe, waren beide nicht das Gelbe vom Ei für dich. Da ist der Ciro anscheinend auf eine unentdeckte Goldmine gestoßen.«

Irma musste schmunzeln, während sie nach Worten suchte.

»Wenn – wenn ich mit Ciro zusammen bin, weiß ich, dass ich lebe. Alle meine Sinne sind wach! Ich höre auf sie, und was sie mir sagen, harmoniert mit dem, was Ciro will. Ich erlebe die Gegenwart.«

Sie lauschte dem Klang ihrer Stimme nach, verwundert, dass es möglich war, dieses außergewöhnliche Gefühl für Ciro in Worte, in so einfache Worte zu fassen.

»Das klingt zu schön, um wahr zu sein!«

Irma winkte leise lachend ab. »Agnes, gib das Miesmachen auf! – So und nicht anders möchte ich mit einem Mann zusammenleben. Natürlich, bewusst, alle Antennen ausgefahren. Deshalb will ich Ciro behalten. – Aber er kann sich zu nichts entschließen!«

Agnes riss neben sich eine Pflanze ab und begann nachdenklich, die blauen Blütenblätter abzuzupfen. Auf einmal hielt sie inne.

»Weißt du, wie die Blume hier heißt, Irma? Wegwarte. Kennst du ihre Geschichte? Da gab's mal ein Mädchen. Ihr Liebster hat sich aus dem Staub gemacht, und das Mädchen stand Tag und Nacht am Wegrand und hat geheult und nach ihm Ausschau gehalten. Hat gewartet und gewartet, dass sich was tut. Schließlich haben ihre Füße Wurzeln geschlagen, und allmählich hat sie sich in diese unscheinbare Blume verwandelt. Ihre Augen sollen so schön blau gewesen sein wie diese Blüten. Aber ihr Liebster hat sich nie mehr blicken lassen. – Tja, was will der Dichter uns wohl damit sagen? Und warum fällt mir grad jetzt die Geschichte ein?«

Die beiden Frauen wechselten einen sehr langen, nachdenklichen Blick. Agnes drückte ihrem Gegenüber energisch die zerrupfte Blume in die Hand.

»Irma, du dusselige Wegwarte, wie wär's, wenn du einen Entschluss fasst?«

»Ich??«

Irmas Finger drehten den rauhaarigen Stängel mit den Lanzettblättchen hin und her. Agnes' provozierende Frage hatte sich in den letzten Tagen schon mehrfach schüchtern in ihre Überlegungen gewagt. Aber einen Entschluss zu fassen, der ihr bisheriges Leben grundsätzlich ändern würde, ohne eine konkrete Zukunftsperspektive zu haben, das war eine ungeheure Hürde für sie.

»Ich weiß nicht«, flüsterte sie.

»Du wirst es nicht schaffen, Ciro hier herauszureißen. Auch wenn er dich liebt, wie du meinst. Hier sind seine Wurzeln, und er ist ein alter Mann – entschuldige, ja, einer in den besten Jahren! Wenn überhaupt, dann musst du etwas verändern.«

Irma sprang auf und tigerte an dem Bretterregal mit den Tonwaren auf und ab.

»Tu was, Irma. Brich deine Zelte in Deutschland ab.«

Irma hielt inne und presste die Fingernägel in den Stiel der Wegwarte.

»Du meinst, ich soll einfach alles hinschmeißen in Kassel, ohne von Ciro ein Versprechen zu verlangen??«

Ihre Augen wanderten den Hang hinab, wo sich, für sie unsichtbar, der Porto jetzt als harmloser Bach seinen Weg bahnte, hinüber zu den bewaldeten Höhen, wo die weißen Gemäuer des Klosters leuchteten und irgendwo in den schattigen Nischen der Bäume sich Ciros Haus und alles andere verbarg. Vor ihren inneren Augen tauchte das Konservatorium in Kassel auf, sie hörte angehende Sopranistinnen die Tonleiter üben, Celloklänge, sah sich selbst, das Cello zwischen die Knie geklemmt, einem lustlosen Jungen die Fingerstellung korrigieren ... Da war ihre kleine Musikalienhandlung mit ihrer aufsässigen Mutter an der Kasse ... ihre Wohnung und darin Werner, Pfeife rauchend in seinem Lieblingssessel ... Timo in seinem VW-Variant, fiebrig vor Ungeduld ... der Tennisclub, Theater, Konzerte, die Galerien, die documenta, die belebten Straßen, die Boutiquen und Kaufhäuser, den herbstlichen Schlosspark ...

Nach einer langen Stille wandte sie sich schließlich vom Tal ab, trat dicht zu Agnes, umschlang Hilfe suchend ihren Nacken mit den Armen.

»Ach, Irma. Ein Versprechen, was ist das schon«, tröstete Agnes dumpf.

Irma drückte ihre Lippen fest auf die runde, staubige Wange. »Ja, du hast wahrscheinlich Recht. Ich muss es in die Hand nehmen.«

»Wenn du sicher bist, dass er dich liebt, kannst du es wagen.«

Irma saß schon am Steuer, als Agnes sich nochmals zu ihr hereinbeugte. »Eine Frage noch! Du weißt, ich bin kein Moralapostel, aber denkst du auch mal an Vanna?«

Irma presste die Lippen aufeinander und dachte eine Weile nach.

»In meinen Augen beruht das Leben von Ciro und Vanna auf einer großen Lebenslüge. Es ist eine Fassade, ein hohles Gebäude, gerade jetzt, wo ihre Söhne aus dem Haus sind. Nein, ich habe kein Erbarmen mit ihr.«

Aber sie konnte Agnes' forschendem Blick nicht recht standhalten.

*A*ls Irma auf der Rückfahrt Ciros verwinkelte Häuser-reihe passierte, schnellte ihr Puls hoch. Die Haustür stand wie immer offen, Irma glaubte sogar, wie an ihrem ersten Abend im Vorbeifahren die würzigen Düfte einer Knoblauchsoße wahrzunehmen, und auch ein Laken lüftete oder trocknete auf dem kleinen Balkon. Sie waren also zurückgekehrt. Irma parkte den Wagen wieder dicht an der Mauer und betrat schweren Herzens das nach der langen Abwesenheit wieder eiskalte, muffige Gebäude.

Sie holte ihre Koffer und Taschen ins Schlafzimmer und begann zu packen. In der Frühe würde sie nochmals einen Kontrollgang durchs Chalet Gris machen, das verlangte ihr Ordnungssinn, für heute wollte Irma nur noch etwas essen und dann schlafen gehen.

In ihre Überlegungen hinein dröhnte mehrfach der Türklopfer. Sie lief die Stufen hinab und sah durch das Fenster der Halle vorsichtig nach, wer zu ihr wollte. Mit einem wilden Triumphgefühl sah sie Ciro auf der Treppe vor dem Turm stehen. Sie riss die Tür auf.

»Ciro! Warum klopfst du? Du hast doch einen Schlüssel!«

»Wie kann ich wissen, ob du mich sehen willst?«, entgegnete er mit schiefem Grinsen, aber seine Augen blitzten. Seine Hände umfassten ihre Oberarme, aber es bedurfte keiner Anstrengung seinerseits, sie sank an seine Brust, ließ sich küssen, streicheln, sich an diesen geliebten Körper drücken. Sein zufriedenes Lächeln über den leichten Sieg entging ihr nicht, aber es war ihr egal.

»Aber wo warst du den ganzen Tag?«, wollte er wissen, während er sie in die Halle zog. »Man sagte mir in Cargèse, dass du schon früh abgereist bist. Wo also…«

»Du hast mir also nachspioniert? Das hör ich gern! – Also, damit du dich nicht länger sorgst: Ich habe in Piana ganz gut, aber sehr einsam zu Mittag gegessen und habe mir vom Col de Lava die Buchten von Porto und Girolata angesehen. Danach war ich noch einsamer … Am Punta di Ficajola habe ich eine Weile am Strand gelegen – ja, mit Bikinioberteil! – und hab ein bisschen geweint. Danach bin ich hierher, nein, erst noch zu Agnes gefahren, da hab ich auch ein bisschen geweint ... aber jetzt ist alles gut!«

Irma rieb ihre Stirn an seinem weichen Schnurrbart und spürte den Schlag seines Blutes in seinem Hals unter ihren Lippen.

»Aber du packst deine Koffer, wie ich sehe.« Ciro deutete mit dem Kopf zu dem Gepäck am Ende des Flures. Erst jetzt merkte Irma, dass er ihre Zärtlichkeiten nicht mehr erwiderte.

»Du willst mich verlassen.«

»Ja, ich packe, Ciro. In diesem Haus, in dieser Umgebung kann ich nicht länger bleiben. Ich habe vor, mir in Evisa oder Porto ein Zimmer zu nehmen für die restlichen Urlaubstage.« Irma setzte sich schräg auf die marmorne Fensterbank, Ciro verschränkte die Arme vor der Brust und betrachtete das Tal. »Es wäre schön, Ciro, wenn du mit mir kommen würdest, wenn wir diese Tage zusammen verbringen könnten. Irgendwann müssen wir doch in Ruhe über unsere Zukunft sprechen.«

»Unsere Zukunft!«, knurrte er, ohne sie anzusehen. »Fängst du schon wieder an?«

»Ja, unsere Zukunft, Ciro. Ich für meinen Teil habe beschlossen, einen neuen Anfang zu machen. Ich werde Werner verlassen, das Geschäft, meinen Beruf, eben alles aufgeben in Deutschland und hierher kommen.«

Langsam, wie in Zeitlupe wanderten seine zusammengekniffenen Augen zu Irma. In seinen Zügen las sie Befremden und Misstrauen. »Hierher?«

»Nicht hierher ins Chalet Gris, nein, niemals! Aber in deine Nähe, Ciro, so nahe wie möglich. Ich werde mir eine Arbeit suchen, als Musiklehrerin, als – Kellnerin in einem Hotel oder – ach, egal was. Ich werde hier leben.«

Langsam wurde seine Miene weich. »Das würdest du alles für mich tun, cara mia? – Du findest doch Kassel so schön! Was hast du mir nicht alles von dieser Stadt erzählt!«

»Pah, Kassel! Darauf kann ich verzichten. Nein, ich komme zu dir, hierher auf deine Insel.«

Er lächelte, aber sie sah sein Kinn beben. »Du willst mich mit Haut und Haaren, nicht wahr?« Seine Hand glitt zart über ihre wirren Locken und ihre sich immer stärker rötenden Wangen. »Du kommst nach Korsika? Das würdest du wirklich für mich tun?«

»Ja, Ciro. Ich tu's. Es ist beschlossen. Ich schwör's dir.«

Irma sprach klar und energisch, aber im Inneren zitterte sie wie ein frisch geschlüpftes Küken, und sie wagte nicht, Ciro anzusehen. Verzweifelt bemühte sie sich, ihren hektischen Atem zu regulieren und den Druck in der Brust loszuwerden. Es kam ihr vor wie eine Ewigkeit, bis Ciro endlich seine Hände an ihre Wangen legte und sie zwang, ihm in die Augen zu sehen.

»Cara mia«, flüsterte er mit brüchiger Stimme. »Cara mia, was willst du mit mir altem Korsen?«

»Glücklich sein«, stöhnte Irma.

Er legte beide Arme um sie, zog sie an sich, barg sein Gesicht an ihrem Hals. »Ja, bleib!«

Mit unbeschreiblicher Erleichterung merkte sie, dass Ciro nachgab. Er hatte keine Einwände! Nein! Er war einverstanden! Er freute sich! Ja! Ab sofort würde sie alles Weitere in die Hand nehmen, das ganze Arrangement ihrer Zukunft, alles würde gut werden. Ciro und sie würden es schaffen, ihre Fesseln zu zerschneiden, ihre alten, rostigen Ketten abzustreifen, auf ihr Glück zu vertrauen, ihr Glück genießen. Ich habe gesiegt, gesiegt, gesiegt!, pochte es in ihr, während sie sich Ciros Küssen hingab. Ihre schwächliche Unsicherheit wich unbändigem Stolz.

Nach einer scheinbaren Ewigkeit schubste Ciro mit einem Fuß die Küchentür auf und sie traten ein. Es war albern, aber Irma hatte sofort das Gefühl, als habe hier jemand auf sie gewartet. Sie sagte sich, dass nur ein altes

Gemälde an der Kommode lehnte, doch das neckische Lachen des jungen Mädchens erschien Irma jetzt, im abendlichen Zwielicht, merkwürdig hinterhältig. Schnell wandte sie sich ab.

In Piana hatte Irma einiges eingekauft, Tomaten und Mozzarella, Parmaschinken, Feigen, eine Honigmelone und Brot. Während sie alles mit der Hingabe einer liebevollen Hausfrau auf zwei Tellern arrangierte, dabei summte und pfiff, schlenderte Ciro auf die Terrasse hinaus. Eine Weile hörte sie ihn mit den Stühlen herumwirtschaften, dann hatte er sich wohl niedergelassen, denn es war still, und nur der Duft seiner Zigarette stahl sich durch die offene Terrassentür herein.

Als Irma mit dem Tablett ins Freie trat, blieb sie unangenehm überrascht stehen. Ciro hatte die Korbsessel und den Tisch in den hinteren Teil des Freisitzes, den sie bei sich ›Helens Ecke‹ nannte, getragen, wo die üppigen Ruten der unbeschnittenen Büsche sich vom Hang herunter wie eine Kuppel über die Sitzgruppe wölbten. Er selbst ruhte mit hochgelegten Beinen in einem der Sessel, erzeugte tadellose Rauchringe und sah ihnen gedankenvoll nach. Einen Moment kämpfte Irma mit sich, ob sie darauf bestehen sollte, dass alles wieder so aufgestellt werden sollte, wie sie es liebte, blieb aber, um die Stimmung nicht aufs Neue zu belasten, stumm und deckte den Tisch. Auch Ciro hielt einen Kommentar zu seinem Umzug für überflüssig.

Sie aßen und tranken, die Sonne versank, und ihre rotgoldene Fahne blähte sich noch lange über den Bergen. Der Wein löste endgültig die Spannung zwischen ihnen, und bald tauschten sie mit trunkenen Augen Erinnerungen aus an die Tage vor Girolata. Weißt du noch? Weißt du noch? Der warme weiche Boden zwischen der Macchia, dort oben am Bocca a Croce, diese Düfte, der Myrtenzweig, weißt du noch? Der Flug des Fischadlers, majestätisch und kühn, die taumelnden Möwen, frech und zutraulich die eine, der eine Kralle fehlte ... Und der Sternenhimmel, der sich über ihrem Nachtlager dehnte, das schaukelnde Boot, ihre zahllosen Umarmungen...

Irma glitt hinüber auf Ciros Schoß, er schob seine Hand in ihre Bluse, und ihre Lippen und Zungen spielten miteinander. Die Zikaden schrillten viel lauter als sonst, aber vielleicht erschien es ihnen nur so, da sie ihren Klang auf dem Wasser so lange entbehrt hatten. Mit jeder Faser ihres Körpers fieberte Irma dem Augenblick entgegen, wo sie sich lieben würden.

»Warte, ich mach uns ein bisschen Musik«, murmelte Ciro und drückte Irma auf ihren Stuhl zurück.

Er verschwand im Haus. Irma räumte mit verkniffenen Lippen das Geschirr zusammen und trug es ins Haus. Ciro begegnete ihr mit einem kleinen Kasten und einer großen verknäulten Kabelrolle. Während er eifrig mit dem Schallplattenapparat herumhantierte, ihn anschloss und wieder im Haus verschwand, stellte Irma ein Windlicht auf den Tisch und beobachtete frierend, wie Ciro mit einem Stapel großer Schallplatten zurückkehrte, sich auf die Erde hockte und gezielt zu suchen begann.

»Nein, Ciro, bitte, lass das. Wir brauchen keine Musik.« Ihre Stimme schwankte, denn sie ahnte, was er suchte.

»Moment, Irma, gleich finde ich es. Du wirst sehen, es ist wunderbar!« Schon zog er eine Platte aus ihrer Hülle, legte sie auf .

Casta diva ... Hier und da von Kratzen und Knacken begleitet, erhob sich ein herrlicher Sopran in den Nachthimmel. Ciro richtete sich langsam auf, ohne den Blick von dem kreisenden Plattenteller zu wenden. Casta diva ... Er schob beide Hände tief in seine Hosentaschen und trottete mit gesenktem Kopf zu seinem Sessel. Er streckte eine Hand nach Irma aus, um sie herüberzuziehen, doch sie schüttelte den Kopf und starrte auf das Dach, das da vorn über die Brüstung der Terrasse lugte. Das Windlicht blakte, wenn der Abendwind spielerisch zu einem Anlauf den Hang hinauf ausholte. Endlich war nur noch das Knacken der abgelaufenen Schallplatte zu hören, und Irma atmete vorsichtig aus, aber ihre Muskeln über Rippen und Bauch blieben hart wie Leder.

»Nun, was sagst du? Ich liebe diese Arie.«

»Es ist Helens Arie, nicht wahr? Deine und Helens Begleitmusik.« Irma hatte die Finger ineinander verhakt und versuchte verzweifelt, ihren bebenden Körper unter Kontrolle zu bekommen.

Ciro beugte sich vor, um Irma ins Gesicht sehen zu können. »Ich liebe diese Arie. Und auch Hélène hat diese Arie geliebt, ja. Muss ich aufhören, etwas schön zu finden, nur weil ich heute dich liebe?«

»Ich stelle mir vor«, Irma schluckte und begann von neuem. »Ich stelle mir vor, was du und Helen bei dieser Musik getan habt, was ihr – versteh doch, ich habe Angst, dass du bei dieser Arie an sie und – und all das andere denkst.«

Und mich vergisst, setzte sie in Gedanken hinzu.

Ciro blieb einen Moment stumm. »Ja, so ist es. Bei dieser Musik denke ich an sie und all das andere.«

»Ciro! Du bist grausam! Und so taktlos!«

Irma sprang mit rotem Kopf auf und lief ein paar Schritte über die Terrasse, als sich jedoch die Bauruine immer neugieriger über die Brüstung erhob, kehrte sie wieder um und blieb vor Ciro stehen. »Verstehst du mich nicht, Ciro?«

Ciro legte seine warmen Hände um ihre Handgelenke und suchte ihre Augen.

»Irma, dies alles hier gehört zu meinem Leben. Auch meine Jahre mit Vanna, unsere Söhne ... Nicht nur die Zeit mit Hélène. Ich kann es nicht ausradieren! Man sagt, Erinnerung ist nicht etwas, das war, sondern etwas, das man hat. Verstehst du? Trotzdem gehört mein Herz heute dir. Vielleicht habe ich es zum letzten Mal in meinem Leben verschenkt, wer weiß. Aber ich werde deshalb nicht aufhören, diese Arie zu lieben!« Er zog sie zwischen seine Knie und vergrub das Gesicht unter ihren Brüsten.

»Ich möchte aber, dass du aufhörst, Helen zu lieben!«, forderte Irma hart. »Ich möchte endlich einmal in der Liebe – endlich einmal die Hauptperson sein! Ich möchte dich mit niemandem teilen! Ich möchte nie mehr in der Liebe teilen! Nie mehr!«

Sie befreite ihre Hände und rannte mit langen Schritten in die Küche. Dort lachte ihr Helen spöttisch entgegen, und Irma fixierte das Bild mit tödlichem Hass. Und nie, setzte sie in Gedanken hinzu, nie werde ich mit einer Liebe zufrieden sein, die nur ein paar Wochen im Sommer stattfindet wie bei dir, du armselige Kreatur!

»Irma!«

Auch Ciro verließ die Terrasse und folgte ihr mit wachsender Erregung.

»Irma, bist du ein Kind oder eine Frau? Was soll ich noch tun, um dir deinen Frieden wiederzugeben? Diese Frau hat mir zwei Kinder geboren, wir liebten uns trotz langer Trennungen und über Entfernungen von tausend Kilometern! Nun, sie hat ein Leben im Schoß ihrer Sippe einem Leben mit mir vorgezogen, hat mich verletzt, wie es keine andere Frau je getan hat. Trotzdem ist sie ein Teil meines Lebens, den du akzeptieren musst wie alles andere, was danach kam.«

Irma wandte sich ganz dem schwer atmenden, um Fassung ringenden Mann zu und forderte unbeeindruckt und mit merkwürdig schwerer Zunge: »Du brauchst mir nur zu sagen, dass du die da«, und sie deutete verächtlich mit dem Kopf zu dem Gemälde, »heute nicht mehr liebst.«

Ciro fuhr sich verzweifelt mit beiden Händen durchs Haar. Eine schlangenhaft gekrümmte Ader trat an einer Schläfe hervor.

»Wer bist du, dass du solche Forderungen stellst!«, presste er zwischen den Zähnen hervor. »Ist dein Herz so klein, dass es nur Platz für eine einzige Liebe hat?« Er ergriff

Irma roh um die Taille und drängte sie rückwärts an den Küchentisch. »Was soll ich tun, dass du meinen Worten vertraust? Hilft es dir, wenn ich dich hier vor ihren Augen ficke? Ist es das, was du für deinen Frieden brauchst? Dann komm!«

Irma wollte, noch nicht ganz begreifend, seitwärts ausweichen, aber Ciro packte sie und stieß sie erneut an den Küchentisch. Wie von Sinnen drückte er sie mit einer Hand rückwärts gegen die Tischkante, bis sie das Gleichgewicht verlor und hintüber auf die Platte kippte. Die andere Hand fuhr unter ihren Rock und zerrte an dem Slip, sie hörte den Stoff reißen, er schob seinen Körper brutal zwischen ihre um sich stoßenden Beine, nestelte am Reißverschluss seiner Jeans. »Nein! Nein! Nicht!« Irma wimmerte voll Wut und Entsetzen, schlug mit den Fäusten auf ihn ein, warf den Kopf hin und her auf der Suche nach einem Gegenstand, mit dem sie sich wehren könnte. Aber da richtete er sich auf, presste ihre Schultergelenke mit beiden Fäusten auf die Tischplatte und versuchte, in sie einzudringen. In diesem Moment zog Irma instinktiv beide Beine an, Ciro deutete dies als Einverständnis, lockerte seinen eisernen Griff und im selben Moment rammte sie ihm die Fersen in den Unterleib.

Ciro schrie auf, taumelte mit einem Fluch gegen Helens Bildnis. Die morschen dünnen Bretter der Rückwand knirschten, splitterten, brachen endlich, und die Leinwand platzte wie dünnes Eis unter Ciros Gewicht, der verzweifelt versuchte, auf den Beinen zu bleiben, aber schließlich doch durch den Rahmen hindurch krachend zu Boden stürzte.

Für einige Sekunden hockte Irma wie gelähmt auf der Tischkante, wartete, bis Ciro sich bewegte, und als er benommen den Kopf hob, sie wie ein Betrunkener unter halb geschlossenen Lidern anstarrte, stöhnte und mit beide Hände seinen Schritt betastete, sprang sie auf. Im Rennen umklammerte sie ihren zerrissenen Slip, der am linken Knie baumelte, stolperte schluchzend die Stufen in den ersten Stock hinauf, verbarrikadierte sich in ihrem Schlafzimmer. Schwer atmend lauschte sie hinter der Tür, ob Ciro ihr folgte. Aber nein. Sie hörte ihn unten umhergehen, rumoren, und nach einer Ewigkeit fiel die Haustür ins Schloss. Schritte auf den Stufen und der Straße. Wie versteinert dämmerte ihr die Erkenntnis, dass dies das Ende war.

Unbeteiligt wie eine Angestellte in einem fremden Haus begann Irma, die Spuren des letzten Abends im Chalet Gris zu beseitigen. Die Gartensessel ließ sie an dem Platz, den Ciro vorgezogen hatte, mochten sie eines Tages unter den wuchernden Zweigen gänzlich verschwinden. Der Plattenspieler samt Schellackplatten ebenso. Sie spülte das benutzte Geschirr, reinigte den Kühlschrank und warf alle benutzten Handtücher, Laken und Tischtücher vor die Waschmaschine. Es würde Vanna eine Wonne sein, hier morgen für reinen Tisch zu sorgen. Sie zog die hölzernen Läden vor die Terrassentür, verriegelte sie und schloss die Glastür. Auf dem Boden, am Fuße des Küchenfensters, entdeckte sie ein schwarzes Knäuel. Sie bückte sich, und in ihren Händen entfaltete sich das traumhafte Etwas aus Agnes' Beständen scharfer Dessous. Ihr Herz zog sich zusammen.

Irma löschte das Licht und betrat die Halle. An der Tür zum Wohnzimmer hielt sie inne. Wahrscheinlich hatte Ciro das Bild von Helen – oder das, was davon übrig war – an seinen angestammten Platz zurückgebracht, denn aus der Küche war es verschwunden. Zögernd öffnete sie die Tür und knipste den inzwischen wieder von Spinnenfäden umwobenen Kronleuchter an. Ja, das Gemälde hing wieder an seinem Platz. Ciro hatte den verkanteten Rahmen halbwegs zurechtgeschoben und die zerfetzte Leinwand mit den Händen so gut es ging geglättet. Einer der vielen Risse war hochgezischt an Helens lächelndem

Mundwinkel vorbei, hinauf zur Schläfe, und entstellte das hübsche Gesicht zu einer teuflischen Fratze.

Du kannst zufrieden sein, Casta Diva. Der einzige Versuch deines Geliebten, in deinem grauen Liebesnest mit mir zu schlafen, endete in einem Vergewaltigungsversuch. Du hast gesiegt.

Doch gleich schüttelte Irma über sich selbst den Kopf und ging. Das, was von diesem lockenden Geschöpf übrig war, war eine alte, kränkelnde Frau, die sich wohl bis zu ihrem Tode mit der Frage zermürben würde, ob ihre Feigheit sie um das Glück ihres Lebens gebracht hatte. Helen war zu keinem Kampf und keinem Triumph mehr fähig.

Im Schlafzimmer warf Irma sich aufs Bett und starrte zur Decke. Sie fand keinen Schlaf, aber zu klaren Gedankengängen war sie ebenso wenig in der Lage. Es gab nichts mehr zu tun, als auf das Morgengrauen zu warten, denn in dieser stockdunklen Nacht wagte sie sich nicht auf die schmalen Pisten durch die Berge, wo eine Kurve der anderen folgt und der Fuß zwischen Bremse und Gas unentwegt hin- und herspringen muss.

Einmal in dieser zähen Stunde zwischen Nacht und Morgen fühlte sie zwanghaft den Drang, vom Bett aufzustehen und ans offene Fenster zu treten. Vielleicht hatte sie ein Geräusch gehört, einen Ruf. Unten stand Ciro, sein weißes Hemd leuchtete phosphoreszierend, ab und zu glühte das Ende seiner Zigarette auf, das blasse Oval des Gesichtes war hinauf zu dem Schattenriss am Fenster gewandt.

»Cara mia«, hörte sie ihn leise rufen.

Ihr Herz zuckte gepeinigt. Aber dann wandte sie sich ab und entzog sich seinem Blick.

*B*eim ersten fahlen Licht zwischen der Gebirgskante und den anthrazitfarbenen Wolkenfetzen brach Irma auf. Den Schlüssel des Chalet Gris schob sie unter die Fußmatte. Aus dem Augenwinkel sah sie im Vorüberrollen, dass vor Ciros Haus jemand auf der Gartenbank saß, etwas Weißes leuchtete auf, dann war sie vorüber.

Als sie die steilen Stufen an der Außenwand des Hauses zur Wohnung von Agnes hinaufstieg, leuchtete hinter einem Fenster sofort eine Lampe auf. Noch ehe sie klopfen konnte, schob Agnes ihren verwuschelten Kopf durch den Türspalt. Im Dörfchen regte das Leben sich sehr früh, und sie hatte schon einige Zeit wach gelegen. Irmas Erscheinen mit der Ankündigung, nun doch sofort nach Deutschland zurückzureisen, weckte sie endgültig auf.

»Wieso? Was hast du vor?« Aufgeregt führte sie Irma in die winzige Wohnküche. »Kommst du wieder?«

Irma sank auf einen Küchenstuhl. Sie hob nur die Schultern an und ließ sie wieder fallen. Agnes setzte ihre Espressokanne auf die Gasflamme. Irmas Verfassung erschreckte sie. Eine unentschlossene, aber von ihrer Liebe glühende Frau hatte sie gestern hier verlassen, jetzt saß sie vor ihr mit düsterem Blick, resignierend, erkaltet.

»Komm, red doch mit mir«, bat Agnes voll Wärme. »Was ist denn passiert?«

Ein paar Mal öffnete Irma den Mund, ihre Augen irrten in der kleinen Stube umher, dann senkte sie wieder den Kopf. »Agnes, diesmal kann ich nicht reden. Ich weiß im Augenblick nur eines: Ich kann nicht bleiben.«

»Wieder Mord und Totschlag im grauen Haus?«

Unwillkürlich musste Irma lachen.

»Vanna? Ciro?«

»Ciro. – Wir finden nicht zusammen.«

Agnes rückte hoppelnd mit ihrem Stuhl ganz dicht neben Irma. Ungeschickt fuhr ihre Hand auf Irmas Schenkel auf und ab.

»Irma, du hast ihn überfordert. Er ist, ich glaub's dir ja, ein toller Liebhaber, ein interessanter Partner, aber doch nur ein einfacher Bergbauer. Der kann nicht so leicht über seinen Schatten springen. – Verdammt, wieso verteidige ich den Platzhirsch jetzt?«

Wieder lachte Irma leise, freudlos.

»Das Problem ist, Agnes: Er hat ein großes Herz und ich ein kleines. Ein kleines, gieriges, habsüchtiges Herz! Es hat sich zu oft bescheiden müssen, teilen müssen. Jetzt will es einen ganz und gar. Aber er ist der Falsche.«

Sie erinnerte sich des schwarzen Knäuels, das sie bis jetzt an sich gedrückt hatte, und schob es Agnes auf den Schoß. »Hier, dein schwarzer Traum ... Er wird nicht mehr gebraucht.«

Agnes hob wohlgefällig das Spitzennachthemd ein wenig an und blies in die Boafedern. »Ich brauch es schon! Nächstes Wochenende kommt Battista, da geht's rund! Vor ein paar Tagen habe ich mit ihm telefoniert. Er hat so süße Sachen gesagt – was er alles machen will und so. Na, du weißt schon, er will…« Agnes brach ab, hob tadelnd die Brauen und machte: »Püh!«, und merkte dann erst, dass Irma ihre Ohren dieses Mal gar nicht zugehalten hatte. Sie wurde traurig.

Die Tässchen mit dem belebenden braunen Gebräu waren geleert. Irma erhob sich. Der Abschied fiel ihr schwer, und ihr Hals schnürte sich zu. Agnes folgte ihr, und an der Schwelle umarmten sich die beiden Frauen. Als sie sich voneinander lösten, griff Agnes in ein Regal neben der Tür und drückte Irma einen kleinen blauen Milchkrug in die Hand.

»Damit du an mich denkst beim Frühstück in Karlsruhe – oder war's Kassel?«

Wieder umarmten sie sich.

»Ja, ich denk an dich, Agnes. Nicht nur beim Frühstück.«

»Komm wieder, du komische Wegwarte«, quetschte Agnes hervor, und eine dicke Träne versickerte im Flaum ihrer Oberlippe.

»Wohl kaum«, flüsterte Irma erstickt. »Man kann nicht alles verzeihen, er nicht und ich auch nicht.«

Schwerfällig stieg sie die Steinstufen hinab, Agnes blieb oben stehen in ihrem großgeblümten, zipfligen Morgenmantel, die Haare zerzaust wie eine Medusa, die fleischigen Wangen glänzten feucht. Irma weinte erst, als sie im Auto saß und auf die Ostküste zufuhr.

In Bastia steuerte Irma sofort den Neuen Hafen an und konnte auf einer Fähre nach Genua einen Platz ergattern, die allerdings erst am Abend ablegen würde. Sie ließ ihren Wagen gleich am Hafen stehen, schulterte ihren Beutel mit den wichtigsten persönlichen Dingen und ließ sich trotz aufziehender Regenwolken durch die Stadt treiben, über die Piazza mit den eleganten Palmen, den Place Saint-Nicolas, vorbei an großbürgerlichen Bauten, barocken Kirchen, und schließlich fing sie das italienische Flair des Alten Hafens mit seinen bröckelnden Fassaden ein.

Auf dem Rückweg sprang ihr plötzlich der Name eines Hotels ins Auge, den Agnes erwähnt hatte. Einem unklaren Zwang folgend setzte sie sich an einen der verschnörkelten Tische am Straßenrand. Ein Kellner fragte nach ihren Wünschen, ein relativ kleiner, jedoch drahtiger Bursche mit einer enormen Hakennase zwischen zwei verträumten Augen und glänzenden, glatt zurückgestrichenen Haaren, einem bleistiftdünnen Bartstreifen um Oberlippe, Mund und Kinn. Aus dem sanften Jüngling in Agnes' Medaillon war ein Mann geworden. Nachdem er ihr Campari mit Orangensaft serviert hatte, wobei Irma sein starker Körpergeruch unangenehm in die Nase stieg, schlenderte er zurück zu dem Eisstand am Rande des Barbetriebs, wo er sich mit dem Eisverkäufer und einer schwarzhaarigen Frau unterhalten hatte. Die Frau lehnte sich sofort wieder vertraulich an ihn, einen Oberarm angewinkelt schwer auf seine Schulter gelegt, die spitze Brust und die knochige Hüfte im schwarzen, sehr kurzen Kleid mit dem volantbesetzten weißen Schürzchen immer wieder dreist an ihm reibend.

Irma beobachtete das Paar mit offenem Mund, eine fassungslose Wut stieg in ihr hoch. Als sie den Kellner zum Bezahlen wieder heranwinkte und er das Wechselgeld abzählte, sagte Irma zur Sicherheit: »Merci, Battista!« Er schaute ihr überrascht tief in die Augen, murmelte: »De rien, Madame!«, war geschmeichelt in der Annahme, dass ein neuer Hotelgast schon seinen Namen kannte, und eilte beschwingt davon. Die Frau beim Eisstand bekam einen fröhlichen Klaps auf den flachen Po.

Als Irma ihre Börse in die Tasche zurückschob, berührten ihre Finger etwas Rundes, Glattes, Bauchiges. Sie zog das blaue Milchkännchen mit dem unübersehbaren ›A‹ von Agnes heraus und stellte es mitten auf den Tisch. Als Warnung? Als Drohung? Irma seufzte. Zumindest war es der letzte Freundschaftsdienst, den sie ihrer Freundin erweisen konnte.

Als Teil einer endlosen Blechlawine tauchte Irma zwei Stunden später in den Bauch ihrer Fähre ein, genervt von Motorgedröhne, Geschrei, Geschiebe und Gehupe und zur Übelkeit gereizt durch die von Motoröl, Benzin und Abgasen geschwängerte Luft. Sie verstaute das Nötigste in ihrer Kabine, die sie mit einer Rucksacktouristin teilen musste. Das Mädchen bemächtigte sich sofort des oberen Bettes und zog sich dann hinter einen Gedichtband von Theodor Storm zurück. Irma stieg wieder hinauf an Deck. Immer noch hetzten Passagiere hin und her auf der Suche nach den schönsten Aussichtsplätzen oder dem besten Standort für ein letztes Foto. Unruhige Böen rissen an den Jacken und Hosenbeinen. Die dämmrigen Bergketten ragten in Wolkenknäuel, die langsam miteinander zu einer grauen Wand verschmolzen und zur Küste herabsanken wie Asche. Das Schiff legte ab.

Gebannt starrte Irma auf die sich allmählich zurückziehende Insel. Die faltigen Gebirge wurden zu dunkelgrünen Streifen mit vom Regen verwaschenen Rändern. Das Cap, dieser langgestreckte Finger, schien nicht enden zu wollen und nach ihr zu angeln wie ein Tentakel. Die Fähre drehte ihren Bug endgültig nordwärts, und der Fahrtwind blies Irma kalt ins Gesicht. Dort irgendwo im Westen, schon so weit weg, waren die Spelunca, der Golf von Girolata, la Torre Mozza. Sie schloss die Lider und hatte den würzigen Duft der Macchia in der Nase. Und irgendwo saß Ciro auf der Bank vor seinem Haus und wartete. Wartete – auf wen? Sie sah ihn genau, scheinbar zum Greifen nah. Aber als sie die Augen wieder öffnete und sie sehnsüchtig auf die geliebte Insel richten wollte, war sie im Regen verschwunden, als habe es sie nie gegeben.

 CฮCฮCฮ